花季來臨前

自初 著

Content

目次

楔子、雨水

初春的雨伴隨厚重濕氣，乍暖還寒地捎來冷風，從屋簷滴答落地。

十七歲，那是她的滂沱雨季，卻是他的熱烈花季。

孟夏的雨來得又急又燥。

黃昏的陽光被厚重的雨雲覆蓋，夏日炎炎，酷暑的雨總來得急切，又是颳風又是大雨的——不知道的人，恐怕還以為是來了颱風。

「……哈啾！」

剛跑過來而淋了一點雨，經過走廊時就被旁邊辦公室的冷氣涼風吹得抖擻。被冷空氣刺激得條件反射打了個噴嚏，少年略抓緊了身上的運動外套，抱了抱臂膀，起床時曾用點小心思抓過的鬢角現在則因為濕氣而平整地貼齊了臉廓——懊惱地伸手抓了抓鬢角，他又抬頭看了看走廊外滴滴答答的雨，嘆口氣，還是回頭，選擇忽視這些，快步進了走廊盡頭的導師辦公室。

「報告！」

宏亮乾淨的聲音響在空蕩蕩的辦公室裡頭，少年在門口喊完後左右看了看，卻並沒有看見把他找來的人。

大概是出去上廁所了？他撓了撓腦袋，疑惑一秒就給自己找了個合理藉口，聳聳肩，有些無趣地隨意走動起來。

與此同時，鐘聲響起。

放學後的學校空蕩蕩，鐘聲響在下著大雨的偌大校園裡，倒被雨聲打得有些不清晰。

朦朧破碎的雨聲打破空寂，順著辦公室的窗向外看去，宿舍外的籃球場還有一群不怕雨水的男孩穿著單薄球衣還在大雨裡笑鬧搶球，幾個穿著制服短裙的女孩則急匆匆地抱著書包、披著外套跑過，尖叫哀號著往宿舍裡跑。

與此完全不符的——在球場旁紅土斑駁的操場上，卻有一個穿著藍色運動校服的女孩紮著馬尾，不休不饒地還繞著跑道奔跑，目光倔強，彷彿那些打在她身上的雨完全不造成一點影響——好像她在和雨賽跑，疲倦又不甘願地逼迫前進。

少年便被窗外操場上的那抹身影給吸引了過去。

她不躲雨嗎？怎麼下了大雨還在練跑？

他有些好奇。然而才這麼想，突然雨勢便「唰」地瞬間大了起來。

打球的男生也紛紛被大雨給嚇了一跳，抱著球就紛紛鳥獸散。剩下的最後一點人也全急匆匆地離開了，運動場上一下子變得半個人也沒有，操場上的馬尾女孩卻跑得更快，完全沒有一點要離開的意思。

這樣跑下去會生病的吧？

倒不是擔心的意思，而是已經開始覺得對方的執著有點太過，甚至好奇起來對方是不是有病。辦公室裡的少年往窗外看，好像依稀還能看見貼在她臉上一縷一縷濕漉漉的頭髮，又好像能看見她被雨幕打溼的臉更倔強了起來，像在和雨賭氣似的——他一邊張望，一邊忍不住猜測起她究竟會跑多久，就看見少女驀地停了下來，就在操場中央蹲下，低頭抱住了雙腿。

雨聲滂沱，幾乎聽不見其他聲響。

他離操場太遠，看不見她的表情，卻下意識覺得，那個女孩看起來像是在哭。

可是過了會，她卻又自己站了起來。

他以為她應該會回宿舍，她卻只是重重地抹了把臉，又繼續不饒不休地沿著跑道，邁步跑了下去。

這次他隱隱約約看清了——那個女孩的臉上，似乎有一種怎麼也不肯服輸的不甘心。

「宇陽？」

身後老師的聲音把他的神智拉了回來。少年一愣，趕忙轉了回去面對年輕的班導師，看對方帶著歉意地走進辦公室，連著順手關上了辦公室的門，把外頭的雨聲又隔絕得更模糊了幾分。

「抱歉抱歉，老師剛才去廁所了。」

「沒關係沒關係——」少年搖搖頭，客氣又禮貌地擺擺手，又旋即看回窗外，忍不住好奇心地開了口：「老師，那個在操場跑步的女生是誰啊？」

「女生？」略感困惑地重述了一遍，女老師順著他的視線看過去，皺了皺眉頭，像是和他一樣困惑這個天氣怎麼還有人在操場上。「我也不知道。不過這個時候怎麼還有人在操場啊，會感冒的……」

老師的語氣聽著大概是盤算該出去把那位學生叫回去，又像是困惑怎麼舍監沒把人喊回去——少年聽著老師的話，忍不住也跟著重新望回紅土操場上的女孩，重述似地跟著喃喃。

「是啊，這種時候怎麼還有人在操場跑步啊。」

可真是個奇怪的人啊，他想。

第一章、驚蟄

如同年初的那一道雷響，打徹了整個季度的怵目驚心。

若是沒有那場遇見，如今的她，會不會是夏日的那一朵永恆紅花？

「三民——主義——吾黨——所忠——」

青天白日滿地紅的旗映著夏末的燦爛陽光，在廣播的歌曲裡和困倦的群眾仰望目光中緩緩升起。

綠壓壓的學生裙整齊地依照班級站成四十二個小方格，或敷衍、或認真地將手擺在額角位置立正仰望升旗，各班導師們則站在自己班級的旁邊，陪同學生站立仰視。

百里無雲。

在四棟校樓中央的集合廣場後方樓頂邊緣處，卻有個女孩格格不入地拿著掃把，有一下沒一下地擦過地板，發出「呲呲」的聲音。

深綠的百褶裙及膝，淺鵝黃的水手服平整地折塞入裙口。一頭長髮整齊地束紮成馬尾，少女站在和頂樓旗子同高的四樓樓頂，頓了頓，停下動作，平視看向不遠處正緩緩升向最高點，隨風飄動的旗。

「預備，敬禮。」

「校長好——」

「各位同學好。首先，我們恭喜一年級的同學們升上了二年級，二年級的同學們變成了學校裡的『老大』啊。那上升了一個年級啊，同學們啊，要更有所覺悟，好好用功念書，做我們學弟妹的榜樣……」

麥克風裡傳來講台上的校長如往常般帶著台灣國語的腔調開場，叨叨嗦嗦地帶著制式的笑容朗誦般地宣告起新學期事項，說些根本沒幾個人願意聽的勵志語錄。

學生們盤坐在地，仰望下去像塞滿了被圍起的一方小水泥地，旗下玄關便成了一隅小小的講台，而站在台上半光了頭的校長則尤其醒目。台下的學生則窸窸窣窣的地各自聊天討論起自己的小八卦起來，越後排的就越尤其囂張散漫。女孩看著聽著，就將掃把擱到了一邊，緩緩走近四樓頂樓邊緣，目光毫無波瀾地看向了下頭的人群。

俯視的角度對台下的所有事物一覽無遺，像是看著整個世界一樣遼闊。

「……校長啊，看到最近的新聞，有很多有關霸凌的事件。當然，校長相信，我們誠明的學生啊，都是很善良的……」

目光微微一動，聽見對方嘴裡的話語時像是同時想起什麼，她有些諷刺地勾了勾唇角，似笑非笑。

「但是啊，我們老師還是要注意一下同學的情況。那同學如果有類似的情況啊，也不要害怕，要趕緊告訴老師，或是告訴輔導室處理……」

——告訴老師，好讓以為學生都很善良的老師把事情鬧得更大嗎？

少女微微歪頭，表情像是困惑，又像諷刺。

「……那我們二三年級的學長姐們啊，也記得要多多照顧新來的學弟妹們。互相要多多幫忙體諒，有困難的時候啊，多多互相幫忙……」

目光又恢復成了剛才毫無波動的樣子，她面無表情地向下望，無目標地凝視沉默，嘴被抿成冷漠的線，像是在思考。

互相幫忙？

——所謂的師長，果然滿腦子都是什麼真善美的校園童話信奉者吧？

她站的位置離一樓早會的地方有些距離，抬頭大概也僅能看見一個小黑點，因此並沒有人發現她在樓上靜靜佇立——當然，或許她的班導師會記得她還在這裡。

就這麼跳下去的話會發生什麼呢？

她想，新聞大概會這麼說——今日早晨，誠明中學一名女高中生跳樓自殺，原因不明，疑似因為課業壓力太大不堪承受……

「——欸、那邊那位同學！不要想不開！快下來！」

領口猛地被人突然往後用力一扯，她一愣，還沒來得及反應，便重力不穩地一下重重往後摔到地板上。乾淨的鵝黃制服摩擦在灰沉沉的水泥地板上，不用想也知道，她的後背大概是已經被地板的灰塵直接給挑染成了灰黃色。

媽的。

——這是哪裡來的神經病？

隨著後頭不知道是哪裡來的清朗男聲，她摔得吃痛，腦袋一陣當機，開口就跟著腦子迸出的髒話不管不顧地飆罵了出聲：「……靠，誰啊！」

她轉過頭正想罵街，就撞上了一雙著急緊迫的大眼睛。

對方也同樣狼狽地一起摔在地板上，穿著跟她同色系的高中部制服，看起來乾淨整齊，本來應該很新的樣子，但本該按照校規被扎在西裝褲裡的衣角卻不甚平整地露了大半在外——一看就是剛剛半折在褲子外面，進校門口的時候給教官看看蒙混過關的。

「喂、不是，同學，我說你不要想不開跳樓啊！」

一本正經地說著令人發笑的台詞，對方的表情還緊張得好像演電影一樣誇張。拉住她的男孩長著一張白淨俊朗的臉，還大口大口喘著氣，額角都是汗，像是剛剛急急忙忙跑上來的。

——要不是現在看起來很狼狽，他長得實在太惹眼，估計是那種走來的時候她除了偷看都不會敢多靠近一點的男生。

順著他的校服看過去，她看見他右胸前的口袋用深綠色繡了一個跟她同學年的數字二，旁邊則用正楷字體繡寫了「范宇陽」三個字。

哦，同年的。雖然沒見過也沒聽過，不過原來是個同年級的神經病。

「……我只是在發呆。」正了正自己臉色，少女恢復成一張臭臉，向後摸了摸自己隱隱發疼的背脊，眉心微蹙。

「但妳剛剛看起來像是想跳樓的樣子。」范宇陽眨了下眼睛，仍半持著懷疑地盯著她，用的還是肯定句。

連繡著校名的側背包也被他甩到了一邊——看來剛剛他扯她的力道果然不輕，她默默想。就算真的要跳樓，他一個人高馬大的男生也用不著這麼大力氣拽自己吧？什麼毛病啊這人？

「我沒想跳樓，只是在看下面升旗。」嗓音一貫地冷淡，她道。

——只是想想，她本來也就沒真的要跳。

「……哦。」范宇陽的樣子有點尷尬，像不知道該說什麼，於是只好抓了抓還滴著汗的後腦勺，笑得又尷尬又傻。「啊那，妳這個時候怎麼在這裡啊？頂樓平常不是不開放的嗎？」

女孩挑挑眉，沒回答，就著反問的意思順著他目光直視了回去。

「我是遲到了才沒參加升旗的。」很快捕捉到對方的訊息，范宇陽咧嘴對對方笑開想表達親切，聳聳肩笑得格外開朗，「我剛剛從校門口邊邊溜過來，結果遠遠就看見妳站在頂樓，以為妳要跳樓，就趕緊跑上來看啦！」

不僅遲到還偷溜，說話還這麼大聲，真理直氣壯……

她暗暗抽了抽嘴角，心想眼前這個男生鐵定是個能闖禍的，八成是教官要追著跑的那種，以後見到記得要閃遠點。

「我被罰在這裡掃地。」淡淡地出聲解釋，她沒有看他，只是緩緩站起來，皺著眉低頭拍了拍裙子上的灰塵。

「被罰？」范宇陽愣地跟著她站了起來，好奇地微微歪頭，又看了看下方還熱烈進行著的開學早會，「為什麼被罰啊？」他很不解。有什麼事情能讓人早會都不用參加了，直接罰上來掃地？

「我服儀不整。」她抬起眼睛看了他一眼，站在身旁的男孩很高，一站起來，對上眼神就得耗點力氣，她目測他大概高了她快一顆頭，「今天開學，全校服儀檢查，我下去班上會被扣分，老師叫我上來掃地。」說罷，她便又逕自回頭去拎起掃把。

服儀不整？

范宇陽愣了愣，隨即順著過去把她全身上下都掃了一遍——哦，原來是沒有繡學號和名字。哎，可惜，不能偷偷把她的名字記下來了。

「妳……高一整年都沒繡名字和學號啊？」小心翼翼地微微探頭過去看她，他心想她還真大膽，入學前他就聽說這學校的教官可是出了名的嚴——他剛剛溜過校門都差點被抓包衣服沒塞了，她竟然能整個高一都沒被抓？

女孩則回頭沒好氣地對著人翻了個白眼，像是看傻子一樣的表情：「我的制服不能穿了，這件是新的，來不及繡。」

眼神鄙視得彷彿在說：我又不是你。

「哦。」看著人冷漠的表情知趣地沒繼續往下問，范宇陽點點頭。

原來是來不及。也是，看她衣服都乖乖整整地塞在裙子裡，估計是個乖學生。雖然很想問她為什麼制服不能穿，不過看她那眼神，總感覺似乎是不太能過問的事情……他還是等以後跟她混熟了，有機會再問吧！

「那妳真的太賽了，要不要幫忙啊？」眨眨眼睛，他四顧偌大的樓頂空間，正氣凜然。這麼大卻只有她一個人掃，那也太可憐了！

「不用。」她了當地開口拒絕，又繼續低頭拿著掃把在地上敷衍地瞎掃，「這邊過幾天海嘯演習才要檢查。升旗快結束了，你不回去嗎？」

台下應該已經差不多廢話過一輪，她沒認真聽，就廣場再瞥了眼，看見司儀已經跟著背景的頒獎音樂開始進行起暑期輔導結業考時的全校前三頒獎典禮。他都遲到了還不先回去？

范宇陽倒沒想到這層，心想她這個言下之意竟然是還得在這掃幾天地的意思。這懲罰也太狠了，這麼大一片頂樓竟然還只讓她一個人來掃。

「哎，沒關係，反正我打鐘前趕回去就行。」聳聳肩，他爽朗地笑了笑，繼續想辦法套近乎：「欸對了，妳是哪一班的啊？我才剛轉學過來，同學都還沒見過，正巧，第一個就在這裡認識妳了！」

——原來是轉學生，難怪她沒印象高一的時候見過這麼顯眼的人。

她看著眼前的男孩爽朗陽光的笑臉，頓了頓，表情有點複雜。「那你運氣還真差。」

第一個認識她可不是什麼好事，估計他以後也不會想繼續認識自己……她本來還懷抱點希望，立刻就變得敷衍了起來，也不太想回答，「那我回去了，他們應該快結束了。」說著，拎起掃把，她轉身就打算離開。

不早點回去估計還得被罵。雖然等等早自習正好是導師會議，老師不會來教室坐鎮……不過那對她而言，反而會更糟糕。

「哎哎，反正這麼巧，我們就認識一下，做個朋友嘛！」眼看人轉身就想走，范宇陽連忙伸手想把人攔住，又怕抓著人又冒犯了人家，只好就有點無措地抓住她的掃把柄不給人走。「妳也是二年級的嗎？說不定我們同班啊！」

同班的話會更糟吧——她撇撇嘴，被拉得沒法走，只好回頭看了眼對方迫切的神情。

……好吧，她喜歡狗，他眨眼睛的樣子有點像一條大型犬。

「高二平，周曉彤。」

終究還是挨不過那種眼神，她扯了扯嘴角反問：「你呢？」

「哇賽，更巧了，我就在妳隔壁，我是和班的。欸名字妳看到了，我就叫范宇陽，是不是很有宇宙無敵陽光的意思？」聽見她總算願意回答，范宇陽眼睛立刻亮了起來，另一隻手扯了扯自己胸口的繡字，揚唇又笑，「隔壁班也挺好的！那我下課就可以找妳當我導覽，帶我參觀學校了！」

這人還真是自來熟。

「你找你們班的帶你導覽吧，我覺得會有很多人願意。」周曉彤聳聳肩，「我回去了，你也快點回去吧。」

微微使力搶過掃把，從他手裡慢慢滑過——她轉身道別，心裡卻止不住地自嘲和落寞。

她知道他不會來找她的，就算有，也會漸漸變少，然後漸漸變得和大家一樣。

雖然原本就知道不該再對這裡抱有什麼期待，可是，已經很久沒有人，還願意這麼毫無顧忌地和她說話了……

「周曉彤！」

還沒走到樓梯口，便聽見身後的人將她喊住。

她聞聲一愣，以為他還有什麼事情，半是困惑地回過了頭。

范宇陽見她回頭，便又揚唇笑了起來：「我會去找妳導覽的！下課就去！妳等我啊！」

眼神彷彿還一閃而過什麼——周曉彤看著人異常堅定的目光，差點懷疑這個人其實什麼也知道。

不過要是知道的話，估計就不會這麼跟她說話了吧？

於是她轉回頭，隨意地向後擺了擺手，拖著竹掃把，沒再回頭地走下了樓。

✿　✿　✿

「哎唷，周曉彤回來了啊？」

八點半的上課鐘聲響起之前，升旗台的早會就因為待會的導師開學會議而提前結束。將掃把放回公共掃具區後便走回了二樓教室——然而越接近教室門口，就越能感受到從窗裡傳來的探究目光，和教室裡越來越安靜的氣氛。

教室裡掩蓋什麼似的細碎笑聲和外頭因為早會結束而炸開來的吵嚷熱鬧彷彿成了對比。

周曉彤還沒進教室，就聽見了領頭的同學熟悉的嘲笑調侃聲，像在諭示她這一天的「開始」。

咬了咬唇，她深吸一口氣，終究還是低下頭，硬著頭皮走進了教室——

「砰！」

——才踏進教室兩步，猝不及防地，不知道哪裡來的板擦就直直地朝她飛來，毫不留情地砸到了她額頭上。

黑板板擦倒不是多大殺傷力的武器，不怎麼疼，但撲面而來的粉還是碰了她一鼻子灰，嗆得她本就不太好的氣管喘呼呼地直從鼻口打噴嚏。下意識地伸出一隻手捂住被嗆得不甚舒服的口鼻，不得不因為這個不算意外的意外而暫時停了想快速走回座位的腳步，她眼前的視線也因為避免粉灰進入眼裡，短時間陷入了黑暗。

不用想也知道，現在的她看起來肯定狼狽極了。

——尤其還有教室裡一瞬間傳來的哄堂笑聲。

「哎，對不起啊，不小心打到妳啦。」

皮膚黝黑，作為罪魁禍首的高個子少年見狀，一下蹦到她面前，毫無歉意地揚著笑嘻嘻的表情，看好戲似地微微彎身，探過頭打量起眼前的人被粉灰撲了頭的瀏海，「沒事吧？來來來，我幫妳擦擦——」

伸手看似想幫她把粉灰擦掉，少年沒給她拒絕的機會，粗魯地抹過頭的手只把狀況弄得更慘。

教室裡的笑聲越來越大，周曉彤半睜開眼，皺著眉用力地揮開了少年的手，抬起眼皮瞪了人一眼，轉身就打算直接離開教室去洗手台清理。

「哎唷，好兇喔，你怎麼這樣啊，我是好心耶。」馬上就從後方快速繞到了人面前，擺明不給人走的模樣，惡霸地左右擋去她的步伐。少年像是得逞似地笑得更歡，「幹嘛啊周曉彤，生氣喔——？」

進退不得，周曉彤皺著眉，抬頭看了眼笑得不懷好意的男孩，抿緊唇瓣，眼睛裡一下子有些無措。

她不知道該怎麼辦才好了。

「欸，幹嘛生氣啊周曉彤，人家又不是故意的。」正尷尬著，她的後方又傳來了一個略顯粗獷的男聲，還有女孩子們看戲的細微笑聲，「怎樣，耍大牌喔？臉很臭欸，都不說話哦？」

「……」

仍只執著地低著頭，一語不發地尷尬僵立，周曉彤聽著後頭女孩子們嘻笑討論的聲音，放在裙子旁邊的手不自覺地貼著大腿越捏越緊，怕自己的攻擊姿態讓情況更難堪，她又不敢把手綣起來握成拳，只好將指甲壓抑地刺進了掌心裡攢緊。

「哈哈哈哈哈，妳看她頭髮那樣好髒喔——」

「好好笑，她怎麼都不動啊？傻了嗎？」

「誰知道啊，可能不敢動吧，嘻嘻……」

是啊，這就是她的生活，她的日常。一成不變，習慣到不能再更習慣。

可是她不能表現得太多。要是反應大了，她的下場只會更慘。

——帶頭砸她板擦、膚色黝黑的高瘦男孩是王靖傑；後面只是坐在座位上說話，聲音和人粗曠得像混混老大一樣的是趙明興——這兩人對她而言，就是每天一踏進教室那一刻起的大災難。

臉色更蒼白難看，藏在裙襬的手緊了又鬆。不想去看班上同學的表情，她咬緊嘴唇，乾脆不再管王靖傑的阻攔，直接回過頭，大步大步地快速走回了靠窗最後的角落座位。

而此時，坐在她位置前三個座位、中短髮的女孩還一面滑著手機，一面看好戲地和旁邊的朋友細碎地討論聊天。一見到人朝自己大步走來，眼睛稍往下斂，她不經意似地將交叉在上的右腿向外伸了一點——果不其然，就意料中地見人趔趄不穩地往前一撲。

倒也不是毫無準備。

雙手連忙往前支撐扶住前面的課桌，但讓人走動的小走廊因為平時互相推擠和堆放個人物品而讓空間越來越小，還是讓她此刻顯得有些尷尬。桌腳刺耳地在地板上發出用力移動過的「咯吱」聲，她下意識地側過眼看向人，還沒習慣地說出「抱歉」，餘光就瞥見了人掃過來的諷刺笑臉。

「幹嘛？妳自己跌倒了還看我啊？」完全一副無所謂的模樣，絆倒她的女孩面無表情地瞪她。

周曉彤語塞，還是沒忍住被對方冷淡的表情給逼出了委屈和怒意來。但也只能藏在眼裡——因為她是謝佩宜，女生宿舍裡和班上都從沒給過自己好臉色的領頭。

而見她神情更顯蒼白，謝佩宜略得意地撇嘴笑起來，這才將原本稍稍伸出去的腳給收了回來。

周曉彤當然都看見了她的表情。

沒有修剪整齊的指甲更深地刺進掌心肉裡，咬著牙，仍然沒有說話，只是快速站好踏過去回到了座位。她拉開椅子坐下，從抽屜抽出衛生紙，逕自拿起小方鏡照往自己，對著髒兮兮的瀏海擦抹粉灰，又聽見四面八方細細碎碎傳來的聲音。

「哈哈哈，剛剛摔得那一下好可惜，怎麼沒直接摔下去啊？」

「哎，妳看，她好髒哦，還直接拿衛生紙就把粉灰往瀏海擦……」

「還照鏡子耶，都沒看鏡子裡自己長得什麼樣子。」

「就是不知道才敢喜歡張子揚啊，哈哈哈哈哈……」

教室裡嘰嘰喳喳的討論聲和教室外別班同學奔跑笑鬧的聲音彷彿混在了一起，又好像絲毫無法融合。周曉彤彷彿充耳不聞地只直直盯著鏡子整理頭髮，眼睛卻直直地瞪著自己，說不清是不甘心，還是其他別的情緒。

她不能顯露出生氣，不能顯露出難過。

她要裝作豪不在意，裝作他們的所作所為都對自己毫無影響，她得讓自己絲毫不受一點影響……

「喂，周曉彤，妳是啞巴啊？都不說話……」

——與此同時，上課鐘終於響起。

鐘聲將趙明興的聲音給蓋壓了過去，模模糊糊地只擦剩一點。

教室裡外剛才還哄哄鬧鬧的聲音一下子跟著鐘聲和奔跑聲安靜了下來，樣子年輕的女老師隨後抱著書走了進來。教室裡的人也一個個迅速回到了座位上坐好，雖然還有隱隱的談論笑聲，倒也真能讓剛進來的人猜不出剛才發生了什麼事。

「嗯？周曉彤，妳的頭髮怎麼了？」

才準備在講台坐下坐鎮早自習，班導師一抬起眼睛，就看見了最後排的女孩額頭瀏海上醒目的一塊灰白色。

周曉彤抬起眼睛，才想回答，就聽教室外又傳來匆忙的奔跑聲。她移開目光，略一側眼睛看過去，看見一個短髮大眼睛的女孩跑進教室裡，喘吁吁地落到了她身旁的座位。

其他人也就被這麼吸引走了目光。和台上的班導師一樣，短髮女孩一眼便先看見了她瀏海上的髒污，女孩眼神了然，知道不好直接詢問，就有些擔憂意思地看了看她。

一直緊繃著的臉色因為旁座朋友的回來才放鬆了一點，周曉彤對著女孩搖了搖頭，笑了一下表示沒事，又伸手撥了撥瀏海，轉回頭看向班導師。「沒事，老師，我剛剛不小心弄到了。」

「那妳趕快出去弄乾淨吧。」

「好，謝謝老師。」

鬧劇這才暫時歇止，教室恢復成一片假象的安靜。

可是她知道，今天不過才只是噩夢開始的第一天。

✿ ✿ ✿

「——欸、周曉彤！」

正揹著書包快步往宿舍的方向走，路經籃球場旁邊時，周曉彤慣性地低頭放空走路，就忽地聽見後頭傳來那個不久前才聽過的熟悉聲音叫喚。愣被喊得一怔，她轉過頭想確認是誰，就正巧看見旁邊球場裡幾個男生籃球打得如火如荼、投籃時失手把球彈上了籃框，那顆橘色的球就朝著自己急速飛來——

「哎，妳小心！」

下意識就閉上眼睛，心裡默哀地準備體會一下被球直接砸臉的感受——然而預料中的疼痛卻沒襲來，只聽見手掌拍過球的一聲「啪」，還有氣流快速划過臉邊的感受。

她又睜開眼，才看見是氣喘吁吁的高個子男孩替她拍走了那一球。

眨眨眼，她一下有點愣。

「學長抱歉！」跑來撿球的學弟上身還穿著藍色的國中部制服，連忙招招手，向擋球的人擠了聲道歉，又急匆匆地拎著球跑了回去。

「沒事，欸你們打球小心點啊。」擺擺手，范宇陽轉過頭對著跑來的學弟笑開，滿臉不在意的樣子，只大概因為是奔跑過來的關係，整個人還不接氣地喘，整張臉因為剛剛突如其來的快速奔跑漲得有點紅。

而後，他又一臉不解地望向眼前的女孩：「周曉彤，妳怎麼看到球都不躲的啊？」

聽見對方又喊自己的名字，她傻了好一會，這才總算回過神來。

「……我天生吸球，習慣了。」有點尷尬地咳了聲，她抿了抿嘴，斂下眼睛，避開了對方投來的赤誠目光，「謝謝。」

她經常經過球場就會被球砸，下意識的也就沒打算閃開了，沒想到他竟然還會特地跑過來幫自己。

「嘿嘿，沒什麼，幸好有趕上。」聽見她道謝，范宇陽嘿嘿笑了兩聲，有點得意地又吐了口氣：「不過我還沒聽說過有天生吸球這種事的，經過球場本來就容易被打。妳不能被球砸習慣啊，不然遲早被砸成笨蛋！」

那個語氣認真得彷彿她是真的已經被砸成了傻子一樣——看著眼前的人一邊跟著自己往前走離球場，一本正經地微皺著眉頭說教，他說得振振有詞，倒把本來還打算繼續扳著臉把人打發的周曉彤給忍不住就逗笑了出來。

「同學，你這個說話的語氣比我媽還像媽。」揚揚眉，她憋了憋笑，忍著正了臉色調侃。

「……我是男的，才不是妳媽。」范宇陽立刻垮了臉。

他這副表情讓人覺得更好玩了——周曉彤忍俊不住，便「噗」地直接笑了出來。這人還真有趣，除了很像狗狗，乍看還真很有當媽的架式。

「欸，原來妳也會笑嘛。」眨眨眼，范宇陽見她笑得歡，有點意外的模樣，跟著她又立刻揚唇笑了開來。她這個樣子好看多了！早上見到的時候整個人都死氣沉沉的，大眼睛沒有一點光芒——現在終於才看著更像了個人。

周曉彤卻被他調侃得有些尷尬，也沒回應，就低頭收了表情，揹好書包，加快了速度往宿舍走，像是想把他甩掉。

——她收回那個他很好玩的想法。這種喜歡自來熟的人果然很難應付，還是別靠太近得好。

范宇陽則連忙跟上在她身後，好像一點也不尷尬。「不過我今天下課去妳們班找了妳好幾次，妳怎麼都不在啊？」

周曉彤腳步一頓。

「你去班上找我幹什麼？」表情有些古怪，她微微皺眉，眼神有點慌。不好，不知道他是不是跑去問了班上的人自己在哪之類的話？他這個人一看就招蜂引蝶的，萬一讓別人誤會了什麼，先不說自己會不會因此而倒大楣，但說不定還會讓他這個剛轉學過來的名聲也跟著遭殃……

……不對，她在想什麼。他才剛轉學過來，不久就會遺忘自己這個萍水相逢的陌生同學。

「導覽啊。」微微歪頭，范宇陽揚眉笑得很理所當然，還跟著對方停頓的腳步繞到了她面前，表情像是在說「我們不是說好的嘛」：「妳不知道，我對這學校超級不熟的，光今天體育課說去體育館就迷路到上課十分鐘後才找到！靠，這裡也太像迷宮了，害我下課的時候繞了半天也找不到廁所……」

叨叨不停地說起今天自己的路痴事蹟，他一面說，表情還越來越委屈。周曉彤本來剛剛還有點緊張和焦慮，看他這個好像沒心沒肺的樣子，又忍不住有點想笑，憐憫之外還有點同情。

「我國一剛入學的時候也一直迷路。」聳聳肩，用眼神表達了點同情的意思，她莞爾，

「你怎麼不找班上同學給你導覽啊？」

「我有啊。」范宇陽有點無辜，「但我是轉學來的嘛，短時間沒法融入，他們都有自己的朋友啦。」說著，他眨了眨眼睛，有點裝可憐意思地癟了一下嘴，賣乖。

周曉彤聽他這話，認真想了一下，還真就沒了反駁他的想法，他說得好像倒也對——轉學生要融入總是比較難，說不定也真就只剩下自己這麼個沒朋友的還能這麼給他鬧……說來也真是可悲。雖然她更好奇，他怎麼不拿這身黏皮糖的功夫找個男生黏著不放，說不定還更快。

「那好吧，我明天帶你導覽一下。」無奈地看了看不遠處的學校，她想想自己因為直升高中部，怎麼說也在這學校待了第五年了，當個校園導覽也沒什麼，「今天開學第一周，學校沒有晚自習，待會就差不多關了，沒辦法帶你走走，只能明天再說。」

「哎，沒問題！」像是開心她總算答應，范宇陽朗聲應了一聲，就繼續跟著她走，一路就跟到了宿舍門前，「那接下來住宿生都做什麼啊？吃飯嗎？」

原來他也是住宿生……原本還想趕他快點回家去別當跟屁蟲，周曉彤很快明白過來。她沒多搭理他，一路直直經過宿舍外大門、花圃，走上樓梯，把書包放到了樓梯邊的鐵欄杆旁，蹲下來自顧自熟練地脫下身上的制服裙，露出裡面的運動褲來，一邊介紹一樣地唸。

「六點才是住宿生的吃飯時間，七點晚自修，在這之間你可以上去搶浴室洗澡，或是睡覺啊，去幹嘛都可以……」

看她就在自己眼前毫不避諱地脫下裙子，范宇陽下意識尷尬地轉頭就想躲開目光，餘光才瞥見一抹熟悉的藍，發現她把運動褲穿在了裙子裡。

「哦，那……那妳現在要幹嘛？」臉上還沒抹去尷尬，他正了正臉色看她，心想這女孩子還真是大膽……簡直沒眼看。

「我去跑步。」她側頭看了看他，又看向另一頭匯集了許多男生的樓梯口：「男生宿舍入口在那。」倒是明顯要趕人的意思了。

宿舍一樓大門進去是高三自修室，走上二樓才是住宿生的自習區，左右以男女劃分開，自修室外有兩個平常開放進出的小門，右側的正對音樂教室，另一邊的則對著籃球場，各是男女生上樓的地方——雖然也有人會從女生宿舍的入口走上二樓再轉過去男生宿舍那一邊，不過畢竟是有點多此一舉。

誠明女生人數比男生少，三樓是女生的住處，四五樓則都是男生的。

「那我跟妳一起跑步啊。」不由分說便跟著把書包擱了下來，假裝聽不懂她語氣裡要趕他走的意味——范宇陽笑起來，跟著她就把書包放到了一邊，「運動對身體好嘛，我們一起去！」

「……」周曉彤有點無言，「你還真是沒朋友啊。」然後下了這麼個定論。

「……」范宇陽被她這話噎得有點委屈。

好吧，她說沒朋友就是沒朋友了。反正他剛來第一天，還真能算是「暫時」沒朋友。

不過他該慶幸夏季制服沒限制一定得穿黑皮鞋，他今天穿了校規內的白色帆布鞋，總算還能運動，雖然這麼穿著長西裝褲跑步大概還是會有點吃力……這女生還真是很把人拒人於千里之外。

但他總覺得……不能放著不管。

而周曉彤大概也放棄了把人趕走，也覺得自己趕不太走，就逕自往操場走，任了他跟在自己旁邊。操場就在籃球場旁，她呼了口氣，站在起跑點稍微拉了拉筋，準備邁步向前——

「欸欸，話說妳那幾節下課到底都到哪裡去了啊？我去都沒看到妳。」

「……我去找美術老師了。」一面沿著內側跑道小步小步地慢跑，周曉彤緩了緩氣，瞅了他一眼，回答得有點氣虛。

「每節課都去啊？」

「嗯。」

「那妳跟老師感情跟好囉？」

「你問題很多……」

看她才跑不到一圈就喘得大口大口的，才說幾句話就緩不過氣來的樣子，跟他想像中的差得很多——范宇陽笑起來，跟著她的步調倒是游刃有餘的模樣，「噗……欸周曉彤，妳明明就不太會跑步，幹嘛還每天來跑操場啊？」

「你不是說……運動身體好……」一面跑步一面說話實在是太消耗氣息，她喘得連腦袋都要當機，只能隨隨便便敷衍的回覆——然而說完才想起不對。「你……怎麼知道我每天都來跑？」皺起眉頭，她瞇起了眼睛看向身旁笑得滿臉揶揄的男孩，微微放慢了腳步，懷疑審視一樣地盯住他。

「哦……我是看妳剛剛動作那麼熟練，猜的啊！」心虛地立刻乾笑幾聲瞎掰，范宇陽有點懊惱。就不該多嘴問的啊！他總覺得要是暴露出自己早就遠遠見過她，說多了，大概會被覺得是同情什麼的，可能會更難接近……

雖然的確是帶點同情的意思。

暑期輔導的時候他來辦理一些手續，無意間就看見了她。因為好奇那個在雨中一邊哭一邊跑的女孩到底發生了什麼事，他本著探究的好奇心，撐著傘過去遠遠地看了幾眼，然後記住了她的樣子。

原本想著開學後再慢慢打探，也沒想第一天在樓下就看見人好像差點想從頂樓往下跳，差點沒把他嚇死。

——然後一天內就打聽出了她許多並不太好的名聲。

他和她相處得並不多，卻並不覺得她是別人口中說的那個樣子……好奇也好，同情也罷，尤其看過她站在頂樓時候的神情……

就總覺得，他既然看見了，就不能放著不管吧。

說不上來是什麼，雖然對對方來說，說不定也只不過是自己雞婆的聖母心作祟——但好像不是錯覺，他很敏銳地察覺到，她身邊幾乎沒有人，這很不尋常。

「……哦，是這樣。」算是認同了他的說法，周曉彤點點頭，這方把臉轉回前方，又回到了先前的步調慢跑。

范宇陽看她沒再懷疑，這才鬆口氣。

……但不得不說她有點傻，怎麼自己這麼幾個粗劣的謊她都能信啊。

他突然覺得這麼個受人欺負的女孩還這樣容易相信人，著實有點前途堪憂，於是便更賣力地揚唇笑開來：

「沒事，妳說得對！運動身體好，我以後可以天天來跟妳一起跑！」

「……」

聽見他這話，周曉彤頓了頓，突然覺得對他有點無力。

腦子裡閃過許多念頭，諸如「你這人怎麼這麼自來熟」、「你怎麼就那麼喜歡纏著個跟你不熟的女生」、「你是不是住海邊啊怎麼這麼煩」之類的話……她在心裡吐槽了這麼幾句，本來想真直接拿出來幾句嗆人走，但在回頭看見了人滿臉真誠的笑容，就又覺得一句也說不出口了。

想想人家也沒惡意，說不定還真就只是雞婆，這麼說了也挺傷人的……於是她終究還是把這些話堵在了嘴邊，沒真說出來不討喜地挖苦。

「那就隨你高興吧。」於是她說。

反正對方不過是一時興起，她沒抱過太大期望——也就不會有太大的失望了。

✿ ✿ ✿

周曉彤回到寢室的時候，房間裡還空蕩蕩的沒有半個人。

綠色門房外掛著「308」的字樣，走廊延伸到最裡處，公共浴室裡傳來稀哩嘩啦的水聲，混雜著設定好的五點五十分晚自習上課鐘聲，還有女孩子們浴間聊天八卦的笑聲。

而那些都與她無關。

舒了口氣，周曉彤拎著書包，脫下白色布鞋放好。在門口往裡探頭看了看，確認沒人後，這才稍稍放鬆地、小心翼翼踏入了小房間裡。

木製的床板和衣櫃，淺綠的整套床被枕頭——高中生的宿舍沒有豪華配置，只簡單地將上下合鋪成六張床。宿舍裡基本還禁止攜帶電腦平板一類的電子產品，唯一的手機只允許用來聯絡家人，十點半準時沒收。

而在三零八的數字門牌下方，還被用白紙貼著了房裡的住宿生名單，其中以謝佩宜的名字特別清晰。

周曉彤嘆了口氣。

將書包用力甩上了最靠陽台上鋪的床，而後便逕自整理準備起盥洗用具來，她心想幸好她們剛好都去洗澡，能讓自己緩口氣。

——她經常在想，自己和謝佩宜那群女生，就是一段糾纏不清的煩人孽緣。

如果當初自己不選擇從國中部直升說不定情況會好上不只一點吧？從國中就和謝佩宜同宿，當時就被看不順眼。但她沒想到自己運氣這麼差，選擇在誠明直升高中後，她竟然還能直接和仇人同班……於是她被排擠的情況就從宿舍直接延伸到了學校裡。

謝佩宜的異性緣向來又特別好，久而久之，除了被輿論帶動的女孩子以外，就連男生宿舍裡的人也都變得不喜歡她了……

所以她對范宇陽，一直沒抱什麼希望。

他們只是萍水相逢——他只是一時對自己有點好奇。時間慢慢久了，他也會像其他人一樣聽信她從沒聽說過、也不知道內容的謠言，然後看待瘟神一樣遠離自己……

心不在焉地抱著浴盆和換洗衣物走出寢室房門時，她正好撞見了剛洗完了澡回來的其他三個女生。
寢室的另外兩個女生也是她的同班同學，都是同一掛的朋友，另外兩個還空著的床位則是高三的學姊。雖然不算是碰巧，周曉彤也沒想到會這麼剛好，一出門就遇見三個她學校生涯裡的「煞星」回來，下意識就把頭低下，想避免掉過於尷尬的對視目光。
女孩們見她這副反應，則像是覺得好玩，心照不宣地對視笑了起來。
「哎，彤彤。」驀地把準備轉身出去洗澡的人給叫住，站在謝佩宜旁邊，褐色長髮、五官深邃的女孩——鄭燦安揚起親切的笑意就朝她開了口：「那個啊，我剛剛看了，今天的值日是我們兩個，可是我等等有事要出去欸，那倒垃圾就麻煩妳啦。」
笑得親暱，她拉住周曉彤的手臂，像是撒嬌一樣的語氣，眼裡笑意彎彎。
周曉彤抬頭看向她。
「……嗯，好。」她默默點頭答應，邁步走出了門。
鄭燦安對她的態度一直比較謎。
算得上是班上最受同學歡迎的人，在男女生間都十分吃得開，長得也漂亮，交過幾個男朋友，和謝佩宜那一群人的關係也很好……但對她一直保持得像個普通朋友，當然也從來不曾幫忙過什麼。
但不管她心裡對她是什麼想法，總歸她是不想多惹這麼個人的。

——她也知道是自己太懦弱了。可她又有什麼辦法呢？反抗有用嗎？她不是沒有回罵過，不是沒有掙扎反抗過，得來的卻是更大的嘲笑聲。她也一直在想，是不是真的是自己的錯，甚至想過去釐清自己被討厭的理由，想努力改進，但不僅沒人願意告訴她，那種嘲笑鄙視的目光只是讓她在討好詢問的眼神裡更無地自容。

既然怎麼做都沒有用，那她也不想再作聲，只想平安無事地好好熬過這三年……

「……哎，你是從哪裡轉學來的啊？」

「哦，我從台北轉學來的，不過不是什麼厲害的學校就不提啦！……」

洗過澡吃過飯，周曉彤從地下室的學生餐廳上到二樓自修室的時候，遠遠就能聽見人熟悉的爽朗笑聲，還有一群男生女生圍繞著聲音主人討論的笑鬧聲。

她走上樓梯口，抬起眼睛，一眼就看見范宇陽穿著一身輕便T恤在交誼廳和一群人笑鬧在一塊，像是認識很久了一樣，毫不避諱地一下就和大家打成一片。

她愣了愣，還沒反應過來，直直地就對上他的目光。

「周曉彤！」大咧咧地揚開笑臉，伸手朝人用力招了招，范宇陽開口呼喚，笑得陽光燦爛。

而被喊住的周曉彤則明顯感覺周遭氣氛往下沉了沉，幾雙眼睛同著他一起盯了過來，幾個學姊開始笑得微妙，那種目光像能把她灼穿。

「欸，宇陽，你認識周曉彤啊？」旁邊高三的短髮學姐手肘撞了撞旁邊的范宇陽，用不大不小的聲音開口，明明在對范宇陽說話，眼睛卻睨著周曉彤笑。

范宇陽眨眨眼，佯作不解地看了回去。「對啊！怎麼了嗎？」

「我跟你說啊……」

「哎，周曉彤，妳在做什麼啊？」

沒等學姐說完話，范宇陽餘光發現她安安靜靜逕自就低頭過去收拾起了樓梯口旁的垃圾桶整理，咧嘴一笑，直接忽略了身邊的幾個人蹦噠了過去，動手就幫她收拾起了旁邊的回收垃圾來。

「……我今天是女宿值日，要下去倒垃圾。」訝異他竟然想也沒想就跑了過來，周曉彤看了看他，又看了看他身後臉色比自己更尷尬的學姐。「我收就好了，等等要晚自習……」

「哇，女宿值日生這麼狠的嗎？就妳一個人要拿這麼多啊？」范宇陽誇張地瞪大了眼睛，一邊說著，伸手就把她手裡剛綁好的一般垃圾搶了過來，自認瀟灑地挑了挑眉，「走吧走吧，既然都快打鐘了，那我和妳一起去啊，順便記一下垃圾場在哪。」

周曉彤看了看他，又看了看後面幾個面色不善的人，本來還想問什麼，又不知道該怎麼問，終究還是點了點頭，拎起垃圾，隨他走下了樓梯。

「謝謝。」實在不太知道自己應該做什麼表情，她只好尷尬地低頭道謝。

「不用謝，嘿，我知道我太帥了！走走走，妳帶我導覽垃圾場去，我們順便偷偷去販賣機買飲料——」

依稀又聽見了後頭傳來窸窸窣窣的討論聲，她又側頭抬眼看了看身旁的男生，想想他這麼陽光又好相處的性格，可能總有一天，終究還是要聽進去那些流言蜚語的……

「喂，范宇陽。」

「嗯？怎麼了？」

一整天下來難得聽見人喊他，范宇陽忙低頭轉過去看向聲音來處，放慢了腳步聽她說話。

穿過空蕩蕩的籃球場，九月的風已經有些涼。

周曉彤沒有看他，只是靜靜地繼續看著地面，表情被路燈的陰影掩蓋，自顧自地繼續出聲。

「你以後在學校、宿舍，可能會聽見很多關於我的一些……不好的傳言。」

「其實我自己也不太知道他們都傳了些什麼……」她頓了頓腳步，「我也不好說，為什麼會有那些傳言……可是你如果聽見了，我還是希望你能不能，別一下子就相信了？或許，可能你聽見之後，可以先來問問我……」

「我不會來問妳的。」打斷她欲言又止的猶豫擔心，范宇陽直望著她，片刻就咧開嘴角笑起來，「放心，我一定相信妳的清白！」

周曉彤愣是一頓。

「你真的那麼相信我啊？」聽他這話有些想笑，有點莫名的感動，又忍不住有點懷疑——她抬頭笑看他，撇撇嘴，又像是不太相信。

「那當然，我跟你說，我看人很準的，周曉彤肯定是個好人啦。」

「那不一定，說不定我是個壞人喔——」

「欸！不是，妳不要把垃圾甩我身上，很臭啊周曉彤！」

她聽著他的話，又看他誇張又真摯的表情，聽著看著就笑了，好像也真的逐漸放下心來，拎著垃圾一路追著他打鬧著到了垃圾場——好像他們真的成為了朋友，沒有那麼多擔心，也再沒有那麼多隔閡。

不管是不是真的，不管他之後是不是做到……

那句話對現在的她而言，就已經很足夠了。

第一章、穀雨

夏葉殘零，風過夢裡，帶來他指尖輕吟的和弦聲。
雨落初秋，他是她的第一個想望。

住宅小區一幢透天房子裡，充斥幾個人的言談笑語。

將門推開，隨著「吱呀」一聲響，像面具脫落一樣、范宇陽臉上本來還張揚的笑臉也跟著收了起來。剛從校車上下來，眼睛裡還帶一點放學後的疲憊，少年的制服隨意地披露在外，表情冷淡地就大步走進家門內，一開門，他就聞到撲面而來的飯菜香氣。

玄關正對大廳，電視機還播著歡樂的娛樂節目，飯桌前一家老小好像剛剛聊得正歡，在聽見大門被打開後卻都只是略略瞥了一眼玄關動靜，然後又回頭繼續吃飯說話，彷彿走進家門的人完全與他們無關。

范宇陽將球鞋脫下收好，走上玄關階梯時，也只默默地看了幾人一眼，直接轉身上樓。

「回來了也不說句話？」

坐在主位上的婆婆驀地出聲，一雙眼睛凌厲地斜睨過去，蒼老卻宏亮的聲音響在瞬即安靜下來的客廳裡。

范宇陽腳步一頓。

「嘖嘖，果然是外面浪的兔崽子，禮貌也不懂。」

「是啊，來了這裡後還陰陽怪氣的，回來也不出聲，好像我們虐待他一樣。」

「聽隔壁家說成績也一直不怎麼樣，還得靠我們弄關係給他進誠明……」

「唉，不像我們雅靜啊，懂事又聽話，前兩天不小心又拿了第一名嘞。」

……

親戚們的冷言冷語幾乎每天都會上演，有些只在私底下，也有些每天都在檯面上，冷箭一樣毫不留情地襲來。

但他早就已經習慣了。

只稍稍頓了一頓，他原來打算不管不顧地離開，但想起什麼似地，突然就繞了個彎，往下走進廚房，拿了碗泡麵，這才面無表情地直直走上了樓——彷彿對他而言，客廳裡氣氛僵持的人也完全與他無關。

「哼，不愧是那女人生的。」

他聽得一清二楚，卻不為所動。

——要不是宿舍阿姨說這周假日宿舍要淨空清理，大家都得收拾行李回家，他還真是一點都沒想要回來。

屋裡的人對他而言都算不上有什麼聯繫的親戚，最多就是有點血緣關係——父母離婚之後，他的撫養權歸給了生活上看來最優渥的父親，父親卻隨即將他丟給了奶奶，然後自己逍遙快活地給他在台北娶了個繼母，但很少再回來南部看他。

大概因為自己是男生才爭的這一份監護權吧。

好幾年前，他們離婚的時候，他一點感覺也沒有，只是冷淡地面對空冷的家，漠然地接受事實，在媽媽演技滿分的淚眼控訴和叮囑下收拾行李和爸爸離開。在他有記憶的畫面裡，他們還在一起時，就每天都吵得不可開交，最後分開了當然也不是什麼奇怪的事情……然後最後，他們也終於把自己這個累贅，丟回了最不待見他的奶奶家。

隱約在聽他們吵架時他得知，當年他們結婚時似乎鬧得並不愉快，老婆婆一直討厭他母親這個媳婦，自然而然地也很討厭自己。爸媽還沒離婚前，幾次過年時自己和家人回來，一群親戚也從沒給過自己好臉色看。

於是從一開始的渴望討好，到最後習慣了冷漠一語不發。

懶得與這些人起衝突，就乾脆變得不想說話——他早就習慣了看人臉色的生活應該怎麼過，對有的人，當然連面具也不屑戴上。要是能，他更想乾脆一直待在宿舍裡不回來。

「妳在幹什麼啊？」

回到房間後把晚餐泡麵煮好，盤腿隨地往地板一坐，他一邊等泡麵煮開，從口袋把手機摸出來點開了LINE。周曉彤的名字就在右上角，他興致一來，就拍了張泡麵的照片傳過去，還附上了一個可憐兮兮的貼圖。

「妳看，我的晚餐是這個，好可憐哦。」

周曉彤並不常回訊息，死挨著加了她好友之後，他常常被已讀，或是忘了就乾脆也沒被回。

嗯，不過這大概就是她的性格，他也不是很介意，還是樂此不彼地經常傳訊息過去轟炸發瘋，再被對方無可奈何地傳語音訊息咒罵。

周曉彤幾乎每個周末都會回家——對她來說，他想，她大概也只有回家時才是最高興的時候了。范宇陽從她嘴裡聽聞過她和母親的感情很好，雖然是單親，但是相依為命，還經常能見她在臉書上曬和母親的合照、或一些日常的逗趣發文……他看著看著，好像也忍不住有點羨慕起來。

他已經很久沒見過自己的母親了。

聽說她已經另嫁他人，有了新家庭和孩子，過得很好……大概，也沒有惦念過自己這麼一個兒子。

臨別前哭得淚眼婆娑，到後來連電話都很少接到，但也是意料之中。

「……」

大約過了十分鐘，周曉彤才給自己回了六個點，然後附上了張豐富大餐的照片：「可憐喔，來，姐給你照片飽飽眼睛。」接著再傳來一個狡詐的笑臉貼圖。

「啊，妳好過分！」

「我這是有福同享。你看，我這裡還有甜點——」

「周曉彤，妳太恩將仇報了！星期日等著！」

「啥恩啊我還要報？來來來——我等你啊。」

然後他們倆就開始了毫無意義的互洗貼圖。

安靜的小房間被通訊軟體的訊息通知聲充斥，「叮咚」響個不停，響得范宇陽整個人捧著手機笑出聲，差點沒把嘴裡的泡麵笑噴出去。直到最後是周曉彤有事，才終於結束了貼圖浩劫。

「不跟你鬧了，我要去畫畫了。」

「去吧去吧，大畫家──記得哪天畫我，要把我畫得帥一點！」

「想得美。」

范宇陽抱著手機哈哈大笑。

一開始只是同情和好奇而接近，後來卻是真的覺得她有趣。硬梆梆的冷漠不過是外殼，熟了之後會很快發現她很活潑，特喜歡唱反調和鬥嘴，而且還其實是個很有天賦的「小畫家」。

她的插畫很可愛，他看過幾次，也忍不住覺得挺欽佩──從大雨中就被她持續奔跑的樣子給吸引，他總覺得她的身上，總是有很多堅強的生命力。

即使面對學校裡頭那麼多的惡意……她卻依舊昂首挺胸，活得頑強，毫不猶豫地朝著自己的目標走。

他很佩服她。

他一直是個沒什麼目標的人，沒有什麼特別的愛好，也一直不覺得活著該做什麼、不該做什麼，只是無意義的隨波逐流。不像她，眼睛裡總是充滿著光芒，努力地前進，和爭取……

「帥不了了，只能長這樣了。」

心想她大概去專心畫畫了就沒繼續吵，范宇陽一邊吃泡麵，一邊滑手機看起了漫畫，但沒想過了幾分鐘，他就又聽通知聲響了起來——他點開一看，周曉彤傳來的竟然是一張簡筆畫的豬頭，旁邊還寫了他的名字。

他沒忍住笑出聲，手指按動屏幕快速打字：

「唉！我就算是隻豬也這麼帥啊。」

「……厚臉皮你最行。」

一句話又把她堵得一點辦法也沒有，他嘴角得意的弧度又擴得更大了些。

於是他點了點圖存下，乾脆地就把那個豬頭換成了自己在幾個常用社群網站的大頭貼，還在附註寫上：感謝某個人送給我的帥豬頭！

嗯——她大概忙完不久回來看動態就會看見了吧？

一想周日晚上回宿舍又能和她鬥嘴，他就覺得待在這個家裡頭的煩悶，好像又少了一點點。

「曉彤，這裡這裡！」

✿　✿　✿

午餐時間的教室走廊熙熙攘攘地擠滿了盛飯的學生，而在通往四樓頂樓的階梯上，短髮女孩左顧右盼了會，瞥見熟悉的人，就趕緊朝著正在樓梯下向上仰望的人打著氣聲招了招手。

一頭俐落的短髮和大眼睛，她的樣子清秀，笑起來眉眼彎彎，一張討喜的小圓臉，正是周曉彤的鄰座蘇慧瑜。而周曉彤聞聲則連忙一路小跑地奔了上去，一屁股就到她旁邊坐下：「小瑜，麻煩妳了，謝謝妳幫我盛飯！」然後揚了一個大大的笑臉。

蘇慧瑜笑著對她眨了眨眼，「沒事，快吃吧，都十二點十分了，我們只剩十五分鐘能吃。欸妳看，我還幫妳搶到了雞腿！」

周曉彤則跟著她咧嘴笑起來。

蘇慧瑜是整個班上唯一還願意搭理她、和她說話聊天的女生。她國中時就在這間學校念書，當時就認識了蘇慧瑜，後來直升上高中，也巧合地同班，個性相投，就成為了好朋友。

只是蘇慧瑜也只敢私底下與她親近。

雖然說班上的人大多也都知道蘇慧瑜是她的朋友，態度是各個心照不宣……但也因為蘇慧瑜和謝佩宜都同是學生會的人，還都是幹部，人脈各有各的廣，加上蘇慧瑜原本就擅長交際，那些人也就沒多說什麼，只是偶爾背地裡會使小眼色。

但對周曉彤來說，還有人和她一起能說話，她已經很滿足了。

「謝啦，雞腿真的超難搶的，我們班那群跟餓鬼一樣。」接過餐盤，她笑了笑，一面揀起鐵筷開動一面抱怨，「不過這裡才過沒多久才又髒了，掃地的都沒上來掃，虧我當初掃得那麼辛苦。」說著，她看了看屁股下堆積了灰塵的階梯，坐得很勉強，忍不住伸手拍了拍裙邊上沾染到的灰，表情很嫌惡。

嘖，真髒。等等起來還得折騰一番了，真討厭。

——暑期輔導的最後一天，她在考完試後的最後一堂自修拿了水彩出來畫畫，卻被那些男生路過時惡意弄倒調色盤，直接就「不小心」朝制服潑了上去。

原本淺黃色的制服被弄成了花花綠綠的顏色，她回家洗了半天也沒弄好，還被老媽念了一頓，結果老媽折騰了大半晚上也沒能把制服還原得完好如初——畢竟是黃色的制服，總不能拿漂白水洗。所以最後她只好再去買了件新的，但又拖了時間來不及繡學號。

開學時毫無意外地馬上就被同班的幾個打了小報告說服儀不整，為了班上服儀成績，她只好被老師意思意思地發上了頂樓掃地……其實也只是個藉口，到最後也沒人真來檢查她掃得什麼樣子。

「哎……說起來，開學那天我正好被學生會叫去，也不知道妳會被罰上去掃地……對不起啊曉彤。」歉然低頭，蘇慧瑜沉了沉眼睛，有些內疚。

那天回來時班上如往常氣氛古怪，她一眼就看見她不對勁，頭髮也髒了……其實好幾次她被欺負了，她都不知道該怎麼幫忙，也不敢出聲幫忙……她總覺得自己太儒弱，歉疚於她。

可是，她又怕出聲了之後，遭殃的就是自己……

雖然聽她說起來只是被借題發揮，可她記得，周曉彤當初就是幫了班上一個有自閉症而被排擠嘲笑的男生，才變成這樣的。

「沒事，老師就是罰口頭上的嘛，不讓我下去被檢查扣分而已，也沒有人真的來挑我掃得乾不乾淨啊，我也就是隨便拿了掃把上去撇撇。」一臉不介意地擺了擺手，周曉彤嘴裡還含著飯，話說得口齒不清。

「嗯，那就好。」眼裡還有些擔心，蘇慧瑜思慮轉了許久，終究還是默認地點點頭。她做不到什麼，只敢這樣偷偷地陪著她。曉彤心地善良，不會介意這些……那就太好了。

兩個女生在上頭輕聲細語地瞎聊天，飯吃到一半，就聽見樓下忽然「砰砰砰」地傳來了男生們奔跑嬉鬧的聲音。蘇慧瑜好奇地從樓梯間探頭下去，發現是隔壁班的男生從一樓急匆匆地跑了上來。

「啊！怎麼雞腿都沒了？」

「哈哈哈范宇陽你回來太晚啦，雞腿早就都被夾完了！」

「喂不是啊，我們不是差不多時間回來的嘛，怎麼你沒幫我留一根雞腿啊！」

下面鬧得歡樂，熟悉的聲音聽得周曉彤忍不住噗哧笑出聲——沒看見人，但是聲音太生動了，她幾乎能想像范宇陽那張好看的臉皺成哈巴狗的樣子，可憐巴巴的，等一下一定要傳LINE笑他……

蘇慧瑜探頭看了看，發現是熟悉的人影，就縮回來用手肘頂了頂旁邊的好友，有點八卦地眨了眨眼睛：「哎，那不是隔壁的范宇陽嘛，聽說你們很熟？」

「還好吧，就普通。」周曉彤不以為然地聳了聳肩，一邊從裙子暗袋拿了手機起來偷偷敲打起訊息，一邊回應：「就一個屁孩啊，上次還把我隨手畫的豬設成頭貼說自己很帥，挺搞笑的，真的有夠自戀。」說著，她點開通訊軟體上對方的名字，側過去給蘇慧瑜看了一眼，果不其然就看見了對方的頭貼還是那隻簡筆畫的豬。

上次她問了他幹嘛不換回來，他竟然還說他覺得挺帥的，什麼帥的很有風格之類的……怪人。

「是嗎，不過我聽說他很維護你耶。」曖昧地對著好友眨了眨眼，蘇慧瑜挑挑眉，「聽說，上次有人跟他說了妳的事情，他沒等人家說完就馬上反駁了，一直說妳是好人，把人家損了一頓，還說了一大堆妳的好話呢。」

聽見她的話，周曉彤拿手機給雞腿拍照的動作頓了頓。

「是嗎。」垂下眼睛，她下意識扯了一下嘴角笑，想了想，又側頭看向好友，忍不住覺得有點好奇：「他都說了哪些好話啊？」

「這個我也不清楚。」蘇慧瑜聳聳肩，「聽說就說，說妳很善良，很有才華啊什麼之類的……哎，妳看他這麼幫妳說話，是不是對妳有意思啊？」笑得越來越曖昧，又有點興奮的意思，她又側眼看了看下方還在嚷嚷的大男孩，看周曉彤的眼神多了點鼓勵的一位來。

「妳想太多吼。」周曉彤白了她一眼，「人家聽說很受歡迎嘞，身邊一堆漂亮的學姐學妹圍繞，哪裡輪得到來看我？他就是有點同情我才幫我說話的吧。」

說完，她放下手機，留了那支剛剛被她拍下來的雞腿，繼續若無其事地吃飯，心緒卻被蘇慧瑜的話攪得有點亂了起來。

別的她不想太多，也沒能敢去在這個地方這個處境想太多……雖然沒想到他在外面還幫自己說話，不過她就當他是個頂重義氣的朋友而已，沒想到那麼曖昧的地方去。

可憐也好，同情也罷，他願意對自己友善，她都已經很感激了。

「哦……」蘇慧瑜只好掃興地應了聲，看對方冷淡，也就不再多提。

「啊！周曉彤！」

偌大的叫喊聲驀地響透在盪著回音的樓梯間，還伴隨人匆匆忙忙奔跑的聲音。周曉彤一愣，才一抬頭，就看見剛剛他們口中還在談論的男孩已經氣沖沖地踩著球鞋跑了上來。

「妳都在這裡聽到我沒雞腿了，竟然還拍照曬我！」

周曉彤瞪大眼睛。「你怎麼知道我在這裡？」

「我剛剛在樓下就聽見有人在說話了。」范宇陽揚了揚眉毛，「一看見妳傳照片，我馬上就覺得樓上的人是妳。哈，妳的雞腿還沒動——我要拿走了！」

「喂！范宇陽你很髒！不要用手搶！還有你不要搶我的，自己去搶你們班的！」

「不要，妳拿照片曬我，我就搶妳的了。」

「喂范宇陽你還真的吃了！你很髒欸！那是別人幫我搶的！」

看著剛剛還冷冷淡淡的周曉彤撇下餐盤就朝著人追，樓梯下兩個人幼稚地追趕打鬧，就為了搶一塊雞腿，蘇慧瑜探頭，覺得有趣，看得忍不住發笑起來，又無奈地搖了搖頭。

不過看見周曉彤在宿舍還有這麼個朋友，她也就放心了。

✿　✿　✿

入秋的台南開始急遽變冷。

校服還沒換季，以至於身上穿的還是藍色的運動短袖短褲，冷風呼呼地吹得人皮肉骨頭都發冷。身上穿著校服的防風外套，又突兀地因為短褲露出兩條白晃晃的腿——周曉彤抖得只能窩在籃球場旁邊的騎樓躲風，一邊搓著手心，盤腿躲在柱子旁邊，抱著厚厚的英文課本在東北季風裡埋頭啃讀。

「abnormal，異常的，形容詞……abnormally，異常地，副詞……abnormality，異常，名詞……」

她皺著眉頭，一面重複誦唸，一面按著腦袋苦惱地記，然後用手反覆遮蓋住課本上的單字，像是覺得困難似的，又頭疼地按了按太陽穴。

文科是她的強項，可是記單字還是很讓人頭疼——高中和國中的單字量相比，根本是倍數增加的程度。

騎樓外還響著體育老師吹的哨聲，校慶將至，準備上運動會比賽的學生就在操場訓練。體育場上大概有三、四個班級同時一起上課，而其他沒有比賽的學生就在熱身活動結束後，由各自老師們任由了大家自由活動。

周曉彤另一邊還坐了一群女生在討論八卦，蘇慧瑜因為也參加了接力賽的關係也在操場。周曉彤沒人聊天，又懶得運動——反正她運動細胞也不好，而且待會下節課就得抽考單字了，她不如把單字本帶下來背熟。

「哈，原來周曉彤都偷偷躲在這裡都不運動！」

還在努力把單字頁面中的英文字母排序刻進腦子裡，手中的書卻忽然被人給抽走。周曉彤一愣，抬頭，就看見上身只穿黑色背心的大男孩低頭看著自己，額頭還滴著汗，一手抓著她的課本，笑得肆意張揚——跟她彷彿不是一個季節的，這男的怎麼這麼抗寒？

哦對，她都忘了這傢伙的班級這學期都跟自己一起上體育課。

吁口氣，周曉彤一拍大腿就站起來去搶回課本。「無聊，別搶我課本。」說著就伸手去抓，她又被吹來的強風弄亂頭髮，狼狽得亂七八糟。把書擱到一旁矮牆放好後，她不由得又冷得抱緊雙臂，一邊低頭空出手整理亂糟糟的瀏海。

「今天寒流來欸，你還穿這麼少，不冷啊？」她皺了皺眉，像是看怪物一樣的眼神從上到下打量了他一遍。

她住那個四季如夏的高雄慣了，來台南這麼久，每年都還是覺得冷。冬天就是個可怕的季節，真不知道北部人是怎樣活下來的？她又縮了縮身體，怕冷的表現一覽無遺。

「我剛剛打完球啊，當然不冷了，而且這溫度也還好吧。」聳聳肩，范宇陽隨手就拿了脫下來的運動服當毛巾往冒著汗的脖子擦，又嘲笑一樣地看了看她幾乎想把自己在牆角縮成蝦米的模樣，「妳也去運動就不冷啦！一直躲著不運動的話小心變胖！」

周曉彤沒好氣地扯扯嘴，斜睨了他一眼表示鄙視：「下堂課要考英文，我在背單字，而且我又不喜歡運動。」

「不喜歡運動？我看妳不是天天下課都在跑步嗎？」范宇陽略感驚奇地眨了眨眼睛，看了看，又伸出手去捏了把她的臉頰。「哎，妳看，妳都不運動，臉上都長肥肉出來啦！」

「你才長肥肉！」回翻給了他一個白眼，周曉彤用力拍掉他的手，伸腳往他的小腿不輕不重地踹了一腳。

體重可是女孩子的致命傷！她平常還覺得他細心又體貼，現在只覺得這個人有夠白目！

「每天放學跑步那是發洩，現在的時間不如拿來背單字……我看你倒是每天都很閒嘛，不怕這次段考出來又吊車尾啊？」挑挑眉毛，她歪頭看著人嘲諷回去。

稍微後退一閃，范宇陽想避開她的攻擊，小腿卻還是不可避免地被踢了一下，痛得他立馬一彈，滑稽地成了金雞獨立的姿勢原地跳躍。「吊車尾就吊車尾，大不了就重修啊，有什麼好怕的。反正重修之路上，數學、理化還有妳陪我，不寂寞——」

「靠，你還是滾吧。」

嫌惡地皺起眉頭，看他明明痛得呲牙裂嘴，臉上又馬上恢復成吊兒郎當的模樣，周曉彤瞇著眼睛看了看他，回頭想繼續念書——然而眼珠子才側過去，視線就發現了剛剛旁邊正在聊八卦的那群女生目光正向著自己。

而一見她看過去，幾個女生又立刻回過頭，各自低語了起來，不知道又在笑鬧些什麼。

周曉彤有些敏感地抿了抿嘴。

雖然知道自己不該什麼都亂想……可是實在很難。

她已經習慣了被在人後說些她永遠不知道內容的八卦。她曾經好奇過，也想過或許自己跟著那些或真或假的傳言去改變自己，也許就能改善境況……所以她問過慧瑜，但是對方卻總是含糊帶過，每次總不願意多說幾句。

那大概都是些很不堪入耳的內容吧，她想。

她大略從別人私底下的竊竊私語中聽過一些——因為剛升上高一的時候，她性格還算是爽朗，很快交過幾個要好的男性朋友，所以有過她喜歡勾搭男人的流言；還有從女生裡傳出來的謠言，說她衛生習慣很差，哪裡哪裡髒得很，最好不要靠近之類……

……也就只知道那麼多了，她也沒有那個膽量去向討厭自己的人問明。

她後來也漸漸明白，就是問清楚了，也並不能改變什麼。

「呿，我才不要用滾的，多痛啊。」捕捉到了她表情微妙的變化，范宇陽立刻揚唇一笑，放下剛才玩鬧跳腳的搞笑姿態，也不管其他，伸手就抓著人手臂往操場走，「走走走——不跑步，那我們去旁邊玩別的。這次運動會不是有那什麼……什麼趣味競賽、兩人三腳嗎？」

「啊？」還沒回神過來，周曉彤被扯得莫名其妙，又不好把人拒絕，只好半推半就地被拉了過去。「就算是兩人三腳，我跟你不同班也不能玩啊……」

「那有什麼關係，我們就玩好玩的啊，又不一定要上場比賽才能玩。」

於是她就看著范宇陽拿著從體育老師那拗過來的布條，彎下腰興致勃勃地綁住了兩個人的腳踝。然後搭著她的肩，一瘸一拐地在操場邊緣走跳——看起來一定滑稽，對方動作太快，還拽著她時不時地跌。

周曉彤看著極不協調的兩人的腳默默抽了抽嘴角。「我們這根本不像想參加兩人三腳的，比較像兩個殘障人士。」

范宇陽一聽立刻哈哈大笑：「哈哈哈！那不錯，我們多練練，以後一起進了養老院還可以一起玩這個……」

她馬上回頭就翻了個白眼回送，「誰要跟你進養老院啊！」

他則故作矯情地眨了眨眼，「欸，不好嗎？哪天我們老了，就一起進養老院，還能一起玩，有個伴，多好啊哈哈哈哈哈……」

「說什麼瘋話，我要是在養老院看到你，肯定斜著走，遇都不想遇見你！」

大概是蹦得太厲害，鬧著玩著，似乎從東北方呼呼吹來的風也就變得沒有那麼冷了。

周曉彤很佩服范宇陽。他好像總有永遠說不完的瘋言瘋語，總能讓她很快就開心起來，總能讓她幾分鐘就忘了剛才又受了什麼莫名其妙的流言蜚語，或是委屈。

「范宇陽，你不參加運動會嗎？」

鬧到最後已經熱到把外套脫下來繫在腰上綁，坐在旁邊欄杆休息。她看了看旁邊的朋友，又看了看班上正在操場中間喝水的一批人正朝著自己的方向竊竊私語，她有點心煩，但看了看身邊的開心果，決定還是不想再多想。

她知道他在他們班上短跑是數一數二的前幾名，但這次校際大隊接力上卻沒有他的名字，讓她很意外。雖然他是轉學生，不過聽說他很快就和班上打成了一片……

「懶得參加啊，多麻煩啊，還要像他們那樣訓練。」無趣地聳了聳肩，范宇陽笑笑瞅她：「妳不也沒參加？」

「我體育細胞不好啊，旁邊加油就夠了。」周曉彤無奈地看向操場。

她向來很有自知之明，百米賽跑老是能超過二十秒，參加了也只是拖後腿，多難看而已，「你也真奇怪，明明體育不錯，卻不參加體育競賽。考了吊車尾也不介意，也沒看過你認真參與過什麼……」

「人生那麼認真做什麼啊。」范宇陽不以為意地笑。

但聽她這一說，他也不禁跟著想了一想。

他確實從沒想過要認真什麼，和她相較起來，確實有大大的不同。

但看她總是這樣認真，又總是在認真後摔得滿身傷……如果他和她同班就好了，也許那樣的話自己還能實際地幫上她一點忙，而不像現在只能口頭的安慰，或是這樣隱晦地逗她開心……

他把憂慮藏在心裡，又對人笑起來：

「不過我彈吉他的時候很認真欸，下次社團的時候，妳來我們這裡玩，我彈吉他給妳看，到時候妳就知道我有多帥！」興致勃勃地立刻蹦到人面前擺手做了一個彈吉他的姿勢，他挑挑眉耍帥，昂著下巴，擺Pose擺得很有心得。

周曉彤原本還有些在意他那一句「人生那麼認真做什麼」，後面又看他耍帥起來，覺得看起來實在欠扁，直接就翻了個白眼輕輕往人腿上踹了一下，心裡顧著吐槽，就把他那句話先放到了一邊去。

「行啊，我也會彈吉他——肯定比你帥得多。」

學他揚唇笑得肆意張揚，手掌向內招了招，一副隨時迎戰的模樣，她大剌剌地插腰，宣戰宣言還頗有男子氣慨。

「哈，那來就來！」

——談話間，下課鐘聲就響了起來。

原本下課前還該集合，但因為鄰近校慶，老師們忙著訓練，怕拖延了時間，解散前就先說了讓大家下課後就自行解散。

鐘聲一響，在操場外圍或騎樓邊緣聊天的人很快結伴離開。與操場、籃球場相鄰的音樂教室也相繼有下課的學生走了出來——不像普通班的學生大多不羈，從音樂教室出來的學生們的制服都穿得整整齊齊，乖得像複製範本。

周曉彤還靠在欄杆上，目光下意識地就被吸引了過去。

人群中間，清秀俊朗的少年手裡抱著課本，和旁邊兩個朋友聊得有說有笑。

她有些出神，卻像是想起什麼，很快回神過來看向附近還未散去的一些同班同學，又注意到了剛剛那邊聊八卦的幾個女生投射過來的微妙目光……她又立刻低下了頭，晦澀將視線地收了回來。

范宇陽見她表情奇怪，就跟著她看了過去。

「那邊那個是哪一班的啊？」佔著身高優勢探頭望向那裡，他遠遠就瞄到了前面幾個學生胸前的數字二，看著大概是和他們同個年級的。

不過她的樣子有點奇怪。裡面有她的熟人嗎？

「仁班的，他們這學期每周四音樂課。」垂了垂眼睛，周曉彤幾不可見地輕嘆了口氣，表情也跟著有些微妙起來。

「裡面有妳認識的人？」看她提起來像並不特別排斥，范宇陽眨眨眼，趁機繼續追問。

仁班——那就是資優之一的了，難怪一個個看起來都像乖乖牌。

周曉彤愣頓了頓。

認識嗎……她腦海裡頭閃過許多思緒。隨著他的話再微微抬起頭來望向人群，她習慣地便想去找對方的身影和目光，然而卻只看見了對方見行漸遠的身影。

……他其實也從未把目光放到自己身上，一直只是自己的一廂情願而已。

「嗯……算認識吧，只是有個以前國中時候同班的一個朋友而已。」

沉默半晌後，她說。

✿ ✿ ✿

張子揚，是高二仁班的資優生，是周曉彤國中時曾經同班的一個朋友。

張子揚的個子不高，樣子長得清秀，小酒窩笑起來挺可愛，向來挺討人喜歡——張子揚的人緣很好，不像她總是四處惹人厭。

她一年級的時候確實喜歡過張子揚。

但那只是藏在心裡，沒曾說出口的暗戀……只是她好像向來藏不太住心思，也沒想到被別人看出來後，就變成了被人拿來說嘴的事情。

「時間到，最後面的同學收上來。」

英文老師的聲音打斷思緒，手中動筆的動作也停滯下來。英文單字細細麻麻地填滿了二十個方格，她起身，沿著直排向前，將小考試卷全數收回講台。

「現在發下去改，大家不要拿到自己的喔。」

由老師親自將小考試卷混亂後再經由小老師發給排首傳下，她拿起紅筆，照著黑板上老師給的答案一一改過，然後再將試卷回傳給手上試卷的主人。

「這次小考有沒有人全對啊？」

拿回試卷的周曉彤看了看，默默舉手——教室裡霎時響起了此起彼落的議論聲。

其實班上並不只有她考了滿分。周曉彤維持舉手的動作默默低頭。只是她的英文期中期末通常都是遊走在及格邊緣，小考也經常水準起伏。然而她知道，每次只要她拿的分數高了，就一定會被說閒話……

「老師，周曉彤一定是作弊！」

「對，我剛剛還看到她抽屜下有課本……」

「周曉彤昨天小考還錯七題，今天一定是作弊！」

「周曉彤作弊！」

……

班裡一時鬧得沸沸揚揚。

講台上年輕的英語老師一時有些無措，幾次拎了麥克風到嘴邊要勸都無果，最後只好清清嗓子，直接扳起了臉孔：「喂喂喂，你們好了，該上課了，都不要再吵了——」

「周曉彤作弊！」

「老師，周曉彤作弊，不能不罰她！」

英文老師是他們班導，年紀還輕，個子小小的，長得可愛，性格又直爽，經常能跟學生們打成一片。懷著滿腔熱血，他們這位老師剛畢業就回了家鄉來教書，但不巧卻帶到了他們班、這個在隨機分班下意外地全年級最管不住的班級──他們老師就從來沒真能管住這群人過。

而現在的情況是，教室裡吵得不行，上課時間才進行不到一半，期末考前的進度還有大半沒能趕上，這麼下去根本沒法上課。

周曉彤抿住嘴。

老師被鬧得沒法，只得無奈地看向她：「這樣吧，周曉彤，我給你抽考幾個單字，你上來默寫。」

周曉彤垂著頭頓了頓，抬起眼睛，緩緩地點頭應了聲好。

走上黑板前時，她感覺全班的視線都熱辣辣地盯著她。班導抽考了三個單字，她沒什麼壓力地全部默背了出來，台下的學生又開始起鬨，說她肯定是趁著在座位上時又偷偷默背了，才能準確無誤地寫出那三個單字。

ability，gossip，rumer。

她習慣了，她習慣了。習慣就好，沒什麼大不了的，反正她沒作弊，她問心無愧。

「好了好了，別吵了！上課！」

她在哄堂嘈雜的聲音中沉默，一直到下課鐘響，她都沒再說話。

「嘖嘖，你聽說了嗎？周曉彤之前勾引仁班的張子揚沒成功，這次又去倒貼隔壁班的范宇陽欸。」

鐘響時刻，她習慣地打算起身離開教室，又聽見身後傳來熟悉的八卦聲。

她沒有回頭，只是微微側頭瞥眼過去看——是一群經常和謝佩宜她們玩在一起的女生。

她們用的是氣音說話，可離她離得很近，她即便不想聽，也不得不將內容聽得一清二楚。

「嘻嘻，就她這種，范宇陽跟她肯定不可能的啦。」

「對啊，聽說和班那個誰……跟范宇陽很要好耶，他們兩個大概會在一起吧？」

「欸欸？誰啊誰啊，是那個女的嗎？……」

周曉彤低著頭，只能裝作沒聽見，轉身走出教室。

她很早就沒有過妄想了。

曾經在車站像傻子一樣地等過一班又一班的車，只是為了能看見那個正好要去補習的暗戀對象也來搭車，一起安靜地待過短短的四個站次，聊短短的十五分鐘的天，兄弟一樣打鬧，然後就安靜地目送他離開……

然後淪為別人的笑柄，被嘲笑是貼著人冷屁股的笨蛋。

……她是很有自知之明的。

✿ ✿ ✿

范宇陽背著吉他經過女廁的時候聽見了哭聲。

午後的社團時間——他上一堂課是體育，到吉他教室的時間晚了些，還跑得有點喘。剛響鐘的社團大樓很安靜，附近是吉他社和熱舞社之類的音樂社團，各方教室裡還傳來細微的音樂聲，他腳步頓了頓，看了看周圍，想起自己好像還沒問過她是哪個社團的。

但是聽見哭聲，就總覺得好像有可能是她……

他想了想，覺得有點擔心，雖然有點蠢，還是抱著姑且一試的心態站在女廁門前，壓著嗓子氣聲喊了出聲：「周曉彤？」

裡面的啜泣聲仍未停止，卻似乎頓了頓。

范宇陽探頭往裡面看了看，想了會，便又出聲喊了一次：「周曉彤？妳在裡面嗎？」

裡頭的聲音又頓了一頓，但顯然並不想回應他。

他這下大概有八成把握確定是她了。

「周曉彤周曉彤周曉彤——」

「……誰啊！」

「是我啊周曉彤，妳快出來，我有事情找妳！」

哭腔裡還帶一絲憤怒，大概被他盧得很想揍人。范宇陽連忙轉回頭貼靠上牆，接著就聽見廁所的門被「砰」地打開，然後是水龍頭的水往下「唰唰」地沖過洗手台的聲音。

他偷偷探了探頭，看見女孩出了廁所門，轉開水龍頭往自己臉上打了好幾波水，潑得前額的瀏海都給打濕了，狼狽地貼在額頭上。

她一轉身，他就連忙站正身子，裝作什麼也沒有看見的樣子。

然後是球鞋摩擦在地板上，像憤怒地擦打過地面的聲音。

「幹什麼？」

瞪著一雙發紅發腫的眼睛看他，她站在門邊，鼻子也紅通通的，看上去像被欺負了一樣，可憐兮兮的，卻還扳著張氣呼呼的臉要強裝氣勢出來。

看起來挺可愛，又挺可憐，怪讓人心疼的。

范宇陽眨了眨眼睛，拿下背上的吉他，拎著背帶朝人晃了晃。「來聽我彈吉他啊！今天是社團活動欸，我說了彈吉他給妳聽的。」

周曉彤看了看他，又看了看他手上被黑色吉他袋裝起來的樂器，突然就又覺得委屈起來，眼睛裡一下子又盈滿了眼淚——明明不想哭，尤其是在對方面前，但控制不住委屈和難過。她覺得很丟臉，不想給人看見自己哭的樣子，只好快速地撇過了頭去，微微仰頭起想阻止眼淚掉下來。

「……下次再聽，我現在不想聽。」

不過一開口，她聲音裡頭的哭腔還是洩漏了出來。

范宇陽知道她好強，本來想順著她那樣裝傻裝到底，但看她這副樣子，再裝下去那就太刻意了——他只得還是嘆口氣上前去，繞到了她的正面，歪著頭下來和她對視。

「怎麼啦怎麼啦？」臉上向來不太正經的笑容收斂了幾分，他伸手輕輕拍了拍她的頭，「誰欺負我的好朋友周曉彤啦？快告訴我，我去揍他一頓。」聲音比往常溫和了許多，他微微低頭看她又要哭出來的眼睛，聲音聽起來像是玩笑，卻又比平時認真。

這個安慰還挺管用，范宇陽想，她總算沒再躲開自己。不過他定睛一看，就看見眼前的女孩眼淚又掉了下來，看上去更可憐了。

「沒人欺負我……」別過眼睛，周曉彤下意識就想避開他不知道是同情還是可憐的目光，拉長的尾音還帶哭腔。

「好啦好啦，我知道沒人敢欺負恰北北的周曉彤吼。」范宇陽只好繼續順著她的話苦哈哈地安撫，「沒人欺負妳，那妳心情不好就別哭啦。來社辦聽我彈彈吉他，說不定心情就好了！」說著，他還擺了個耍帥的姿勢，湊在她眼前晃了晃。

周曉彤撇撇嘴，本來還想繼續扳著臭臉，但一看見他那張裝模作樣的耍帥臉，一時沒忍住，噗哧就又笑了出來。

「你哪來的臉，說不定聽了心情更差。」說著挑了挑眉，像是不相信的樣子。

「我就臉大！而且我長得帥，看我也心情好啊。」范宇陽跟著她挑起眉頭，沒臉沒皮地接話。見她總算笑了，也就跟著笑了起來，伸手抓過她的手腕，不輕不重地帶著就往樓上走，「走啦，廁所多臭啊，到樓上社辦聽我彈吉他啦——」

他握的力氣不大，周曉彤知道她能掙脫。

不習慣被人抓著走，她動了動手想脫離，可掙扎的時候，手指無意間觸及的手掌溫度卻很溫暖，暖流一般滑進心裡，好像把剛才的那些委屈全都驅散了。

她愣了一下，莫名就沒再想掙脫，只得轉過頭嘀咕：「我幹嘛跟你去吉他社，我自己也有社團……」

「那妳幹嘛不去社團，跑來這裡給廁所熏啊。」調侃地睨了她一眼，范宇陽拉著她上了樓梯，到教室門前便鬆了手。

周曉彤看了看自己的手，又看了看他。

哭腔已經止了不少，她頓了頓，繼續嘀咕，「干你屁事啊。」

「行行行，不干我屁事，周曉彤兇巴巴耶。」癟癟嘴，范宇陽裝委屈，很誇張地大大嘆了一聲，這才逕自推開門進了教室。

吉他社的社辦裡人還沒齊，幾個人零零散散地抱著吉他在練習，看見范宇陽進來，也只是回頭打了聲招呼，並沒有多在意。大概因為社團活動比較自由，人也總是來得比較晚。

周曉彤看著他的背影，有些怯怕地看了看四周她全然陌生的臉孔。「我這樣進來，會不會打擾到你們社團啊？」

「不會啦，我們平時就是自己練習，老師下堂課才會來，也經常會有其他社的跑來我們這裡玩。」從旁邊搬來兩張椅子，范宇陽獻寶似地拍了拍木頭椅子的椅墊，「來來來，坐吧！」

「哦。」

她依言乖乖坐下，一雙大眼睛紅腫腫的，鼻子還有些紅，一抽一搭的蹭。見她這副樣子，范宇陽只好又從書包裡搜了包隨身面紙遞給她，眼角一邊瞥對方的表情，一邊拿出吉他調弦，還不時地抬起眼睛看她。

看起來總算好多了。

幸好他經過的時候，正好發現了她。

「妳參加什麼社團啊，不用去的嗎？老師不點名啊。」

「讀書社，沒什麼人，老師不太管的。」周曉彤聳聳肩。

「怎麼填了這麼無聊的社團啊？」范宇陽笑起來，「妳這麼會畫畫，可以填個校刊社什麼的——」

「不要。」她低頭，「我們班有幾個女生就在校刊社……」

這回換了范宇陽沉默。

熟悉起來後，他聽她說過幾次班上的事情，但她總說得很隱晦。也許是自尊心讓她不想說得太清楚……她既然不說，他也就沒多問，沒想要再多碰她傷口。

可是看她今天哭成這樣……這麼嚴重的話，一直就這麼放著真的好嗎？

「那妳以後要是心情不好，都來這裡找我玩。」沉默片刻，他終究還是裝作沒事一樣地對她揚開笑臉開口。「來來來，想點什麼歌！」

「隨便吧。」周曉彤聳聳肩，「你想唱什麼就唱什麼吧。」

看著她還像剛哭過的臉，范宇陽抱著吉他想了想，試音地往下刷了一個調，五指按住和絃，他彈指輕輕刷起前奏。

周曉彤抬起頭，便聽他張口輕唱：

如果說你是海上的煙火　我是浪花的泡沫

某一刻你的光照亮了我

如果說你是遙遠的星河　耀眼得讓人想哭
我是追逐著你的眼眸　總在孤單時候眺望夜空
我可以跟在你身後　像影子追著光夢遊
我可以等在這路口　不管你會不會經過
每當我為你抬起頭　連眼淚都覺得自由
有的愛像陽光傾落　邊擁有邊失去著……

他的聲音溫暖而乾淨，像是夏日裡，從被風吹起的白色窗簾、像縫隙間透進來的光，灑落滿地的點點溫潤。

周曉彤靜靜地看著他唱歌的模樣，吉他聲暖人地流洩進心裡，她卻忘了還有那把吉他，只記得看著他微斂的深棕色眼睛。

那個午後的吉他聲，一直到很久以後，她都一直記得。

第三章、芒種

或許因為他的出現，她終於開始相信，雨過之後，或許會見到彩虹。

五穀初收，一切彷彿都因為他而開始有了希望。

今年的冬天來得特別晚。

南部的熱辣陽光迎接過年底的運動會就開始一波波地嚴冷，被新聞渲染得恐怖至極的極地寒流帶來難得的低溫，冷得長年在熱辣陽光下生長的周曉彤幾乎整個寒假都縮在被窩裡不想動。

「范宇陽，高雄好冷啊，我這只剩四度。」

「那算什麼，台北都下雪了啲，我這裡還下冰霰。」

「哇，真的啊？我都沒看過雪，冰霰長什麼樣子啊？」

「透明的，冰冰涼涼的，有點像下雨，一碰到手就融化了。」

「聽起來好像很漂亮！可惜高雄不會下雪……」

「沒關係！我明天要上陽明山，正好拍給妳看。」

……

「陽明山的雪漂亮嗎？」

「拍到了！還不錯——欸周曉彤，妳看雪好看還是我好看啊？」

期末考過去，農曆年也迎來新春，二月的開頭，向來不下雪的台灣都冷到零度，陽明山就下起了大雪，幾間山上的大學甚至積雪成災。

范宇陽的爸爸難得地放假，他就回了北部和親人過年。高中生的寒假不長，只有短短兩周，兩個人就傳了兩周的訊息，還互傳了一堆照片分享。

——開學的當天正好是情人節。

學校雖然明裡規定了不能談戀愛，但國中部管得嚴，高中生就難管得多，老師們就大多睜隻眼閉隻眼，有些老師開明點的，還會調侃自己班上班對。

周曉彤進教室時還偷偷地低頭滑看手機裡范宇陽傳來的照片——是陽明山上白色世界一樣的雪，像灑滿了天地的雪精靈，雪白又乾淨，讓人莫名嚮往。

不過最引人注目的，大概還是照片上那一隻比著「YA」的剪刀手，還有下一張照片裡，穿著羽絨衣的男孩陽光燦爛的笑臉。

「聽說妳拿了台南市美展第二名啊？」

「是啊，但是沒能打進全國。」

「沒打進全國有什麼關係，妳已經很厲害啦！我都沒拿過第二名的。」

「廢話，你每次都馬吊車尾。好啦，等我回學校，給你禮物當慶祝！」

最後一次對話是周日晚上，最後還附了一張他自己比了讚的自拍照，咧牙笑得燦爛，好像冬天裡的小太陽似的。

看著看著就忍不住笑了出來——她就站在教室門口，然後突然被人從背後輕輕一拍，嚇得她趕緊將手機迅速塞進外套口袋裡。

「早啊曉彤——一大早就在偷偷滑手機？」

帶著賊兮兮的笑，蘇慧瑜從她背後探頭看了看，卻見她已經收起手機，只好有點失望地癟癟嘴，又不懈地繼續上前調侃她。「范宇陽傳的訊息吧？傳了什麼啊？」

「什麼啊。」看白癡一樣地回頭瞥了她一眼，周曉彤奇怪地皺了皺眉頭，「只是過年的時候，他說在陽明山上看見雪，我沒看過就叫他傳給我看看而已。妳這個戀愛腦是又想到哪裡去了？」

「能想到哪去？今天是情人節欸。」教室裡的人還不多，蘇慧瑜沒幾分顧忌地跟在人旁邊擠眉弄眼，笑得更歡：「妳整個寒假在LINE裡面跟我提的都是范宇陽，范宇陽在臉書也老是標記妳。我才不相信你們兩個是純友誼。」

「……那還能是什麼喔。」目光微微一動，周曉彤明明嘴上是反駁，腦子裡卻立刻浮現出了他彈吉他時專注認真的側臉，還有那個秋末的午後，對方乾淨溫暖的歌聲。

……哦，好吧，他唱歌確實還不錯聽啦。

「我們這就是純友誼，純哥兒們，妳不要想太多了。」裝著無所謂地掩蓋掉一瞬間的失神，她將書包放到座位上安置好。天氣還沒完全回暖，她一坐下，被冷冰冰的木椅凍得抖了一下，又冷呼呼地搓了搓手，卻忍不住口嫌體正直地將目光向窗外探。

范宇陽正好是在開學前去了趟陽明山，說是又接著去了宜蘭。她從他嘴裡聽說，是跟難得放假的父親出去玩了一趟，玩到今天大早上才要趕回來……

她也忘了自己是什麼時候跟范宇陽變得這麼要好的。

可總感覺只要和他說話，自己在學校裡遇到的所有困難和難受，好像就能一瞬間煙消雲散了。

可能……是因為對方總是沒臉沒皮又自戀地湊上來耍寶吧。

「……頒發獲得南市美展獎項的同學。第二名高二平班周曉彤，佳作……」

「恭喜以下幾位同學。」

司儀標準清朗的聲音從麥克風傳來，標準地朗誦過名單上的得獎人。台下幫她拍手的人很少，但她也不特別在乎這個了。周曉彤不常上台，只覺得早晨的陽光有些刺眼，她瞇眼看了半天，還是看不清後面班級的人到底來集合了沒有。

她小心翼翼地探頭看了看，頒獎的背景音樂聲響起，她只得又連忙站直身體，接受美術老師上台給她頒發獎狀。

回到班上排位坐下時，她依然在心不在焉地四處張望。

一直到開學的第一場升旗典禮結束，她都沒看見范宇陽的身影。

回到班上前，美術老師把她找了過去，和她討論了下一次美展的準備事項，還有校刊圖畫徵稿。

她回到班上時，隱約又聽見班上同學嘀嘀咕咕地在討論她又佔了班上的比賽名額，美展又沒拿上全國名次，比不上高三的某某學長厲害……她全當耳邊風，自顧自地回到座位收拾獎狀，心情卻不免有些低落了下來。

假期過得再怎麼高興，終究還是得回來面對現實啊。

「哎，周曉彤！」

——還在低頭整理書包，周曉彤旁邊的窗戶突然被人用力打開，一袋外圍包裝都被壓成了稀巴爛的零食大喇喇地甩了進來。

還沒搞清楚狀況，她愣地眨了一下眼睛，很快聽見後頭班裡隱隱傳來起鬨聲。抬起頭，才看見是還喘著氣、揹著書包，制服也穿得亂七八糟的范宇陽站在她的窗前，笑得傻呼呼的。

「抱歉啊周曉彤！我跑得太快，這袋零食就被壓扁了。欸，但你相信我，我剛剛是很努力保護他們的！」像是很困擾地看了看那一袋子用牛皮紙袋裝起來的零食，他扯扯嘴角，又撓了撓頭笑：「這些都是我出去玩買回來的特產。店家說是女孩子喜歡吃的零食，我也不知道好不好吃啦，不過就給妳當做第二名的禮物了！」

周曉彤這才意會過來。

接過紙袋翻看了看，她一一拿了出來攤在桌上：有牛舌餅，有不知道從哪裡買的松露巧克力，還有一堆有的沒的看著吃了就會蛀牙的零食……

她忍俊不住，噗哧就笑了出來。「你買這些給我是想讓我吃到蛀牙啊？」

范宇陽很無辜，「不都說女生喜歡吃甜的嘛。」說著還同她在紙袋裡一起翻了翻，很快翻出了一盒巧克力來：「不過妳說過妳不喜歡吃太甜的，我就都給妳找了些不太甜的甜食了耶。」

不太甜的甜食？

周曉彤低頭，看了看他拿出來的巧克力上標明的標籤——還真標明了是70％的黑巧，大概是真的用過心挑。

「好吧，那我就收下了。」挑挑眉，雖然心裡樂孜孜的，她還是抬抬下巴，很保持人設地裝了張酷臉，對著大型犬一樣滿臉寫著「快誇我」的大男孩狀似勉勉強強地道了聲謝。

「嗯。那吃完記得給售後五星好評喔——」范宇陽大概是看出了她不好意思，眨眨眼睛笑了一下，開了個玩笑就朝人招了招手，「那我回去啦，掰掰！」

像一陣風似的，來得快也去得快。

周曉彤一邊裝作沒事地把人送來的禮物慢條斯理地收進書包袋子裡，默默在心裡細聲嘀咕。

情人節送慶功禮物啊……還是真是沒腦子的笨蛋。

算了，他確實也就是這麼個笨蛋吧。

「那個，彤彤。」

✿　✿　✿

放學鐘聲已經響過片刻，因為就住在宿舍不用趕校車，幾個人就還在教室裡不急著走。然而隔壁班還在上課，女老師講課的聲音斷斷續續地傳來——和班的英文老師向來嚴格，即便是最後一截，也照舊地要比別人晚下課。

周曉彤還在一面慢條斯理的收書包，一面滑手機，旁邊同是住宿生的鄭燦安便突然朝自己走來，帶著以往一樣親切又無害的笑容，聲音甜甜的。

她愣了愣，不解地循著聲音抬頭看她。教室裡的人已經走了大半，剩下的都是些不常起鬨的同學，也沒怎麼注意到她們，只有一兩個女生好奇地往他們的方向張望兩眼，就又轉回頭去做自己的事情。

「嗯……燦安，怎麼了嗎？」雖然自覺她基本對自己並沒有惡意，但面對她時總還是有一股難以言喻的尷尬——周曉彤臉上肌肉有些僵，還是努力地擠了笑臉出來應對。

平時她沒事也不會找自己……尤其一想她跟那幾個女生關係又很好，她總難免地覺得不好面對。

「那個啊……我聽說，妳跟隔壁班的范宇陽關係不錯。」手上拿著張被整齊地摺成方格、圖樣可愛的淺綠色信紙，鄭燦安朝人遞出去，笑得坦然，「我很想認識他，但是不知道怎麼搭話。妳和他關係好，能不能幫我把這封信給他？」

周曉彤看著那張信紙，一時也忘了要去看著對方的臉，只覺得有點愣。

她確實經常看見別人用這樣的小紙條互傳，或是拿來互相認識，只是自己從沒用過，也沒想自己有一天會成經手人……

她突然就覺得有些不真實，原來她的朋友——范宇陽真的比她想像中的要受歡迎。

「彤彤？」

「呃……我……不太擅長送這個。」表情笑得更尷尬了點，雖然心裡有種難言的莫名酸楚感，周曉彤說的卻是實話，整個人顯得有點無措。她還真就沒幫人送過信，而且這麼看著，像情書似的……她要怎麼跟范宇陽說啊？

「沒關係，妳就告訴他，是我給他的信就好，其他的打開就知道內容了。」笑得溫和，鄭燦安偏了偏頭，依舊是親切甜美的笑容，還拉起她的手捏在掌心輕輕握地握：「彤彤，拜託妳啦。」說著還撒嬌一樣地輕晃了晃。

周曉彤容易心軟，拿撒嬌這種事向來沒輒，不管對方是男是女。雖然覺得尷尬，她還是只得勉強地將信接了下來，「好吧，我就……我也只能幫妳把信給他喔。」側首，她有點無奈地笑了一下。

「謝謝妳，我知道妳人最好了。」感謝地對她彎唇一笑，鄭燦安見對方把信收下了，就背起書包，邁步走出了教室。

周曉彤看了看對方的背影，又看了看手裡的信。信紙上頭還用可愛的字體寫了范宇陽的名字……她突然覺得心裡有點悶。

平班的教室已經空了。教室裡太安靜，稍微靠近隔開兩個班級的牆就能隱約聽見隔壁老師透過麥克風傳來的講課聲，大概又是那些對她而言永遠無解難懂的英語文法。

她突然就沒了別的心思。信還攢在手心，她背起書包就往教室外走，本來想直接若無其事地路過，卻在經過隔壁教室的窗口時，忍不住偷偷地往最裡面最後一排的位置探看了看。

范宇陽正趴在桌面上，看起來十分無聊地拿著筆在課本上塗鴉亂畫。

她目光才思考地停了一秒，對方便像是有感應似地很快抬起頭來，張望地往窗外望。周曉彤突然覺得心虛，連忙轉頭回正面，頭也不回地走過了教室，快步就往階梯下走。

——她也不知怎麼，突然就覺得心口堵得慌。

不過就是拿小紙條認識人嘛，傳個話而已，哪有什麼大不了。她也看過蘇慧瑜寫這種小紙條給她男朋友啊，就是幫忙送個信得了，也沒有什麼……

「哎，周曉彤！」

然而才走到學校玄關，後面便傳來了熟悉的聲音把她叫住。

她一愣，還沒反應過來怎麼打招呼，范宇陽的手已經猛地拍到了她背上，嚇得她一炸，差點沒跳起來，脫口就飆了句國罵。

「幹！誰啦……幹嘛啊！」

不知道她反應這麼大，他連忙繞到了身前，立刻就耷拉下了臉。

「抱歉抱歉——欸周曉彤，拍痛妳了嗎？」看她朝著自己回頭，像是被嚇得瞪大了眼睛的樣子，他表面上歉疚，心裡卻覺得她的表情好笑到有點可愛，但怕笑出來了就真惹人不高興了，就還是忍了下來，繼續拉了張無辜的求饒臉。「不過妳走得好快啊，我差點追不上，都怪老師拖時間拖了太久！」

「……欠揍。」撇撇嘴，周曉彤瞪了他一眼，「因為我肚子餓啊，都要六點了，我要回去洗澡吃飯。」

她雖然本來確實是有那麼點想留下來等他一起放學走回宿舍，可後來一覺得彆扭，就不想等了……哪知道他又追上來。

「不要回宿舍了，今天要不要一起留社辦？」范宇陽朝著她賊兮兮地咧開嘴笑，像準備要背著大人做壞事的小孩，「四月初要成果發表，我們社團要準備表演，我也要上場。這兩個月我們都會挑時間留在學校練習，妳今天要不要也一起留？回去我就幫妳跟舍監說妳是留在學校課後輔導。」

這是要說謊的意思？周曉彤愣了一下。雖然她也算不上好學生，能撬掉宿舍晚自修對她來說沒什麼不好，可是……

「可是你成果發表要練習，我留下來幹嘛啊？」想了想也沒想明白這跟她有什麼關聯，她偏頭皺了皺眉。

「妳可以來我們社辦隨便玩啊。」笑得更燦爛了一點，范宇陽湊近她繼續蠱惑，慫恿地眨了眨右眼笑，「妳看，待在宿舍還要被舍監管，也不能玩手機，不能看漫畫看小說，妳也不能畫畫，只能念書，多無聊啊……妳可以來我們這裡，要是沒事做，還能免費聽我彈吉他——」

「行了行了，好像聽你彈吉他多了不起一樣。」白了他一眼，周曉彤像是受不了他地聳肩吐了口氣，眼神裡全是嫌棄，「不過這麼說謊不會被舍監發現嗎？」總歸還是有些擔心，畢竟平時她基本不幹什麼違反校規的事，而且舍監本來心就都偏著寢室的學姊，一直都挺針對她的……

「哎喲，沒事啦，我上次偷溜出去，也說去課輔，都沒被發現。要真的被發現了，那就說是我忘記說了，我的錯！」一邊走一邊想藉口，范宇陽樂觀地在腦內實行開脫理由完畢，便往常一樣捉過她的手腕，踏步就想往社辦的方向走。

然而抓起她的手時，卻發現她手裡還捏著一塊方形信紙，立刻就好奇地把她的手舉了起來端詳。

「這是什麼?哎,上面還寫了我的名字。」

「哦……對啊,給你的。」看了看手底的紙,聳聳肩,周曉彤看他發現了,乾脆就把信紙直接往他手裡塞,「我們班的鄭燦安給你的,說是想認識你……她也是住宿生,跟我同寢室,你還記得嗎?」

聽見對方的問話,范宇陽接過信紙,眨眨眼睛,好奇地把那一方小紙條拿起來從頭到尾翻看了看。

「鄭燦安?嗯……」端詳過後,他苦惱地偏頭想了想,好半天才總算在腦海裡搜出了關於與名字連接的一點模糊的外貌片段。「有點印象,但不熟,只是聽班上的說過。欸走啦走啦,我們還訂了晚餐,現在應該送到了。不要回去吃宿舍那個超難吃的晚餐了,我們今天訂了鍋燒意麵,我還特地給妳多訂了一份……」

看他隨手就把信紙塞進了口袋裡,也沒拿出來看一看,又繼續滔滔不絕地說起了些雜七雜八的閒話,手拉著自己就往社團大樓的方向走。周曉彤愣了愣,雖然還有點好奇信裡的內容,可心底的那股壓抑鬱悶卻莫名地就消失了。

「嗯,謝啦。」

沒有看他,她只低頭看著擦在地面上的皮鞋,莫名就暗悄悄地笑了起來。

把鄭燦安的那封信給了范宇陽後，周曉彤忍不住好奇，和范宇陽本人打探過幾次他們倆的「發展」，也曾經親眼看過幾次鄭燦安到和班去，透過窗口讓人把信交給范宇陽……

「哦，我就回她這些啊，也沒什麼。」

被問及「發展」，范宇陽隨手就把準備要回給人的信扔給了旁邊小心翼翼探問的人。在這方面沒什麼神經，他反跟對方打探地過問過幾次周曉彤的情況，好像並不是那些欺負她的人，他才安心交朋友。

信就這麼扔了過去，他也沒覺得哪裡不好。心裡覺得大家反正都是朋友，丟給了對方後他就又繼續抱著吉他練琴。

周曉彤愣了愣。

下意識就接過了對方丟來的字條，本來想吐槽他就這麼丟給自己似乎不太好，卻又忍不住好奇地瞄了幾眼——是很中規中矩，有問必答，但也沒多說別的，大部分就是閒聊，連一點曖昧的氛圍都嗅不到。

她登時感覺這男生有點奇妙，有時候像是開朗的外殼下包裹著細心和一點溫柔，有時候又覺得他就是個沒腦子的幼稚直男癌。

✿　✿　✿

「那你們這次成果發表表演什麼啊？」對他和鄭燦安的友誼發展一下子也沒了什麼興趣，她也就乾脆暫時放下了手裡的英文課本，好奇地朝他正在仔細鑽研的樂譜湊過去看。

「還沒決定好，目前打算在這幾首裡面挑個兩首……哎，周曉彤，妳不是也會吉他嗎，要不要玩玩？」皺著眉頭，一邊壓著和絃照著上面的譜撥了撥弦，范宇陽頓了頓，突然想起什麼似地抬頭看向她：「還是妳想學哪首？我教妳！」

「還學吉他嘞。下下禮拜要期末考了，我又不像你還能拿社團當藉口……」看她又抱起了書對自己翻白眼，范宇陽撇撇嘴，覺得她無趣。

「社團也不可能拿來當藉口啊，要是因為社團的人因為練習掉了名次，肯定比一般人要被罵得更慘欸。」

「那你還不看書。」像是覺得他自作自受，周曉彤撐頰覷他，挑著眉頭，像是幸災樂禍，而後又回頭，繼續漫無目的地看起了書本上螞蟻一樣彎彎曲曲的英文單字。

「成績又不是一切，幹嘛那麼死心眼啊。」聽見這話，范宇陽語帶鄙視地瞅了她一眼，右手在弦上刷了個不成調的和絃。

周曉彤學他撇撇嘴，突然覺得對他這種毫無來由的樂觀羨慕了起來。

「成績不是一切，但是好成績才能考上好大學，拿好學歷。所以說一切還是要靠成績啊——」

范宇陽看著女孩莫可奈何的模樣，忍不住笑，然後被周曉彤莫名其妙地白了一眼，罵了句神經病，就被徹底無視掉。

他看著她皺著眉頭，苦惱地抱著書苦讀撓頭、想起他曾經聽她抱怨過幾次，看不懂數學讀不懂化學……其實對於課業，他一直覺得無趣，懶得像大家一樣認真研究。但他莫名就喜歡看她表情認真的樣子，好像即使苦惱，也依然向前走。

可能是因為見過她被欺負也要憋著眼淚往前跑的樣子吧？他想。

他也一直以為，只要這樣陪伴她，就能將她從孤獨痛苦裡拯救。好像那點滿足自己被漠視的同情心都變得理所當然，他以為只要這樣當她的朋友，就能讓她不再難受，走過低谷……

他以為，只要讓她需要自己，青春期這些紛紛雜雜的困擾，就都能扶持著迎刃而解。

可有時候，人總是將自己想得太過偉大，卻從沒真正深究過，陪伴這個詞彙——到底是怎樣一種被沉重寄託的孤獨。

✿　✿　✿

期中考在逐漸炎熱的春日中過去。

文組的英文成績在資優班老師毫不留情的出題之下陷入一片愁雲慘霧，周曉彤對過成績，看著卷上答案對過之後明晃晃的紅字六十五，不知道該高興自己至少應該有及格，還是感嘆自己竟然已經開始只求及格。

——她的成績正在開始直線下掉。

「曉彤，怎麼啦？」一進教室就看人無精打采地趴在桌面上拿著紅筆瞎畫，蘇慧瑜踏進門先看了看四周，才探過去笑著伸手輕輕戳了戳她的背，又探上去親膩地拍拍她肩膀，「對答案啦？英文考多少啊？」

「及格邊緣。」周曉彤吐氣，自暴自棄地將試卷翻面亂畫起圈來，像表達自己也亂成了一坨的大腦思路：「我看我這次肯定要掉出二十名。」

蘇慧瑜看她頹廢模樣，覺得有趣，忍不住也笑了起來，就到了她前面因為下課空出來的位置坐下，趴到她面前笑著用腦袋頂了頂她的頭輕蹭。「唉唷，不會啦，這次大家都考得不好，忠班老師出得特別難，我都看不太懂，而且一路過來我看每個人都在哀號。」

「希望吧。」周曉彤又嘆氣，抬起眼睛看了看人，洩氣皮球一樣地又聳下去，突然開始羨慕起她這位朋友不管怎樣總是霸佔班上永遠的第一名。

……不像她，一無是處。

最近班上的氣氛越來越奇怪，上課時幾乎讓她不能安寧。三不五時她就要被同學逼著cue

上台解題，臉書的靠北版上也開始出現一些像是在指她的匿名動態……很煩，很莫名。她不知道自己到底又做了什麼惹他們不高興，蘇慧瑜都越來越不敢和她說話，只要她坐在座位上，就幾乎沒有能好好安靜的時候。

「某班女生自以為自己拿了幾個繪畫獎就了不起欸。」

「老是拿第三名還一直佔著英文歌唱比賽的名額……」

「英文也沒多好，我記得她高一的時候成績就差，一定是作弊來的。」

……

然後下面就會出現些意有所指的嘲笑，大多來自班上的同學。

她越看越煩躁，可即使點掉了讚和追蹤，其他人的留言回覆、什麼朋友的朋友之類的這種機制，卻還是會讓這些她不想看見的東西跑出來。

焦慮讓她開始失眠。她越來越無法受控地去瀏覽那些留言，然後在心裡獨自崩潰。

但回到學校，她還是會繼續低頭沉默。她一直認為，只要不回應、不作聲，那些人就會因為無趣而結束。她還是在和少數的朋友談笑時繼續努力維持著笑容，繼續裝作自己一點也不在意那些人的話。

「老師，周曉彤上課在畫畫！」

——回過神來時，她便突然聽見一旁的王靖傑傳來大聲的指控，教室裡吵嚷的聲音也隨之戛然而止。

所有人再次把焦點聚集到了她身上，她愣地抬頭，成為焦點讓她手足無措，目光也變得慌亂，但只更被誤解成心虛。她很快被噓聲反應過來，才又趕忙低下了目光。

那是在考試時間、她趴在桌面上等待考試結束時，無聊用黑色原子筆隨意畫的花，只是那朵花現在因為剛剛下課她的紅筆發洩盛放成了黑紅色的線條，在白色的試卷上變得更顯眼了些……

她慌忙抬起眼睛看向老師搖搖頭，「老師、不是，我不是上課畫的，這是考試的時候畫的……」

「可是我剛剛就看到妳在畫畫！」王靖傑的指控擲地有聲，笑得正義凜然的模樣，「而且，老師，考卷上可以畫畫的嗎——？」

「對啊，周曉彤上課畫畫，還是在考卷上……」

教室裡開始喧嚷了起來。

在距離周曉彤的位置對角牆邊，她沒看見的是，來自於前不久讓她傳字條的鄭燦安，就正坐在王靖傑的後面。在和班長討論題目的間隙裡，鄭燦安透過黑框眼鏡隱約對她投放目光，眼睛裡的笑意意味不明。

她桌上還有字條，是上節課下課時隔壁班的范宇陽傳來的，亮黃色的便利貼裡，男孩子幼稚的字跡寫的全是關於周曉彤的事情。他們的關係漸漸好起來，但對方提的卻全是希望她在班上多多照料她……

那樣的話，多「照料」一下親愛的同班同學，對她而言，確實也是舉手之勞。

班導師看周曉彤的目光滿眼的莫可奈何，在學生手足無措的表情裡，老師本不想搭理這種投訴，但透過麥克風勸阻了半天卻無效，於是只好走下講台，踱到她的座位前，彎身像是確認似地看了看她的考卷，又無奈地看了她一眼。

「……周曉彤，下次下課再畫，別在考卷上，知道沒？」

周曉彤沒法搭話。

她知道她這時候說什麼都辯不清，就算跳進澄清湖裡也只會沾染一身髒水。

「好了好了，大家繼續上課，我們來討論下一題……」

勉強將事情平息了下來，老師回頭看了一眼低頭掩蓋委屈表情的學生，嘆口氣，又走回講台上繼續講題。畢竟從沒人規定考卷上不能作畫，也沒人能真作證她到底有沒有在上課時畫畫。這種幼稚的指控無異於找碴，班導師也早就大概清楚班上情況，也知道那些指控大多並不真實。

但卻遏止不了仍隱隱約約傳來的細碎笑聲和討論聲。

周曉彤低下頭，像是無意識地盯著考卷。

不知道是錯覺或是真實，她只覺得教室裡有上百隻眼睛盯著她看，或都在笑。那些討論的聲音……她不知道他們是在聊些什麼，也許只是偷偷說話，也許在討論題目，可她卻總覺得他們又在討論自己。她想哭，她覺得很委屈，但還是緊咬住了嘴唇不讓自己哭。

不能哭，不能示弱，示弱就輸了。

回過神來的時候，她的指甲已經緊得將腕上的痂摳破。

——一道道刺目橫畫的傷口被摳劃出血來，滲流而下，又落到考卷上。

那是在宿舍時，夜深人靜的夜晚裡，她用母親送給她的瑞士刀在惡夢中哭著驚醒時劃在手上的傷。

因為她開始發現，這麼做，她就能漸漸漸漸地，不再感覺那麼難受了。

✿　✿　✿

網路上那些指名或非指名性的責難和嘲諷爆發的越來越激烈，大概是班上私下討論得太熱烈，可能還有人跑去找了老師告狀——下課後，周曉彤就被班導師找了過去。

「曉彤。我聽班上同學說，在臉書上有一些針對班上的貼文，他們覺得是你發的，所以很生氣。妳知道這件事嗎？」

她才知道，網路上那些針對地罵她的動態，起因是之前她在自己的臉書上的一則發洩動態。是關於說的班上同學太吵，影響了別人唸書，根本無法專注——她是確實莫名地越來越無心念書，成績直線下滑，恍神地咬筆就看著自修同一個頁面度過一節課的情況越來越多。但是其實她的母親基本上並不太在意她的成績，頂多詢問兩句，從來不會責罵，因此對她來說，生活就算這樣也還暫時算過得去……

但她的好友蘇慧瑜不一樣。

蘇慧瑜本來是能去資優班就讀的程度，為了想唸文組的科系而才留了下來在這裡，就算放進前段班裡，蘇慧瑜也應該是裡面拔尖的程度。可是班裡一到自修時間就哄然亂序的吵鬧聲讓蘇慧瑜根本也唸不下書，上回段考成績還下滑了一個名次，從第一名就落下到了二，回家後直接被家長打腫了手……她知道後覺得忿忿不平，影響她就算了，為什麼要去影響蘇慧瑜？她一直很努力在學生會工作，也很努力在讀書，不應該跟她一樣被扯下水……

蘇慧瑜和她是不一樣的。

她沒關係，教室裡再怎麼吵鬧，大不了她成績不好也就算了，她自己怎麼爛那就爛吧——可是看好朋友受了委屈，她就覺得更難受。

但她也知道，自己根本做不了什麼。

原本她只是想著，發洩地發個動態也就算了，卻不知道那篇限制觀看的動態被誰給傳了出去。於是一次，當那個公開的「靠北誠明」粉絲專頁上出現了關於攻擊她們班上太吵的貼文後，她瞬間就成為了箭靶。

帶著她到導師辦公室後面一個小隔間問話，班導師大概是想要隱密談話的意思。然而被誣陷卻無處可解，周曉彤忍無可忍，卻也沒辦法，只好垂頭聽著老師的問話沉默半晌，咬著唇，無奈地低聲開口：

「……那篇文不是我發的。」

揪著制服的衣角，她委屈得有點想哭，但還是抿緊了嘴，忍住了沒掉眼淚。「我版上那篇文只是想自己發洩，我當時限制閱覽人了，也不知道是誰發出去的……我只是因為上次慧瑜被家裡打的事情替她抱不平而已。如果是因為那個，我可以跟他們道歉。」

沉了沉氣，她想了想，還是在心裡做了妥協和讓步——如果道歉可以解決的話她當然很樂意，雖然他們大概根本不會願意聽她的解釋和道歉……眼眶有點發酸，眼淚憋得很辛苦。她最近似乎越來越愛哭了，但也不知道原因到底是什麼。

班導師陳孟霖看著她，像是思考地微微皺眉起來。

「曉彤，我知道妳在班上好像遇到了一點麻煩，最近成績也一直掉，是有什麼事情嗎？」看她表情似乎不太對勁，陳孟霖頓了頓，便稍稍往前傾地看向她的學生，望著眼前的人放低了聲音詢問。

「如果有什麼麻煩，妳可以告訴老師，說不定老師能幫妳呀。」

周曉彤知道，她的班導師太年輕，才畢業不久，根本沒有什麼應對學生的經驗，所以她從來沒怪過老師可能明明應該知道處境卻沒有幫她……老師對管教他們班的壓力應該也很大，而且老師態度對她一直也挺好……她也知道，就算是班導師，也沒辦法實質地幫上她什麼。

但或因為聽見了對方溫柔和緩的語氣，她低著頭思考片刻——眼前的人是長輩，長期在班上被壓迫的壓力讓她早就想尋找求救和解決問題的出口。於是就算心知肚明對方幫不了什麼，她還是帶著一點期望地抬起眼睛說了出口：

「……老師，那篇文真的不是我發的，我從來沒有在公開版上說過班上什麼。之前如果還有其他什麼誤會，我也都願意道歉。妳能不能，幫我告訴班上那些誤會我的人？」

她一直始終對現狀抱著希望，看向老師的眼睛也帶著期盼和渴望。

她一直認為，那些大多數跟隨排擠討厭她的，或是站在一邊旁觀不敢接近她的，都只是被那些莫須有的謠言誤解了自己而已。甚至是那些主導者……說不定，只是自己哪裡真的沒有做好了，做錯了，因為哪裡沒有說清楚才誤會了……如果解開誤會，也許她就能安然地度過高中生涯剩下的日子——

「班上有些同學……好像一直不是很喜歡我，我不確定為什麼，可能是因為有些人對我有……誤會。」周曉彤抬了抬眼睛，小心翼翼地斟酌措辭，「老師，他們這樣很久了……你能不能幫我問問，他們到底討厭我什麼？」

她想，雖然老師幫不了她，可是陳孟霖不是那些老邁迂腐的老師家長，會聽她的反駁和求助。或許，或許她能夠理解她，或許她能夠給她一些建議……

聽了她的話，陳孟霖皺了一下眉頭，想了想後回應她：「我是覺得，可能妳以後講話還是要小心一點，不然可能還是會引起這種誤會。」

周曉彤一愣。「可是，那篇文真的不是我發的！我也沒有要找他們說什麼的意思，只是自己發洩一下……而且，從高一他們就一直針對我了，最近也越來越過分，我說什麼都喜歡對號入座……」

「只有一個人討厭妳的話還說得過去。可是這麼多人的話，會不會有什麼理由？」蹙著眉心溫和地打斷，陳孟霖看著她，目光卻認真而銳利地像是要將人刺穿。

「曉彤，我覺得，妳要不要也好好檢討一下自己，而不是先怪別人？」

她愣地看著老師發話，一時間，辦公室裡好像瞬間失去了所有聲音。

對面的人的嘴唇一張一闔，明明像是在說話，她的耳朵裡卻只有嗡嗡的轟鳴聲，聽不清聲音，連心跳都不清晰。那句話好像很對，她啞口無言，只能抿了抿唇，尷尬而無措地揪著無處安放的手，好像被什麼狠狠地推進了谷底，連大腦都快變成一片黑幕。

她說不出話。這些日子來她也一直在問自己，那麼多人都過得好好的，卻只有自己被討厭、被針對。是不是她做錯了？是不是她真的惹人厭？是不是真的都是自己的錯？

是啊，到頭來，是不是其實到底全都是她的錯呢……

✿ ✿ ✿

壓迫、窒息、黑暗。

周曉彤並不知道自己在哪裡，只能聽見身後似乎隱約傳來駭人可怖的嘶吼聲——奔跑、喘息地想逃脫，眼前卻也忽然襲來形貌可怕的「人」，面貌扭曲，歪嘴掉牙，或甚至鮮血淋漓。

她嚇得放聲尖叫，拔腿就跑。走廊的光忽明忽暗，她喘息地循著光線抬起頭，這才意識過來——這裡是夜晚的學校。

很累，原本運動細胞就不好，她已經跑得幾乎喪失力氣，可是不想死的慾望還是支撐著讓人跑了下去。身後嘶吼呼喊的聲音還在如影隨形，無處可逃下，她只能跑進了一旁教室，躲進熟悉的教室課桌下，用雙手摀緊了嘴，讓自己盡量不發出一點聲音。

不似人類的嘶吼聲還在接近。

絕望而害怕地縮緊身體成一團，夜晚的學校特別可怕。外面好像隱隱約約還透出別處教室來的燈光，雖然害怕，但她還是小心翼翼地呼吸著抬起了眼睛，透過門口照來的微弱光線，能隱約看見外頭有一群「人」影踉踉蹌蹌地經過，然後走了進來……

——怪物就在眼前停下。

緊張得幾乎不敢呼吸，屏息等待怪物離去，摀住嘴的手不斷發抖，怪物卻突然彎身逼近，將人嚇得手足無措地倒退放聲尖叫——

「啊！」

瞪大眼睛喘息著驚醒，周曉彤在夢裡尖叫的同時，也在宿舍床上醒了過來。

驚魂未定地看了看四周，房間裡很安靜，覆蓋在身上的棉被觸感讓她稍微有了回到現實的實感，抬起手錶，她摁了一下光源，時間是凌晨三點——她終於確認了那只是夢。

只是夢，只是夢。

已經忘了是第幾次又夢見這樣毫無希望的追趕和逃跑，每次醒來時，寢室裡都是這樣安靜無聲，漆黑無光，只有時鐘滴答的聲音和窗外的蟲鳴入耳。

明明知道是夢，卻又忍不住更感到不安和害怕。

身上的運動服滿背冷汗，餘悸未平，她睜眼緩平呼吸後，坐直身體想起來緩一下氣，卻忽然感覺像是聽見很多人叫喚她的聲音。

「周曉彤……」

「周曉彤！」

「曉彤──」

「周曉彤──！」

那些聲音裡，混雜著很多她熟悉，和陌生的。

有她母親叫喚的聲音，有蘇慧瑜，有范宇陽，還有鄭燦安和謝佩宜，還有班導師……那些聲音夢魘一樣地糾纏環繞耳邊，好像是夢裡那些逼近嘶吼著追趕她的怪物一樣，緊緊逼迫跟隨，怎麼也不肯將她放過。

高度的驚惶和害怕下，她摀住耳朵，再沒忍住地無聲哭了出來。

──別喊了，別再喊了。

抱緊棉被縮往角落，小心地壓抑啜泣，她也不知道這種害怕和痛苦從何而來，只是聽見那些叫喚她名字的聲音，就感覺自己被壓迫得幾乎崩潰。

不敢發出聲音，周曉彤怕吵醒了別人又會被討厭，很努力地想平復心緒。可一想到天一亮，她又得面對那些無止盡的嘲諷、笑話，和冷言冷語……她就無法克制地更加絕望。

不是沒想過求救。不只是范宇陽和蘇慧瑜，她曾經在聯絡簿的日記上暗示隱晦的求救，可是都沒有用。老師讓她檢討自己，可是她真的不知道原因，她已經想了無數個理由，甚至忍耐著被嘲諷去找那群人親自問過，可是都沒有結果，她想不透──她想不通自己哪裡做錯，想不通怎樣才能改變這樣的情況，想不通要怎樣改變自己才能不再被當成箭靶，她甚至開始想，想從宿舍三樓往下跳，結束這一切所有的惡夢。

為什麼還要睜開眼睛，為什麼要被這樣對待，為什麼是她？

她做錯了什麼，為什麼要被這樣折磨，為什麼要被討厭？

黑暗孤獨地將她包圍，她顫抖地伸手探進枕頭底下，拿出藏在下頭的鋒利小刀，閃著銀光的刀鋒像是救贖一樣，朝著傷痕遍佈的手腕劃下。不敢下手太重，她只是發洩似地製造傷口，然後又將鮮血捂進棉被內側，把口鼻埋進被褥裡無聲痛哭。

如果明天一早能再也不要醒來就好了。

如果能就這麼無聲無息地死去就好了……

她每天都在暗自祈禱，可是老天卻從未實現她的願望。

✿　✿　✿

「周曉彤……周曉彤——？」

蹙眉看眼前不知道為什麼又恍了神的女孩，皺了皺鼻子，范宇陽在她面前揮了揮手想將人的意識叫回來。

「周曉彤，妳最近到底怎麼啦，一直恍神欸？」

不解疑惑地看人恍恍愣愣的模樣，他放下吉他，歪了歪頭，對她湊近了一點，再叫喚：

「周曉彤，妳心情不好嗎？要不要趁現在出去走走？」然後朝人壓低嗓音，使眼色地眨了眨眼。

范宇陽大概是從春天來了之後開始發現周曉彤的不對勁。

以往總是神采奕奕的樣子越來越無精打采，充滿光芒的眼睛似乎也失去了顏色。雖然問起來她也總說是成績上的困擾，但對方一直水平中上的分數直線下滑也著實令人不解。

他問過她是不是網路上的匿名事件，並且也暗自越來越懷疑就是因為那些——畢竟是共同使用的網路平台，他當然也關注到了那些事，雖然生氣地在下面反駁了，但他竟然還被人私訊質罵，說他不是平班的人，沒資格管這些事。

「我是她的朋友，為什麼沒有資格管？」

「她不是這樣的人。何況就算我成績再爛也聽出來你們班確實很吵。」

跟那些人吵架當然也不會有結果，范宇陽很焦躁，在紙條傳信裡甚至求助過鄭燦安。對方跟她說話時總會說周曉彤的好話，溫溫柔柔地和他一起苦惱。他下意識地覺得對方是好人，好幾次問過該怎麼做才能幫上周曉彤。

然而范宇陽當時並不知道，他的做法幫不了她，只讓她在輿論的風波裡越陷越深。

皺眉看人，他低頭瞅了瞅她的手——她也發現了，周曉彤自從換季之後，藏著手遮遮掩掩的舉動似乎越來越明顯。

以前沒有特別注意，只知道對方似乎一直有插口袋的習慣，但似乎變得越來越頻繁。今年的冬天來得晚而長，四月初學校才正式讓制服換了季——他此前一直以為她只是手腳發冷的毛病而習慣地插口袋取暖，卻發現換季後，她卻開始戴上了些不曾戴過的手環飾品之類的東西來遮住手腕。

如果是對別的人——他大概不會在意到那麼多細節。

可隨著網路上對她愈加猖狂的、那些暗示或明示的嘲諷笑鬧，還有宿舍的女孩子們甚至一些男生們對她越來越嚴重的排擠，他看著她日漸沉默安靜，忍不住越來越擔心她，怕她想不開……他怕她無法承受，卻閉口不提。

「……嗯？不用了，我只是在發呆。」短暫發愣後回神，朝人聳聳肩笑了一下，周曉彤微微側過眼看他，卻彷彿看見吉他社裡的人似乎也有意無意地往她這裡看，然後竊竊耳語交談……

……她知道，自己變得越來越敏感了。

范宇陽沒對她說，但她私底下聽說過他一直幫她說話，她很感激，可是也很害怕。鄭燦安對她的態度越來越陰晴不定，班上那些原來保持中立態度的女生也離她越來越遠……說她不知道有什麼范宇陽的把柄讓她替自己說話，還說她就是靠親友團說謊……

她不知道范宇陽會被說成什麼樣子，雖然她知道，他是因為當自己是朋友才仗義，可是她不想拖別人下水，她好害怕范宇陽也會被孤立。

如果連吉他社的人都開始說閒話……她想自己也應該離他遠一點，才對他最好……但如果不是呢？她甚至懷疑自己已經開始出現幻覺。

「我……我還是先回社團了，我怕老師今天突然點名。」沉默片刻，總算鼓起勇氣地開了口，她抬頭看向他，笑得有點逞強，「雖然我們那邊是個沒人管的小社團，不過成果發表快到了，我們也要做靜態發表。你們應該也要好好練習吧？最近我還是別來吵你了——」

「喂，周曉彤，妳最近到底是怎麼了？」

打斷了對方明顯拿來推託的藉口，同時伸手將她的手捉住，范宇陽蹙起眉頭，本來還想再問，卻看她臉色跟著僵硬，像是觸電一樣地快速將手抽了回去。他一愣，還以為她是厭惡，可仔細一看她的表情——倒更像是痛。

眉頭皺得更深，心底一下有了猜測，他乾脆直接不管不顧地再次抓住人的手腕，微微使上了一點力不讓她掙脫，起身，邁步就往教室外的陽臺走——

「痛、范宇陽你幹嘛——」

沒管人使勁地揮動皺眉低罵著抗議，范宇陽關上門，「刷」地就將她手上的手錶往上拉！

「……周曉彤，這是怎麼回事啊？」

——那些怵目驚心的紅褐刀痕則證實了他的猜測。

看到傷口的一瞬間幾乎同時倒吸了口氣，范宇陽的眉頭糾結成死結，抿緊唇瓣，只覺得那些傷看上去痛得讓人不敢置信。

青紅遍佈，深淺不一，都沒有深致危害性命，但有的已經成了淡紅色的疤，有的正在結痂復原，有個卻還泛著暗紅色的鮮血……

一道一道，都彰顯了對方做的這些事，老早持續了一段時間。

「……」

周曉彤不敢看他。

她想，自己大概是第一次見到范宇陽那麼認真嚴肅的神情。

被他的表情和聲音嚇到，做錯事一樣地趕忙抽回手，隨即心虛又難堪地別過了頭。怕他們這裡發出的聲響太大，她下意識先回頭往社團教室裡看了看，發現並沒有人關注才微微放心，卻只能低下頭。

不知道怎麼面對人的質問，於是她選擇了垂首沉默。

「周曉彤，妳拿刀傷害自己了嗎？」

重新捉回了人的手，這次握著的力道輕了許多。范宇陽猶豫片刻，探出手指，像是想去觸碰那些或新或舊的傷——但看著幾個傷疤還帶血痕，想了想，終於還是在碰到那片肌膚前收了回來。

於是他抬起眼睛看她，認真鄭重地出聲。

「到底發生了什麼事，為什麼要這樣傷害自己？」

「……」

抿了抿嘴，周曉彤微微抬起頭，對上他不知道是難過，還是心疼的表情，馬上有些畏縮地又低了回去。

——他在擔心她。

她知道的，知道遲早會被發現……可是她不是故意的，如果不是那麼痛苦，她也不想這麼做。

「我只是……找不到發洩的方式。」

沉默許久，她垂斂著眼睛開口，終於出聲，嗓音卻忍不住地微微顫抖起來，語氣裡似乎還帶委屈。

「我……我幾乎每天都在做惡夢，夢到被人追著跑，或是墜落中嚇醒。我一想起睜開眼睛，又要面對他們的嘲笑，就很希望能不再醒來……」

大概是第一次這樣對人傾訴，一開口就再也忍不住情緒。她低頭顫抖著肩膀，終於忍不住哭了出來。

「我很想去死。范宇陽，我每次都想當著他們的面從教室外跳下去，讓他們知道我的痛苦。反正我活著也沒有什麼意義，我只會不斷的拖人下水，然後被討厭，然後拖累別人——」

壓抑著哭聲地低聲啜泣，她咬緊了嘴唇，像是想忍住哭聲——終於揭露那一道傷，她卻覺得自己痛得無法呼吸。

沒有意義、沒有意義，一切都沒有意義。

她可能本來就不該存在才會被這樣對待，她的存在只會給人帶來麻煩，可是她又不能真的去死。她知道她的母親會傷心，所以她不能去死，可是她真的沒有辦法，她找不到出口發洩這些痛苦，最後意外發現這麼做可以讓她舒緩一點，讓她覺得自己明天還有力氣睜開眼睛……

她不想傷害別人，那就傷害自己好了，反正她本來就該死——

「……大白痴！」看她哭得這樣，卻沒忍住地聽得都心酸起來，范宇陽沉了沉氣，只得連忙從兩邊口袋翻出一小包皺巴巴的面紙包出來，從裡面抽了兩張遞給人，又沒忍住地開口罵了她一聲。

「怎麼會沒有意義！周曉彤，妳要是死了，我也會難過的，我光是看妳把自己傷成這樣就已經很難過了……妳要是跳下去，我要怎麼辦，其他那些愛妳的人要怎麼辦？」

看她不肯接過面紙，他一邊說，一邊低頭湊過去想給人擦擦眼淚。從來沒做過這種動作，范宇陽的動作顯得笨手笨腳的，胡亂抹得很笨拙——他沒有辦法，本來也沒多少安慰哭泣中女孩子的經驗，只好微微低下身子，抓著周曉彤的肩膀，繼續試圖對上她目光寬慰。

「周曉彤，妳受傷了會有人難過的，妳死了也會有人難過的，可是他們不會。這難道不是意義嗎？」

周曉彤一愣。

抽抽答答地抬起了濕潤的眼睛看人，她頓了頓——他的眼神好認真，聲音溫暖而堅定，連握著肩膀的手也那麼溫柔。

他沒有騙她，他是真的關心她。

「我很生氣，可是我不能怪妳。因為我幫不了妳，沒辦法讓妳不被那些白痴欺負，我可能只能去揍他們一頓給妳洩憤。」看她終於有了點反應，范宇陽更耐心地舒了舒眉頭安慰，嗓音放緩，講起白痴兩字時還特顯嫌棄洩憤似地加重了口音。

「所以，別再這樣傷害自己了。大不了我去打他們一頓！妳也不要想要去死，不要再傷害自己了，好不好？」

看他手舞足蹈的真的捋起袖子要打人的樣子，周曉彤終於破涕為笑，覺得好笑似地搖了搖頭，接過了他手上的面紙擦掉眼淚，又哭又笑地回絕。

「不……不用了啦，打架要被記大過……我知道了，對不起，是我不該這樣……」

「那妳答應我，不可以再拿刀劃傷自己的手了。」

看她終於笑出來，范宇陽下意識安撫地伸手揉了揉人的頭髮，也跟著她微微勾唇笑了起來，「欸，我們周曉彤的手是要畫出世界名畫的手欸！這樣的手要是受傷，我也會難過的喔！」

「……知道了啦！我不會再弄傷自己了。」

年少時的話語總顯得青澀稚嫩，少年清秀乾淨的臉孔堅定而溫暖，像是映照整個生命的太陽。

那樣的青澀，卻照亮了她整個晦暗陰澀的十七歲。

第四章、夏至

日光傾城，她便是他的日光，無庸置疑。
可如果陽光也被竊取，花要依靠什麼才能生長？

「哎哎哎——周曉彤，妳快看這個大象！看起來好笨哈哈哈……像不像妳像不像妳？」

夏至的第一天，期末周結束的第一周——也是誠明準高三生畢業旅行行程的第一天，周曉彤在台北的木柵動物園被陽光曬得昏頭轉向——多走一步都嫌喘，她滿頭大汗又頭昏腦花，覺得好像只有前面跟太陽一樣刺眼煩人的大男孩能不為所動。

「像個屁，我看旁邊的猴子更像你，潑猴陽。」抹了把被汗水浸溼的瀏海，周曉彤抬頭朝人翻了個白眼。

本來還想繼續再損他兩句，她卻很快看見齊瀏海、褐色頭髮的女孩抱著剛從販賣機買回來的冰水走在前面，步伐輕盈地走近范宇陽，嬉鬧著把冰涼的寶特瓶貼到了男孩子臉上，再被對方大笑拍開，兩個人看起來笑得好開心。

「啊，彤彤，雖然妳剛剛說不渴，不過我買了妳的水哦。要不要喝？」

——在那之後，社團成果發表會上，人緣極佳的范宇陽最後決定和熱音社合作，在台上玩了個合作搖滾舞台，把舞台下懵懂無知的小學妹們炸得七葷八素，一下子差點變成校園偶像。

周曉彤記得，表演結束後，她到後台找下場的范宇陽時，前面圍了好一群女孩子。不知道是學姊學妹還是同學，說話的樣子看起來都跟范宇陽很親近，也有男孩子和他勾肩搭背。

而離范宇陽最近的，正是在準備下一場康輔社表演的鄭燦安。

她站在外面，本來想過去誇誇他今天表演很炸很棒，但在看見人潮包圍他後，周曉彤頓了腳步，突然覺得那裡好像，從來就沒有位子屬於自己。

所以在隔天發下畢業旅行通知後，周曉彤也那樣看了看熱鬧的教室，又看了看最近和別人玩得更好的蘇慧瑜興奮地熱烈討論的表情，坐在最角落的位置，最後安靜沉默地勾了「不去」。

「欸？周曉彤，妳不去畢業旅行嗎？」

體育課下課回來的范宇陽準時出現在窗口，手裡還抱著籃球，像是疑惑地戳了戳桌面上的字條。

他們也不是每堂體育課都同堂——周曉彤剛剛發呆發得太兇，還沒把通知函收進書包。她看了看旁邊蘇慧瑜的空位，她剛剛也問過了自己要不要一起，可她想了想，她連住宿的四人間有誰願意和自己住都想不到，更別說遊覽車上可能還要和老師一起坐才能稍微緩解自己被孤立的尷尬……

「不了吧，我去了也沒人一起行動，一個人的畢業旅行也太尷尬了。」

裝作毫不在意地聳了聳肩，周曉彤剛想把通知書拿起來摺好收進書包，卻一下子被對方給搶走了。

「人生中只有一次的高中畢業旅行欸周曉彤，不去也太可惜了吧？而且我們就在隔壁班，可以一起去玩啊。」范宇陽趴在窗台，隨手從對方筆袋裡拿了隻黑色原子筆，抬抬眼皮看了看對方好像也沒有特別排斥的反應後，動手就把畫在框裡的勾塗掉。

「而且鄭燦安跟我說了，妳要是擔心的話，她跟蘇慧瑜說好了可以跟妳一間房。」

「……」

本來就還對「畢業旅行」這種充滿儀式感的東西還抱一點期待，聽到對方說要一起去的時候也就一瞬間心軟了剛才的決定——但周曉彤聽完對方的下半句話後，覺得自己要不是因為正好低下了頭，表情一定很僵硬。

「不好吧。」

周曉彤調整了一下表情和聲音，無奈地抬頭露出一個尷尬的笑容，「那也太麻煩人家了，鄭燦安她也有自己的朋友，而且我跟她其實不是很熟，萬一她其實也不太喜歡我……」

下意識地，她覺得那個對自己和善溫柔的女孩子可能並不如看起來的友好、喜歡自己。而且……她覺得那種說法，聽起來就像是一種最低價的施捨和憐憫。

「哎，我覺得妳有時候就是太敏感了啦周曉彤。」范宇陽咧開嘴笑，像想給對方安心似的，從窗台探進去，伸手拍了拍她的肩膀，更輕鬆地把被改了答覆的通知函遞回給了她，「人家一直有跟我說很關心妳的，妳們不是一間寢室嗎？她有跟我說，之前也是因為有點不太了解妳啦……」

不知道他們倆在這段時間到底都聊了些什麼，周曉彤看著對方滔滔不絕地說起他和鄭燦安怎麼聯繫、怎麼聊起自己，努力地維持無所謂的表情安靜聆聽，卻覺得心裡那股悶堵難受的異樣感好像更清晰了——

施捨，乞討，同情，憐憫。

這些負面詞彙在聆聽時大量大量地湧入腦中，可她又不想對唯一對自己好的人發脾氣。她不太善於表達，可其實比任何人都害怕學校裡少有的朋友也離開自己。

所以在木柵動物園，儘管她覺得自己很多餘，還是揚起了一點笑臉，接下了那瓶水說謝謝……好冰，她感覺喉嚨在炎夏裡特別乾燥，開瓶喝了一口以後被冰得忍不住皺起眉頭，乾脆在等待退冰的過程裡看著寶特瓶外壁的水珠發呆。

范宇陽的性格活潑陽光又討喜，朋友本來就很多，很快跟人混熟也是正常的，而且自己本來就很無趣……周曉彤在心裡八百遍默念安撫說服。自己這樣莫名其妙的低落，才奇怪吧？

「彤彤？妳怎麼還在後面？」

回過神來的時候，周曉彤已經落在他們後面好幾步的距離，差一點就要跟不上。

她聽見鄭燦安的聲音，連忙跟上去小跑了幾步，然後看她嫌棄地拍了一下范宇陽的肩膀，損他太直男。

「吼唷，都你啦宇陽，走這麼快害彤彤跟不上。」

「沒有啦燦安，是我走得太慢……」

「啊，對不起啦對不起，是我今天太興奮了——」

跟他們一起的還有范宇陽同班的幾個男生朋友，周曉彤好像幾乎習慣了看人背影前進，即使跟了上去也只是待在後面。揚起笑臉，尷尬又客氣地搖搖頭替對方撇清責任後，她也就繼續安靜地低頭跟在他們身後發呆思考，直到被范宇陽伸手抓過去，才讓她恍惚地從對方手掌的溫度裡回到夏天。

「不是我說，妳真的走太慢了啦周曉彤！不過那我抓著妳在旁邊就不會走丟了……欸，周曉彤，你的臉怎麼這麼紅？」

好像是有點太熱了，周曉彤想了一下，臉很紅嗎？不知道該怎麼確認，她感覺自己大腦轉速好像變慢了很多。所有人都跟著范宇陽的關心發問一起停下了腳步，她還沒來得及回答，下一秒就被寬大的掌心貼上額頭，在炎熱的夏天裡莫名涼爽，短暫地帶來一點快意。

「很紅嗎？」她愣地也摸了一下自己的額頭，又摸摸臉，但是手心太熱，好像也摸不出個什麼所以然來。

「很紅啊，而且額頭好燙，臉也好燙。」范宇陽本來還大大咧咧的表情很快變得認真仔細下來，手指也往下探，在泛紅的臉頰上短暫停留輕貼，再三確認後，才彎下去看著對方有點渙散的眼神嚴肅發問。

「周曉彤，妳是不是在發燒？」

✿ ✿ ✿

沒有偶像劇常見的暈倒和英雄救美情節，周曉彤只是被范宇陽強制終止了娛樂活動，然後一群人拉著她找到了在動物園裡逛的班導師，接著就被老師提早帶離了動物園，看過醫生後，再被提前送到了飯店吃藥休息。

耳溫計測出來的溫度是38.5——開過藥，周曉彤暈呼呼地吃了退燒藥，暈呼呼地在計程車上瞌睡，又在進了房間後，暈呼呼地躺進棉被裡。

雖然從中午開始，精神確實就有點不大好，但因為沒有其他明顯症狀，她也沒想到自己會在這種時候感冒發燒……本來老師問了她要不要聯繫家長提前回家去，但考慮到費用都繳了，醫生又說她只是流感。總覺得來都來的就這麼回去也太掃興，她還是決定休息後繼續跟行程。

昏睡是在吃過藥後開始的。飯店的位置離晚上行程的夜市很近，那本來是周曉彤在今天最期待的活動，可惜她大概也去不了了。

本來說好要和慧瑜一起去逛逛的……周曉彤在入睡前迷迷糊糊地心裡抱怨。范宇陽那傢伙之前還和她說，北部他最熟悉，能帶他去吃些好吃的……

頭腦昏沉，生病和藥效的關係讓她很疲倦，全身痠軟又睏乏。以至於在范宇陽也回飯店後，小心翼翼地去她房間問她要不要出來逛逛時，她也因為太睏而沒怎麼能回應。

「欸，周曉彤、周曉彤，妳退燒了嗎？要不要醒一下，一起出去吃點東西？」

男女生不能互進房間算是常識，但在老師眼皮底下鑽漏洞串房也是高中生之間的共識。房卡只有兩張，一張為了讓周曉彤休息留在房裡，一張被出去逛夜市的其他三人拿走，范宇陽在解散自由活動後，和鄭燦安打過照面，在對方出門同時溜進了房，拿著從動物園買回來的熊貓娃娃戳了戳對方一半埋在棉被裡熟睡的臉，像覺得好玩，又多戳了兩下。

「周曉彤，這隻熊貓超像現在的妳的。所以我特地買回來給沒來得及去看熊貓的妳了，我人超好吧？」

周曉彤被他戳臉的動作弄醒，皺著眉頭動了一下。模模糊糊的視線能大概看見對方那張陽光燦爛又好看的臉，聲音在她腦袋裡卻像混著昏沉的嗡嗡聲變得很遙遠。身體沒什麼力氣，軟呼呼的，她半瞇著睜開眼，拍了一下那隻玩偶，不太高興地咕噥：「……不要鬧。」

平常防備心重的女孩子因為生病的關係兇不起來的樣子總讓人莫名覺得可愛，范宇陽眨眨眼，很不死心地又拿熊貓玩偶碰碰對方。「真的不起來嗎？周曉彤，妳不是說很想吃黑輪的嘛，不起來就吃不到了欸。」

他彎下身體蹲在床前，很小心翼翼地稍稍靠近看她。外面剛剛還有稀疏人群經過的聲音，到現在已經完全安靜了。

埋在棉被裡的女孩子睜了一下眼睛又閉上了，好像迷迷糊糊地嘀咕了什麼，聽不太清，像說夢話。他湊近了一點去聽，好像是說了「想吃」、「想逛夜市」還有「好睏」，以及夢囈一樣細碎的語句。

好像真的起不來的樣子，她病得很嚴重嗎？范宇陽開始覺得自己就這麼來吵病人是不是不對，想了想，手邊沒有體溫計，只好再把手背貼到了對方額頭上碰了一下——好像降溫了一點，但是臉看起來還是好紅。

好像猴子。腦子裡冒出要是被對方知道一定會挨揍的想法，他兀自笑了一下，覺得好玩，本來有點想拿手機拍下來，又在身體動作的前一秒覺得這樣做有點像變態，還是放棄了。

「算了，妳好像還在發燒。」范宇陽撇撇嘴嘀咕，覺得可惜似的，又癟著嘴用熊貓腦袋戳了一下她的臉。「那要不要幫妳買什麼回來？病人也不能不吃晚餐吧？買……黑輪？欸，發燒能吃雞排嗎？但是炒麵妳吃嗎？是說飲料的話是不是只能買熱的啊？……」

明明是問句，又被不擅長照顧別人的大男孩問得像碎碎唸，很快從半清醒狀態又幾乎睡回去的周曉彤根本聽不清，迷茫地半撐開眼皮，往床邊靠了靠，像是想聽清他說什麼。

表情完全沒有防備的女孩子半瞇著眼睛湊近他，蹙了一下眉頭，很含糊地問他：「說什麼……范宇陽……？」

……哇塞，有點犯規。

還在喋喋不休的范宇陽聲音突然就小了下來，愣頓的一秒鐘像被放慢，反應過來的時候他竟然還感覺有點心跳加快。他瞅過去，周曉彤已經維持著靠在枕邊的姿勢半闔上了眼，眼神根本聚焦不上，像又要睡著了。

有點好笑，又怪可愛的。欸，原來平常兇巴巴的女孩子也能有很女生的一面嘛。

「……好吧，我再去問問蘇慧瑜她們妳吃什麼。」聳聳肩，范宇陽有點尷尬地清了一下喉嚨，從湊近的姿態往後退，把熊貓娃娃放到了床邊，再用手遲疑又小心地輕拍了拍她額頭。

「妳還是好好睡覺吧，周曉彤。」

等周曉彤真的從藥效裡醒過來，已經是人群都回來後的門禁九點半。

她拖著痠痛又無力的身體稍微爬起來，旁邊堆了蘇慧瑜的東西，但對方不在，應該是去洗澡了。對床的鄭燦安和女同學在聊天，她按了按腦袋，最後把目光落在了床頭櫃散發出食物香味的紙盒，還有不知道怎麼躺在她棉被裡的熊貓娃娃。

「……這是什麼？」

確認過茶几上的東西不屬於自己，周曉彤拿起樣子可愛的熊貓娃娃研究了一下，不解地皺了皺眉頭。因為不敢動不屬於自己的東西，她小心翼翼地看了一下對床的兩個女生，還是發出了稍大的聲音發問：「那個……妳們知道這個娃娃，還有這個吃的是什麼嗎？」

「啊。」

發現到對方醒來，鄭燦安聽見問題的表情有點微妙，目光落在玩偶上，保持似笑非笑的表情沉默，原本閒聊的氣氛突然變得有點詭異。

周曉彤從她臉上看不出什麼端倪來，又覺得對方微妙的安靜讓她有點尷尬。

被這氛圍弄得渾身不自在，她本想陪著笑地說算了，等一下再問問蘇慧瑜就好，又聽見對方說：「那個娃娃呀？我也不知道欸，但我好像有看見慧瑜在紀念品店買了這個吧？」

思考的表情也很真誠，她看見對方歪著頭想了一下，又繼續說：「另外那個是慧瑜拿回來的，好像是買給妳的晚餐哦。彤彤現在退燒了嗎？身體還好嗎？生病的人不能不吃晚餐哦，還是快點吃吧。」

周曉彤愣地眨了一下眼，掀開盒子看了一下，發現是差不多涼了一半的黑輪，還有炒麵，很細心地幫她去了最討厭的韭菜，應該確實是了解她的蘇慧瑜會做的，但是會送娃娃還是讓她有點小意外。

心裡有點暖，她心下有點感激好友的關心，她的肚子也確實餓了起來。正準備下床吃飯，鄭燦安又去給她倒了熱水，很貼心地一邊遞給她一邊叮囑：「感冒要多喝熱水啦，晚餐應該涼了吧？那妳還是喝一下熱的。」

「謝謝……謝謝妳，燦安，我自己來就好了。」被這份關心嚇了一跳，周曉彤莫名覺得有點發毛，一邊惶恐地道謝，一邊惶恐地迅速接下水杯，湊著唇小啜了一口，才下床靠在床邊把晚餐慢慢解決掉。

生病有人關心的感覺真好。周曉彤嘆了口氣，隔著紙盒觀察了一下對床又繼續和同學聊天的鄭燦安，又回頭看了一眼蘇慧瑜，感覺清醒時一直緊繃的精神稍微放鬆了。也不知道范宇陽今天是不是逛得很開心，那傢伙估計都把自己忘了……雖然很好奇對方之後都去做了什麼，不過要是特地去問起他那也太奇怪了，就好像自己對他有什麼似的。

不過睡覺的時候，好像看到了范宇陽……周曉彤想了一下。但是老師說過男女生不能串房，應該是做夢吧？

雖然晚上沒能見到，但至少夢裡見到了……

及時打住不該有的念頭，她停下動作，被自己這些想法嚇了一跳。

……她該不會真的喜歡范宇陽吧？

✿　✿　✿

「曉彤，還好嗎？要不要多休息一下？」

發燒症狀在睡過一覺之後就差不多消退。沒什麼胃口的六點清晨，周曉彤在飯店餐廳塞了個饅頭後，再吞了醫生開的藥，接著就在集合時間到前早早地先到了遊覽車旁放行李。後面蘇慧瑜很快在之後趕了上來會面，她想了想，稍微動了下身體——感覺雖然還有點四肢無力，但好歹有了點精神。

「我還好啦。」向她聳了聳肩，周曉彤把行李放上大巴儲藏箱後走上車，選了個前排靠窗的位置落座，再回頭朝人補上道謝：「小瑜，謝謝妳啦！」

除了謝謝她關心，也謝謝她昨天照顧自己。

抬頭朝人眨眨眼睛，周曉彤才笑了一下，又沒忍住精神不濟地張嘴打了個哈欠。十點他們就要從這裡到六福村，奇奇怪怪的行程算得上趕，所以出發時間也是早早地定在了七點鐘……加上生病的關係，她睏得不行，決定等一下就在車上補覺。

蘇慧瑜表情有點為難地蹙了一下眉。

她能感覺陸陸續續上車的人，已經有的將目光投放到自己和對方身上，讓她有點畏縮害怕……可是好友的臉色看起來不太好，她又著實擔心。

權衡之下，她還是拿著隨身包落座到了周曉彤身邊。

只是畢業旅行而已……沒關係的吧？平時他們也不是沒見過自己和對方說話……

「謝什麼啊，太三八了吧妳曉彤？」

眨眨眼睛，蘇慧瑜從隨身包裡拿出靠枕遞給周曉彤，偏著頭笑了一下，「我看妳臉色還是不太好欸，到之前再睡一下吧？幸好我有帶這個出來！」遞出的動作放得輕，她本來想大大方方地幫她，又害怕目光，於是說話的聲音也變得很輕，像在說什麼悄悄話。

她側著身體，盡量把目光都放在周曉彤身上，盡量避免掉別人投放來的眼光給自己造成緊張。不過好在她餘光能瞥見路過的同學大多都忙著趕緊到座位上補覺，或是自顧自地聊天等車開起來，坐到她們後方的鄭燦安也是同房間的，平時也是對周曉彤比較沒有敵意的人……應該沒什麼問題吧，她想。

「妳今天要陪我一起坐嗎？」周曉彤有點驚訝，連忙回頭看了一下蘇慧瑜之前搭檔的同學，有點忐忑地抓住靠枕。「……沒關係嗎，小瑜。」

「沒關係啦，我不放心妳嘛。」蘇慧瑜給自己心裡振作打氣了一下，伸手安慰地拍拍她肩膀，「妳是病人，先好好休息，不准想太多吼。不然等一下我跟老師說妳不舒服，不讓妳下去玩喔。」

「那不行不行不行——」趕緊搖搖頭拒絕威脅，周曉彤撇撇嘴，再抓著靠枕靠到窗邊。想了想，她又睜開眼睛，從背包裡拿出昨天收進去的熊貓玩偶，把娃娃抓探出圓眼睛的一個腦袋來，同時朝她眨巴眨巴眼睛。「對了，這個娃娃真的超——可愛的，我很喜歡。」

蘇慧瑜見對方的動作先是愣了一下，隨即想起了昨天從動物園離開前見過范宇陽拿著這個東西——原來是給周曉彤的啊？

「是很可愛喔。」她也眨眨眼睛，心照不宣地跟著擠眉弄眼地笑了一下，「欸曉彤，昨天范宇陽超級關心妳的耶，在夜市的時候也一直問妳喜歡吃什麼……」她看了看四周，又從椅縫看見後座靠著窗戴著耳機的鄭燦安，想了會，還是壓低音量才湊過去在對方耳邊開口：「曉彤，我覺得范宇陽他是不是喜歡你啊？」

表達完對禮物的喜歡，周曉彤心滿意足地才準備把娃娃收進去入睡補覺，一聽見好友的問話直接愣地炸紅了耳根。

「……幹嘛突然扯到他啊！」

抓起靠枕就朝人打了一下，她聲音一下子因為反應過激放得有點大，察覺後又立刻嘀嘀咕咕地躺回去，眼神小心地瞥了眼後坐的人，小聲回應：「他要喜歡也不是喜歡我……又不是眼睛瞎了他。」

「欸——這次不說是妳眼睛還沒瞎了哦——？」很快抓到對方語氣的轉變和貓膩，蘇慧瑜更曖昧地用肩膀頂了頂她手臂，「之前問妳，妳不是都說：妳眼睛還沒瞎，不可能喜歡他的嘛、曉彤？」

「唉喲妳煩死了！」用抱枕擋在兩個人之間，周曉彤沒什麼魄力地反擊，還小心翼翼地壓著氣音，生怕被誰聽見。

「啊，不會是我們曉彤先動春心了吧——」

「我才沒有！」

周曉彤下意識地反駁了一句，又想起自己昨天莫名的失落和異常，反駁的餘音也變小，停頓的聲音聽起來像欲蓋彌彰的尷尬。

她抽開枕頭，蘇慧瑜的眼神像早就知道自己在想什麼，可是剛才那句話……她卻是真心的。顧及到後面還有鄭燦安，她只好和好友靠得再近了一點，無奈地壓著氣聲回應：「我是說──范宇陽怎麼看都不可能喜歡我……要喜歡那也是喜歡鄭燦安吧？」

她說著說著一邊小心地瞟後面的身影，一邊莫名有點喪氣。想起自己前科累累，就更難過了，「我長得又不好看，又沒什麼特別的……張子揚那次也是這樣。燦安更漂亮，成績也好，他們關係也好，范宇陽跟我怎麼看都更像兄弟。」

說話的聲音到後面越來越小，她側著眼睛看窗外集合的人群，變相在心裡承認了心意。

但她知道她不可能的。

可她也不是一開始就對自己這麼沒自信，就算是單親也還是家裡的小公主──周曉彤高一的時候追逐喜歡的人也曾經天不怕地不怕，曾經每天裝做不經意地堵在對方會經過的路上，和清秀的男孩子打打鬧鬧，像所有青春期的男孩女孩一樣，甚至送上手織圍巾、情人節禮物、纏著對方問試卷題目……然後天真地以為會情投意合。

張子揚沒做什麼，但她聽見張子揚班上的女生在經過她時故意地「竊竊私語」，說她就是那個追著張子揚跑的醜八怪，說她也不照照鏡子看自己什麼樣子。體育課時又聽見班裡的女孩子們聚在一起，笑她像個花痴。

她不想再那樣了。

「唉，范宇陽跟張子揚又不一樣。」看出好友的低落情緒來由，蘇慧瑜靠著她拍了拍肩膀，「那時候張子揚是被動接受，妳是主動付出。但是范宇陽明顯對妳也有好感呀，不然他這麼關心妳幹嘛？」

「是嗎？」周曉彤瞥了她一眼，沒什麼精神地把自己半張臉靠著窗埋進靠枕裡，閉上眼睛，含糊地帶上睏倦的鼻音，「朋友之間這樣關心也很正常吧。」

又或者是同情，憐憫，或者比那些更糟的……那也無所謂，至少現在，范宇陽還是她的朋友。

怎樣都好，她不會再去往前越線踏過那一步了。那時候告白失敗才知道對方早交了女朋友的尷尬、被所有人當笑話圍觀的難堪，都讓她對談戀愛早就望之卻步。她自主疏遠了張子揚，失去了當時少數願意和自己說話的朋友，不想再在這一次也失去范宇陽。

她是一點一點地變得沉默，一步一步被變成現在的周曉彤的。

昏昏沉沉從老師的廣播聲裡醒來時，周曉彤睜開眼睛，蘇慧瑜已經不在旁邊了，老師正站在旁邊走廊上告訴大家已經到了，準備下車集合。醒過來發現好友不在身邊免不了有點失落，她往後面探了探，看蘇慧瑜帶著歉意地笑了一下，雙手合十，唇語像在說對不起。

周曉彤晃晃手上的靠枕，下巴往窗邊歪了歪，示意等等下車還她。

老師在下車前問了一下她的狀況，還給她測了下耳溫，確認一切正常後還囑咐她要記得戴口罩才能跟大家接觸。她戴好口罩，收拾好下車的時候就剩她一個人還沒到，才到後排站好，就宣布解散。

靠枕還沒還上，蘇慧瑜就已經不見人了。周曉彤往人群散開的方向看過去，看她被幾個女孩子手勾著手往前走，有說有笑的，好像很高興的樣子。

本來想追上去的腳步又頓下來，她只好先回到車上，再把靠枕先放回座位，盤算等一下再還給她。

「嘿！周曉彤，原來妳還在這裡啊？」

才剛再走下車，肩膀就被人不太輕地拍了一下——周曉彤嚇了一跳，整個人幾乎跳起來。回頭才想罵髒話，但看見是范宇陽，又想起早前和朋友聊天的內容，還是噎著心虛地收了口，改用眼神惡狠狠地瞪了人一眼。

「不要這麼兇嘛，周曉彤，妳不知道我找了妳好久欸。」笑嘻嘻地繞到人身前，范宇陽聳聳肩，趁她還沒罵人前繼續說話：「你們班解散超慢的欸，我剛剛問他們妳去哪了，都說不知道，差點我就要去廣播找妳了，想說回來再碰一下運氣，幸好妳還在這。欸走啦走啦，妳不是很想玩那個雲霄飛車嘛？……」

「……」

很自然地就被人拉著背包帶往前走，再到後來乾脆被半強迫地搭著肩，周曉彤覺得自己還沒反應過來就被劈哩啪啦灌了一大堆訊息，回神的時候，和對方過近的接觸讓她耳朵又燒紅了。

明明還隔著衣服，勾肩搭背的姿勢也像兄弟，但心虛的是她自己……從衣服布料傳過來的溫度也太犯規了。

她緩了緩心神，回頭看了看四周，才發現只有自己和他，沒有他的朋友，也沒有鄭燦安，一下子有點愣。

「你沒跟你們班的一起啊？」抬起頭問他，她才出聲，立刻就對上他轉過來的眼睛。剛適應自己喜歡對方這個事實的周曉彤有點莫名的難為情，只好趕緊往前看避開目光。

「沒啊，因為今天要補償一下我們曉彤嘛。」餘光察覺到她表情有點奇怪，范宇陽看著她，但隔著口罩又看不出所以然來，想了想，也許是因為人際關係讓她不自在？他沒表現出來，就繼續大喇喇地拍了拍她肩背：「昨天在動物園我不是沒發現妳生病嘛？還害妳晚上沒有辦法去逛夜市，我深刻反省覺得真是，唉，太不夠朋友了我！所以說——為了補償我們曉彤女王，今天我小范呢，就任憑您差遣——」

「什麼女王不女王的，你有病啊？」很快被對方無厘頭的對話拉回心緒調整回正常狀態，周曉彤橫了他一眼，反手就是一掌用力地打在他背上。「范宇陽，電視劇看太多不要出來發神經。那你自己說的啊，今天所有遊樂設施你都要陪我玩，尤其是刺激的那種——別嚇得哭出來啊范宇陽？」

挑挑眉頭，她帶挑釁意味地抬抬下巴瞅了瞅人，范宇陽不用想也知道，口罩下面她的表情一定是得意又囂張。

很快被激起勝負欲，也不甘示弱地拽著人加快腳步。

「我當然說到做到！倒是妳才不要搭雲霄飛車到一半暈過去吧？還有鬼屋我也很想去——欸對了，我們曉彤女王……應該不會怕鬼吧？」

「誰怕鬼啊！去就去！」

「那走，我們第一站就去鬼屋！」

「……」周曉彤現在就想抽自己一巴掌，剛剛還跟人大聲對嗆的氣勢立刻弱了一半，笑得有點勉強。「等一下再去行不行？我有點餓……」

「欸——」范宇陽無辜地轉頭看她，眨巴眨巴小狗一樣的圓眼睛，「周曉彤，妳是不是害怕啊？怕的話不去也可以，不過啊，原來周曉彤怕鬼……」

「我才沒怕，現在去就現在去！」

下意識辯護地大聲反駁了一句，周曉彤又想打自己一巴掌，只好垂下肩膀，沒好氣地呼了口氣，努力給自己打起了心理建設。

反正那些也不是真的鬼，都是人假扮的，不怕不怕，有什麼好怕——

「……那反正是我陪你先去鬼屋，等等出來你得請我吃午餐。」

「沒問題！」

✿ ✿ ✿

在長長的排隊人龍裡，周曉彤手裡抓著工作人員剛剛發下的3D眼鏡，已經開始後悔想往後跑了。

沒人跟她說這遊樂園還開了什麼新的3D超實境鬼屋啊？旁邊經過出來的人還在說超級恐怖？這個入場速度怎麼還這麼快啊？還有人嚇得從出口尖叫跑出來？

「……范宇陽，你說我們先吃飯不好嗎？」吞了口口水，她往旁邊小小挪了一步，覺得自己沒有一刻這麼想逃跑。

「不行，下一個就輪到我們了欸——周曉彤妳怎麼沒戴3D眼鏡？要戴了才有感覺啊！」眨眨眼睛，回頭把人拽了下手腕拉回來排好隊，范宇陽眼尖看她眼鏡都還拽在手裡，立刻拿了過來親自給人戴上，「走走走，到我們了，不要給人家造成交通堵塞，我們趕快進去！」

不容推卻地搭著她肩膀就在工作人員的目光下往前走，嘴角的笑意還頗有幾分惡作劇得逞的味道。

周曉彤感覺自己連被喜歡的人親近觸碰的害羞的時間都沒有，被搭上肩膀的時候反而還覺得寒毛直豎，眼睛被一次性的3D眼鏡遮上模糊的光，一踏腳，就走進了昏暗陰森的鬼屋裡。

她幾乎下意識就抓住范宇陽的手臂衣袖，把眼睛瞇成一條縫，低頭小心翼翼地跟著模糊的步伐前進：「你走慢一點……」

范宇陽已經有很久沒有來遊樂場，一開始確實和朋友約好了要一起玩，但想起來前一天周曉彤的樣子又覺得莫名地心煩心虛，想了又想，還是繞回了她們班上找人。

其實鬼屋確實一直是他特別喜歡的項目，雖然堅持要抓周曉彤來大半部分原因也確實是因為看見了對方眼裡昭然若揭的害怕情緒……越是那樣就越想帶她進鬼屋玩。范宇陽樂得想看平時精神緊繃又傲氣的女孩子嚇破膽的模樣，才走進去沒幾步就被抓住衣袖。

男孩子的保護欲被滿足得很好，也就很好心地沒有開口先吐槽她明明害怕卻要裝沒事，跟著稍微放慢了一點腳步讓對方跟在自己旁邊，「知道了啦，但是周曉彤，妳眼睛瞇成那樣怎麼看路啊？」

仗著對方因為太害怕而沒時間顧及自己的表情，嘴角弧度放肆地往嘲笑的方向狂奔，他笑得很樂，本來還準備主動嚇她一嚇，抬頭就聽見前面遊客傳來驚心動魄的尖叫聲。

他有點納悶地抬頭往前看了看，看背影像是同校的學生，叫得他前方的人都往後退了一下，也不知道遇到了什麼……還在認真思考，他就感覺到周曉彤抓自己的衣袖抓得更緊了。

「哇周曉彤，妳真的很怕欸？其實這些明明都是假的嘛。」范宇陽側過頭無情開口嘲笑。

「你管我，你走好你的路……前面在叫什麼啊？有什麼東西嗎？」八百年沒進過鬼屋的周曉彤嚇得已經沒空管理形象，下意識碎步往他身後躲了躲，抬頭往前瞥了一眼，被因為3D效果太生動的牆壁鬼影嚇到，又趕緊把脖子縮回去。

「范宇陽，你看到什麼要跟我說啊，要不然我出去就找你算帳……」

「知道了知道了——」

說話的尾音都在沒底氣地抖，她一邊死揪著對方的衣袖，亦步亦趨地往前，聽見前面的尖叫聲就跟著往後縮——但放話要報仇的尾音還沒落，她就感覺手臂被碰了一下。

本來以為是後面跟上的人不小心撞上來碰到，對方卻抓住了她手腕，弄得她疑惑地睜開眼往回看。

不看還好，一看差點給她魂都嚇沒了。

做女鬼打扮的工作人員垂著頭，陰森森地揪著她沒抓人的那隻手，看見她回頭，慘白的臉立刻對她露出了笑容，隔著立體3D眼鏡，真人反而變得模糊的影子更有驚悚感，周曉彤反應過來，立刻抽開手，死命抓住了范宇陽的手臂。

「……啊啊啊啊！范宇陽！救命！」

「啊什麼……哇周曉彤，妳抓我太緊了啦，放鬆一點——那只是工作人員啦，人家都在笑妳了！」

突然被抓住的范宇陽本來還在認命地往前幫她探看，後腳就突然被用力拖住手臂。女孩子的手不要命一樣地抓上來，近在耳邊的尖叫聲實實打實地給他嚇了一跳。

他回過頭，看見業績不錯的女鬼露出得逞笑容，側後方的人嚇得厲害，又抖又尖叫的，平常驕傲的女孩子難得很有「女生」的樣子——他空著的手頓了一下，只好一邊笑一邊伸過去拍撫對方的背，往前加快速度走。

「好了啦周曉彤，快到出口了，欸妳眼睛這樣一直閉著真的很好笑……」

「你笑屁，你還笑我，都是你硬要帶我來……你敢說出去我頭都給你打掉！」

「好好好，我不說我不說……哈哈哈哈哈！但是周曉彤，妳真的很遜欸！」

「遜就遜，出去要請我吃飯你不能忘記啊！」

他們倆不會知道——從路人的眼裡看來，高瘦的男孩子抱著稍矮些的女孩子的臂膀，保護姿態一樣地往前走，就像每個遊樂園裡都會有的學生小情侶，蹦跳打鬧的樣子親暱又活潑。

周曉彤顧著咒罵，雙手幾乎是反射條件地把人抓得緊緊的，吊橋效應讓她此刻也只能全心全意地相信身邊的人。但不知道自己到底走到了哪裡，從瞇眼的餘光裡，她好像還能看見，他正用身體姿勢稍側，幫她擋掉了要上前來嚇唬她的工作人員。

……有點暖，有點糟糕。

反應過來的時候她耳根已經燙紅了，她只好慶幸、在這種兵荒馬亂的情況下，對方應該不會注意到這種事情上來……

范宇陽自己也少有這樣和女孩子親密接觸的時候，一路把人帶著往前走，明明嘴上還在跟人拌嘴，但直到出口都沒敢把目光往下看她——

太奇怪了，接觸的溫度又暖又燙，奇妙地竄進心裡輕撓。本來對對方就獨有的關注和保護欲在這時候發揮到最大，就連逞強的惡言惡語也變得可愛起來。

啊，可愛。

等他意識到這個詞彙時已經到了鬼屋門口，有點愣地停在了門外。

「謝謝光臨鬼屋，希望您有愉快的體驗——」

工作人員的標準式送客官腔終於把還幾乎像縮在人懷裡一樣姿勢的周曉彤給喚回了神來。抬起眼睛見對方在發呆，她只好尷尬又難為情地掙了一下手臂，順便鬆開了本來抓著他衣袖的手。

「……喂，范宇陽，你可以把我放開了吧。」

明明對方是好意好心，被她這麼一說倒有點自作多情的意思了……周曉彤立刻暗自懊惱起自己這張開口就說不出什麼好話的嘴，但抬眼瞅過去，好像也沒見范宇陽有多在乎，甚至吐槽都沒有，就只反常地慌慌張張把抱著她手臂的手鬆開，彈簧一樣地立刻跳到了離她一步遠的地方。

——他好像也不是那麼毫無所謂的樣子。

「哦……哦！抱歉抱歉，哈哈，我剛剛不小心發呆啦。」眨眨眼睛，范宇陽抓了抓後腦頭髮，傻呼呼地乾笑了幾聲，臉上好像也有點燙。

真奇怪，他雖然從轉學開始就因為對方情況而忍不住關注和關心，怎麼最近竟然越來越有想保護她的想法……雖然他確實已經為了她被孤立的情況，擅自仗義幫忙和說話夠多了，但剛剛……

……剛剛那種好像直接抱著她的姿勢，讓他生出了一種、好像她很需要自己保護、只有自己能保護的錯覺。

甚至還讓他有了一種，想一直維持那種親密姿勢的想法……

哇，他在想什麼啊？他不會是變態吧？

范宇陽撓撓腦袋，先暫時把自己奇怪的念頭甩了出去，轉頭看了眼好像也在尷尬發呆的周曉彤，試圖緩和氣氛地笑了一下：「不是說要吃飯嘛？走啦走啦，我們出去找吃的，我也很餓欸。」

「哦……那走啊，快點，我餓死了。」周曉彤延遲地做出回應，抬起眼睛對了對方視線一秒又移開，把嘴往下撇得自認又酷又跩，裝出毫不在意的樣子。

他好像對於和自己的接觸也不是完全沒感覺。周曉彤想，那自己在他心裡，是不是也有可能是那個、「有可能」的女孩子？

不過萬年鐵樹不開花，心思細膩的大狗也會有弄不懂自己想法的時候。范宇陽一下就察覺出了對方眼神語氣裡欲蓋彌彰的味道，剛剛才往外甩的想法又瞬間回籠。

他也覺得尷尬，只好跟著傻笑沉默，向來話癆的大男孩一時間竟然也不知道自己該說點什麼，只是忍不住頻頻回頭，一路一直偷偷往旁邊瞥一瞥對方的表情。

……太奇怪了，他幾乎沒有這麼關注別人過。

他想了想，雖然不清楚周曉彤怎麼想——但現在的自己應該才更像變態。

兩個人一路沒怎麼搭話，一直到園區裡的快餐店，才在范宇陽對價格的哀號聲中打破寂靜。

「啊？不是吧？這裡怎麼要這麼貴啊？」

「廢話，這裡算是觀光園區欸，當然貴啊——欸范宇陽，你說要請客不能反悔！」

「啊——周曉彤妳很賊欸，居然這樣坑我……」

難得換對方表情吃癟地哀嚎，這下換周曉彤樂得笑開來，到櫃檯點餐的腳步都跟著變得輕快不少。

不過礙於兩個人都是花著爸媽的錢的學生黨，她還是很手下留情地點了最便宜的套餐，以免對方真的因為自己直接破產。

當然——該坑的便宜還是得坑，不然剛剛不就白被嚇了？

周曉彤心安理得地端走套餐餐盤，餘光瞥著對方癟著一張臉，像條委屈的大狗，垂頭的樣子讓人很想摸摸頭。

於是她就趁著對方剛好彎腰拿餐時上手拍了拍他腦袋。

「好啦，等一下換我請你喝飲料唄，范宇陽。」

范宇陽還是很委屈。「那哪能比啊——我大失血啦周曉彤，我本來還想買鋼彈最新出的那個模型欸！」

「是有沒有這麼誇張啦，多大了你還買鋼彈？」周曉彤沒好氣地翻了個白眼，「你請我這餐也就一百多塊！」

「很誇張啦妳不知道我昨天還……」

本來還一邊怨兮兮地抱怨，范宇陽腦子一恍，想起昨天從對方因為發燒離開後自己就變得心不在焉，逛遊樂園也變得索然無味、累積的怨氣讓他差點把昨天買玩偶和幫對方買晚餐的事情一起說出口——他難得感覺難為情地止住了聲音。「……算了，唉，當我人帥心善囉，請病號吃午餐。」

倒也不是不能說，他畢竟默認對方應該會知道玩偶是自己送的，全程看在眼裡的蘇慧瑜應該都會告訴她。他知道對方很想把自己和周曉彤湊成一對——雖然在自己的感情這方面不怎麼開竅，但只要有關於別人的眼光，他還是都能察覺的。

可是要特地湊到跟前連著晚餐的事情一起告訴她的話，就感覺自己像在邀功似的……范宇陽撓撓頭，連著昨天傍晚看著對方睡顏的記憶一起浮上腦門，只覺得更加不好意思了。

……要是連這個也被知道估計會被她罵變態吧？

算了算了，反正她生病，就當照顧病人嘛，多請她吃兩餐也沒什麼。

「昨天還怎樣？」周曉彤看他突然不說話，覺得有意思，挑了挑眉頭，一邊拿著餐盤找座位，一邊湊過去用肩膀輕輕撞了他一下，瞅人調侃地眨了眨眼睛。「昨天逛夜市還想到我可憐巴巴沒人顧地躺在飯店啊？」

「對啦對啦。」范宇陽敷衍又自暴自棄地擺了擺手，隨手拉了空位坐下，「昨天還跟蘇慧瑜一起幫妳買晚餐欸，妳看我是不是超大失血？」

「那你就不要這麼心不甘情不願的嘛，我還陪你去鬼屋欸，我也損失很大。」得到了想聽的答案，周曉彤偷著樂地跟著在對面坐下，低頭的同時藏住眼裡竊喜，但坐下直視對方時又恢復了兇巴巴的表情，「先說好喔，你不准說我在鬼屋裡尖叫的事情！」

范宇陽挑挑眉，反客為主地調侃回去：「但是就算我不說出去——周曉彤妳剛剛喊那麼大聲，說不定其他班的都聽見了欸？」

周曉彤被他說得一堵，有點惱羞成怒地瞪他。「那反正只要傳出去是我我就找你算帳！」

「哇，周曉彤妳好不講理——」

范宇陽笑嘻嘻地，沒怎麼把對方的威脅放心上。遊樂園的氛圍好像可以讓人放鬆，他已經有很久沒有來這種地方——像和人創造了新的回憶，他一邊笑，一邊微微出神地想：關於遊樂園的記憶，也許在今天，都可以刷新掉以前的、只留下今天所有開心和快樂的畫面也說不定。

「你才不講理。」

周曉彤搭了句話，吃了幾口漢堡，抬頭就瞅見人像若有所思的表情。

她想了想，還是好奇地開了口問他：「對了，你老家不是就在北部嘛，以前應該可以常常來這裡玩吧？」用羨慕的語氣詢問，她一想這裡還有他和別人的回憶，患得患失的心情就讓人有點不甘心。

「也沒有很常來。」范宇陽回答得心不在焉，「以前我爸帶我來過一次，然後就沒來過囉。」聳聳肩，他像毫不在意地笑了下帶過。

「為什麼啊？」從對方的表情裡直覺那趟旅途不愉快，周曉彤的表情變成了探究和擔心，說話的語調也變得小心翼翼起來。

范宇陽陷入短暫的沉默。

他想起來對方在寒假時總會和他分享與母親的日常，有時候發來的語音還會混雜媽媽活潑又歡快的聲音——說實話，他很羨慕。他沒有過那樣的家人，不知道能那樣被愛是什麼感覺。

也許……他接近周曉彤不僅是同情和好奇，還有一點點嫉妒也說不定。

「……我小學的時候也來過這裡一次啦，」周曉彤看他突然不說話，覺得尷尬，只好自己撓撓頭乾笑兩聲，想著先開了個頭找話說，「那時候是我媽帶我來的，她說要陪我去搭雲霄飛車，我那時候還小，本來覺得很恐怖欸，結果她竟然突然就在最高的地方開始哈哈大笑，而且笑得超大聲超誇張的，真的很尷尬……」

范宇陽一邊聽她說話，一邊陷入重疊又交錯的、模糊的記憶裡。

小學的暑假，他回到父親家裡，因為同父異母的妹妹吵著想來這裡，他才有幸一起來了六福村。那時候的六福村和現在應該長得不太一樣，但他其實也記不太清了——因為他其實沒怎麼能玩到什麼遊樂設施。

年幼的妹妹在進來遊樂場不久後，好像因為尿了褲子，在小媽懷裡哭吵著要回家，而獨自去雲霄飛車下來後的他，就匆匆地被丟在了設施出口。

他忘了他當時是不是挺無助的？反正後來因為在園區裡獨自待得太晚，又沒有家長陪伴，被園區的保安帶著去報警通知了父母，一直到大半夜才被父親接了回家，但卻被怪罪是自己沒有跟上大家……

「妳媽媽聽起來好可愛哦。」打斷自己的記憶，范宇陽咧開笑容做出回應，眨了眨眼睛，聳聳肩把不愉快的畫面揮散去，「沒什麼啦，就太久了，我也不記得那時候來幹嘛了，可能小時候覺得不好玩吧？」

少年人不善於掩藏情緒，自以為能雲淡風輕，但隱藏的一瞬間還是像突然的禮貌疏離——在那一瞬間，周曉彤突然覺得自己離他很遠。

不清楚他的家庭，不知道他的過去，也對他的一切好像朦朧無所知。

只是因為他靠近了自己，所以忍不住被溫暖吸引、忍不住被貪戀了溫暖，然後無法自拔地變成了喜歡。

可是不讓她靠近的他，真的能讓自己走進他的心嗎？

第五章、小暑

夏天來了，把她的夢綻放成那一朵盛放的永恆紅花。

夢再美好，原來都終究只是白駒過隙。

畢業旅行結束後兩周，暑期輔導開始，周曉彤等一屆學生提前進入了緊張備戰的高三。

按理來說，學生們在這階段應該要忙於準備接下來面臨人生轉折的大考，沒什麼別的心思再花在人際關係上——周曉彤本來也以為自己接下來的生活應該會忙碌於準備考試上，而再沒時間思考被排擠的事情。然而事情卻沒有變好，反而在人際與成績的雙重夾擊下讓一切變得更糟。

在暑期開始的第一天，和她鄰座的蘇慧瑜就找老師換了座位，和她離了有幾排遠。

「小瑜？」因為心裡太過不安，周曉彤在對方去洗手間的間隙隨後跟上，然後在洗手台把她叫住。想了想，還是猶豫又不安地抬起眼睛看她：「那個……小瑜，最近發生什麼事了嗎？」

她不想在這個班上被完全孤立。蘇慧瑜是她僅剩的、至少在私底下還能給她一點溫暖的朋友。

蘇慧瑜聽見她的聲音，剛從廁所踏出來的腳步頓了頓，表情有點僵硬。

她看了看四周，本來想說點什麼，但又聽見洗手間門口傳來的女孩子的笑鬧聲，像反射性地害怕，只好朝對方意思地點了下頭，擠出一個友好的微笑：「沒有什麼事啊。」然後快步往洗手台走。

「我是不是做了什麼讓妳不開心的事？」周曉彤戰戰兢兢地跟上去，抿了抿唇，「小瑜，我真的把妳當成很好的朋友，如果我做錯了什麼，妳可以告訴我，我可以改……」

「沒有啦，曉彤，妳別想太多。」抬起頭對著對方笑了一下，蘇慧瑜本來還想說話，但很快看見班上女生幾個從門口進來——其中包括謝佩宜，對方的目光立刻讓她嘴邊的笑容又僵硬掉。

「……那個，我先回教室了哦，曉彤。」

回頭看了看對方匆忙離開的腳步，完全是刻意避開自己的樣子……周曉彤眼神暗了暗，好像隱約看見踏進來的謝佩宜用餘光瞥了自己一眼，跟別人說笑的樣子好像也多上了幾分諷刺——她也不知道，那到底是自己過於敏感的錯覺，還是真實的感受了。

但就算在人煙較少的地方和蘇慧瑜打招呼也得不太到回應，社交軟體上問候也變得冷淡敷衍，周曉彤看過去，只見到對方眼底的畏縮和心虛。

她隱約意識到，自己已經失去在這個班上最後的朋友了。

「可能她最近比較忙啦，周曉彤，妳也別想太多吼。」放學的空隙聽見對方的苦惱，范宇陽有點意外——雖然能感覺到這件事一定哪裡有貓膩，但怕本來就敏感的女孩子更害怕，他就再揚起笑臉，笑著拍了下對方的肩背安慰，「別想太多啦！不然我今天幫妳傳LINE問問她？」

「好哦。」垂著眼睛，周曉彤沒什麼精神地嘆了口氣，想想又有點怕，只好猶豫地抬起眼睛看了看他：「抱歉，范宇陽，一直在麻煩你……」

「哎喲，妳三八什麼啊。」范宇陽立刻眨眨眼睛，笑嘻嘻地湊到人面前，「妳連我一頓兩百塊的午餐都敢坑了，還跟我在意這個哦？很假啦周曉彤——」

「我才沒有！欸那你自己說要請的，而且那明明是一百八！」

周曉彤立刻翻了個白眼，上手就往對方肩膀上拍。范宇陽被打得吃痛，就作勢要跑地往前小跑了兩步，一邊還要委屈地回頭嚎：「四捨五入兩百啦，周曉彤欺負我！」

周曉彤一邊追著他跑，一邊要他站住，臉上不知不覺又重新恢復了笑容。

和他待在一起的時候，她好像總是能忘記很多煩惱和難過的事情——喜歡范宇陽是件幸福的事，就算只是短暫地遺忘，至少也能在和他待一起的時候感到片刻安心。

范宇陽就像陽光，在她充滿雨季的青春期裡從雲縫中透出光來，讓她可以在陽光下稍微躲藏陰霾，說服自己努努力就能熬過這樣的高中生活。

如果范宇陽和她同班會不會更好呢？

他會不會願意站在她面前，為她擋掉所有撲面而來的惡言惡語？

不過……這樣就好了，她想。

她不要求太多，也不想表白，能這樣維持現狀，她已經覺得很幸福了。

✿ ✿ ✿

周曉彤回到寢室的時候，還沒進門，就聽見了隱隱約約的啜泣聲。

她有點意外，打開門進去的時候就看見是鄭燦安正坐在床前小聲地哭，而謝佩宜和同寢室另外一個同班的女孩子李鈺靚坐在她兩邊，好像是正拍撫著她安慰。

一見她進來，除了仍然在低頭啜泣的鄭燦安以外，謝佩宜和李鈺靚都向周曉彤看了過去，目光銳利得讓她感覺自己像被扒了層皮。

「……那個，燦安怎麼了嗎？」

想想鄭燦安對她畢竟也沒做什麼，又加上另外兩人好像略帶審問的目光，周曉彤想了想，還是一邊上前放書包，一邊開口問了。

謝佩宜和李鈺靚只看了她一眼又回頭看鄭燦安，明顯的不想搭理的表情，尤其以謝佩宜眼光裡的不屑最為明顯。

周曉彤有點害怕，就看鄭燦安笑著抬頭擦了擦眼淚，「我沒事啦，彤彤。」然後回頭看向兩位室友：「妳們先去洗澡吧，我有事想跟曉彤說。」

「那妳有事要跟我們說喔。」謝佩宜拍了拍她肩膀，隨後與李鈺靚對視一眼後起身離開——在走之前，還在經過時明顯地瞪了周曉彤一眼。

她們對她的不喜歡和排斥大多是暗戳戳的，很少會顯露在外，那是因為不想惹麻煩，周曉彤心知肚明。

今天被這麼一瞪，再加上蘇慧瑜的疏遠，她隱約有種風雨欲來的害怕。但該面對還是得面對，逃跑才更像心裡有鬼，她還是強作鎮定地隊找她的人點了點頭，走上前關心：「燦安……？怎麼了嗎？」

鄭燦安拉住她的手，語氣還是溫溫柔柔地，就輕拉著她到床邊坐下。

「彤彤，妳知道我喜歡宇陽的，對不對？」

她抬起眼睛看她，眼神真摯，「宇陽一直拜託我在班上幫幫妳，我盡力了，但是很難……是不是因為這樣，所以妳對我有什麼誤會？」眼睛裡像是含著淚光，她聲調委屈地凝視。

周曉彤被對方問得懵了，只能乾巴巴地張嘴發出疑問：「啊……？」隨後又趕緊回神過來搖搖頭，「沒有啊，沒有什麼誤會。發生什麼事了，我沒有跟范宇陽說過妳什麼……」

「彤彤，畢旅的時候我邀宇陽一起，但他沒答應，結果去陪妳了。」鄭燦安輕飄飄地出聲，「宇陽他是不是喜歡妳？妳為什麼……不早點跟我說？」

周曉彤覺得自己整個人都呆住了，連反駁都不知道該怎麼反駁，只好尷尬又慌張地連忙瘋狂搖頭，「不是，范宇陽他、范宇陽他只是同情我而已，他只是同情我才來陪我的。他不可能喜歡我，妳別誤會，他，他那個白癡可能就是沒戀愛細胞，我再、我再幫幫妳多跟他說……」

「彤彤……可是宇陽他最近都不怎麼回我訊息了。」放開她的手，鄭燦安眼睛直勾勾地看她，「為什麼妳跟宇陽，好像更親近了？彤彤……妳是不是也喜歡宇陽？」

她的聲音明明很溫柔，但每句話都像在質問。

周曉彤覺得自己好像要什麼都抓不住了——她知道自己喜歡范宇陽可能已經很明顯，直接承認也許好過於欲蓋彌彰地掩飾，可是過往喜歡張子揚時被當成笑話談論的噩夢又襲上腦海，她只能繼續拚命搖頭否認。「沒有，燦安，我沒有喜歡范宇陽，我跟他只是朋友，兄弟……」

「那妳能不能……不要再跟宇陽那麼親近了？」

周曉彤想，她應該要答應才對，即使到很多年後，她也在想——如果她那時候答應了，是不是就不會有往後的事情發生。

可是她太想抓住了。她嘴巴無聲地張合，思考片刻，最後還是抓住了自己的手指緊揪，垂下眼睛低聲地拒絕：「可是、燦安，范宇陽是我最後……最好的朋友了。」

「而且范宇陽跟誰當朋友也不是我能決定的。」她低著腦袋，鼓起心裡最後一點勇氣吸了一口，抬頭看她：「燦安，我可以想辦法撮合你們，但我不能莫名其妙就不跟他當朋友啊。」

她不想再失去范宇陽，也想再抓住蘇慧瑜，即使她隱約感覺到了——她可能會失去眼前這個原本抱持中立立場的同學。

可那樣也比失去范宇陽好。她不想再回到一個人承受一切的時候了，只要還有范宇陽在，也許一切都還能熬過去……

「我知道了，彤彤。」她看見鄭燦安站起身，聲音還是很溫柔，「對不起哦，說了勉強妳的事情……可以不要跟宇陽說嗎？」

周曉彤回答了她好，然後目送她抱著換洗衣物走出了寢室門。

剛剛的談話像風暴一樣在她腦子裡轉——那也在之後的日子裡，把夏末最狂暴的颶風，帶進了她的十七歲。

✿ ✿ ✿

從一大早的宿舍集合時間，周曉彤就感覺到了所有人對著自己的目光有些奇怪。

她對別人的眼神已經這樣敏感很久了，范宇陽也經常安慰可能是她想多了。可是這次好像真的有點奇怪——她到教室時，還看見座位上抽屜的東西像被動過。

她敏銳地立刻坐下去翻找，發現她幾張前幾天隨手畫的素描不見了，左翻右找，座位下或者課本裡都不在。

被誰動過了？周曉彤皺著眉頭抬頭看向四周，好像能察覺到隱隱約約的目光和笑聲。她又忍不住朝蘇慧瑜投去求助的目光——可是對方根本不敢看她。

手上好不容易才好了大半的自殘傷痕好像因為心理原因又隱隱作痛。指甲嵌進掌心，握拳的時候用痛覺把恍惚的精神稍微喚回來了一點。她又想起范宇陽的話，想起母親擔心的表情，手又鬆了鬆，逼著自己假裝鎮定地坐下，把惶惶不安的心緒也一起壓下。

而這些都在下午自修課時被打破。

午休後的第一堂課是自修，導師們正好都去參加了導師會議。班導師叮囑了讓班長和風紀盯住班上秩序，以免讓教官又盯上平常就很讓人頭痛的平班——但那當然沒有用。

午覺起來後的第一堂課，一部分人還趴在桌上瞌睡，還有部分人早就鬧了起來，嘰嘰喳喳地聊天，又把另一部份還在半睡半醒中的同學吵起來。

周曉彤就是被吵起來的其中一個。

她最近一直睡不太好覺，不管是晚上還是中午。總是迷迷糊糊地像睡了，又像一直沒能入睡。

沒有心思讀書，前幾天起的草稿又莫名其妙丟了，她只能又從書包裡拿了素描紙，隨手畫了個人物骨架。蘇慧瑜在離她很遠的教室一隅戴著耳機安靜地看書，她抬頭看了一眼，有點心煩意亂，忍不住就又畫了范宇陽。

范宇陽如果在這裡就好了。她想。也許那樣，她就不會這麼孤單了。

她一邊從記憶的影像裡掃出畫面描繪對方的眉眼，一邊出神地托著腦袋放空。畫紙被她就壓在英語自修講義下面，她本來應該隨時關注身邊的動向，好不被路過查班的教官發現的。但她畫得太專注，沒注意到前面王靖傑不知道什麼時候朝她逕直走了過來，伸手就抽走了她的畫——

「唉喲，周曉彤又在畫畫欸？」王靖傑一邊笑，一邊抓住紙的邊緣試圖把它從對方手裡搶走，「哇——好噁心喔，該不會又在畫那個隔壁班的吧？」

「什麼啊什麼啊？周曉彤又在畫畫？老師不是說她上課不能畫畫的嗎？」

「欸，對啊，今天早上是不是還看到她的畫被貼在公佈欄，好像又是上課畫的。」

「她是不是在畫隔壁班的范宇陽啊……」

周曉彤抿嘴不語。

她一邊心驚，一邊用手死死抓著畫紙的邊角，像抓住自己最後一點尊嚴和希望——原來不見的畫被貼在了公佈欄啊？但是她來得晚，沒有看見，也許被扔掉了。她或者可能不小心在恍神的時候寫了范宇陽的名字？不然他們為什麼知道是范宇陽？

女生的力氣本來天生就難敵男生，她下意識又怕已經被抓皺的紙被撕壞，等回過神來的時候，才描繪了一點男孩子眉眼的畫紙，就已經被用力地搶走了。

腦子嗡嗡的，她看見班上的人有的轉頭過來圍觀，有的在偷偷嘲笑，有的男生跟著帶頭的王靖傑說話諷刺她——

「周曉彤這種醜八怪也想倒追人家啊？」

「欸，周曉彤，你早上畫的在范宇陽旁邊的那個女生該不會是自己吧？你怎麼這麼自以為啊？」

「噫——周曉彤好花痴哦。」

「……」

她並不和他們回應，只是回過頭看回正面，面無表情地，幾乎用盡所有力量掐住了自己的大腿，好像裝作完全不在意地低頭認真看書一樣。

剛剛她從餘光看見了、蘇慧瑜擔憂投過來的眼神，又迅速心虛回頭迴避的樣子……為什麼？好多個沒人能解答的問號，好多個為什麼在她腦子裡盤旋，混雜著大家嘲笑她、叫喊她的聲音，跟男孩子的嘲諷聲混成了一團。

為什麼？

——然後在下課鐘聲響前，她聽見謝佩宜涼涼地說了：「有些人啊，真的是心機婊，明知道朋友喜歡還要去搶，也不秤秤自己幾兩重。」

朋友？

她恍惚地在下課鈴裡抬起頭，看了一眼聲音的來處。謝佩宜好像說完就回頭了，像沒有說過話一樣，與李鈺靚和鄭燦安若無其事地坐在桌邊說說笑笑，卻已經有好多女生朝她看，目光像打量、像某種嘲弄，像在笑她不自量力——讓她感覺自己無所適從。

范宇陽會知道嗎？如果他知道怎麼辦？他會不會也嘲笑自己？

……鄭燦安為什麼要這麼做？她明明沒有搶，她只是想默默地把范宇陽當成自己這最後艱難時間裡的一點陽光，讓她還有點動力往前走……

她無數次告訴自己不能哭，哭了就等同於認輸了，哭了就等於自己對號入座了。可是長期過於緊繃的生活根本讓她沒辦法再忍，眼淚完全止不住地往下掉。她聽見王靖傑他們若無其事地又在笑，說她哭了，還笑她哭得好醜。

她也知道自己好醜。

所以她親手揉爛了那張畫紙，抹掉眼淚離開了教室。

✿ ✿ ✿

高三學生沒有社團活動，只有被填滿的考試和自習。沒有了能稍微放鬆心情的時間，周曉彤只能在去廁所的洗手台給臉上潑了幾把水後冷靜心情。

今年還有一次全國美展，班導師下節課可能還不會回來……她決定在下一節課用這個理由去美術教室躲一躲，自習也好畫畫也好，至少能有一節課的時間不用再看到他們。

范宇陽這陣子好像被半推半就抓進了田徑隊，下課路過隔壁班時經常不在……她雖然很想找他說話，可忍不住也開始感到也有點害怕——太頻繁主動地找他，會不會坐實自己「搶男人」的謠言？

可是如果不找他，她難道真的要躲開她僅剩的、唯一能站在她身邊的人嗎？

在抱著講義和素描本前往美術教室的路上，她因為制服裙暗袋的震動停下腳步——是蘇慧瑜。

上一次的聊天紀錄還停留在暑期輔導開學前，對方發來了大段的語音，她點開來聽，從聲音細微和小心的程度，判斷她應該是找了個狹小的空間輕聲細語地和她發了話。

「曉彤，對不起……我不是故意不理妳的，但是我被他們發現了。他們，他們發現了我跟副會長談戀愛……」

蘇慧瑜的第一條語音就帶著啜泣的哭腔，像再也忍受不住壓力和良心譴責。周曉彤停了腳步，在上課鈴初響、空蕩蕩的科別教室走廊，隔著手機，愣愣地聽她曾經認為最要好的朋友說話。

「他們說，只要被發現我還和你說話，就要把我談戀愛的事情告訴老師，告訴家長……曉彤，嗚嗚……妳知道的，我爸媽他們如果知道了，我真的會完蛋的曉彤……」

「所以我沒辦法，我真的沒辦法，我怕被他們發現……妳知道的，妳知道他們是誰的。」

周曉彤想，蘇慧瑜談戀愛的事情一定藏得很隱密，畢竟就連她也不知道——想到這裡總覺得有點心酸，如果她知道就好了，雖然就算那樣，她可能也沒辦法幫上她的忙。

她總是渴望別人拯救自己，可自己就連好朋友的一點忙都幫不上。

至於他們是誰，從蘇慧瑜搬了座位的位置看——可能是謝佩宜她們吧？是誰也無所謂了，班上對她冷言冷語的、旁觀不管的，對她來說，也差不多都算同一撥人。

「他們每天放學都會拿走我的手機看我的聊天紀錄。」大概是接近了上課，蘇慧瑜的聲音越來越小，啜泣也在半晌後慢慢壓抑地停止，「這些語音，我等一下也只能刪掉……所以對不起，曉彤，我會跟范宇陽說，讓他多陪陪妳的，對不起，真的對不起，曉彤……」

上課鐘聲在背景音遮蓋了道歉的聲音，語音也到這裡就斷了。

周曉彤收起手機，麻木地繼續邁步往美術教室走。

她的生活還有什麼可以支撐她的呢？她救不了自己，也救不了蘇慧瑜，只能渴望范宇陽這縷陽光還能留下。可是為什麼呢？為什麼她會落得這麼被動又難堪，只能等著別人來拯救？她到底得罪了誰呢？從入學以來到現在，她明明沒有做錯什麼——難道她得罪的是上天，才要讓她每一天都過得這麼難嗎？

美術老師給了她沒人在時也能先進教室待的權力，她從窗溝摸出鑰匙進門，在看見教室內打開的外窗時，又有了一瞬間想往下跳的衝動。

她在想，如果她從這裡跳下去、如果在那些傷害她的人的面前跳下去——會不會有人有那麼一絲絲的愧疚，和後悔？

「啊！周——曉——彤！」

在恍神的一瞬，操場上傳來范宇陽的聲音。

她回過神，看見正從操場邊緣跑來的范宇陽不知道怎麼捕捉到了二樓窗邊的她，笑嘻嘻地提了音量和她揚手打招呼，然後很快被身邊的教練狠狠地巴了頭。

她忍不住笑出來。二樓太遠，她沒能聽見他們在說什麼，只能從對方道歉討好的表情和教練沒好氣的樣子裡判斷出了個大概。

范宇陽在和教練打過招呼後還停留在原地沒走，這次謹慎地收斂了聲音，用唇語一個字一個字地問她：「妳——又——去——畫——畫——嗎？」

周曉彤點點頭，勾勾嘴角笑了一下，算是給了對方一個肯定的回應。

范宇陽又立刻比手畫腳地拍了拍運動褲口袋裡形狀明顯的手機，又指了指她，用唇語重複地說：「我要看。」

啊，意思可能是等一下他想看吧。

周曉彤從窗口探出去想看清他的嘴型，卻被他動手動腳又誇張的表情逗樂，剛剛的陰霾被暫時掃空。她聳聳肩，不置可否地笑了一下，然後指指那邊已經瞪了過來的教練，也用唇語一個字一個字地回答他：「你——快——去——練——習！」

話的意思還沒給到，范宇陽還摸著腦袋，皺著眉地仰頭想看清她說話，後面教練已經又拿著訓練單往他腦袋拍了過來，勾著手就把人往操場帶。周曉彤笑出聲，然後看他在隊友調侃的笑聲裡拚命回過頭來指指宿舍的位子，意思應該是放學見。

想往下跳的念頭被輕易地打消了，她恍然地看著男孩走遠的身影。像在鋼索邊緣的人被賦予了新的目標往前走，拉回來的心臟怦怦直跳。她早就已經要分不清，那到底是心動的心跳，還是再一次從求死的邊線回來的餘悸。

但好像還可以再撐一撐。

只要有他在，也許這最後的一年，她還可以再努努力往前走……

被拉去田徑隊不是范宇陽的本意，他的本意更傾向當個無所事事甚至不學無術的高中生，隨便讀個大學就結束學生生活，然後去外面隨便領份工作賺錢——但是因為他成績太差，他們班導師拿他沒辦法，體育組老師又拿著體育特長加分的誘惑去遊說了他們班導師——他沒辦法，在沒什麼選擇權的情況下半強迫地加入了田徑隊。

他在體育方面確實有特長，小的時候就因為跑得快經常當大隊接力的最後一棒，但被家裡人嫌棄四肢發達沒什麼用，久而久之就讓他沒了什麼參與的念頭。

不過大概是因為他高中成績真的太糟糕，明明加入田徑隊還要家長簽名，他都不知道老師是怎麼打電話說服奶奶答應的。回家的時候那個對他從沒好臉色的老人依然臭著臉地主動向他要了同意書，然後簽下了自己的名字。

啊，那好吧，那反正也沒辦法。

除了累了點外，范宇陽很快想開——反正能用這個理由不讀書去外面跑跑步也挺好的。

唯一的缺點，就是最近市運賽的高中組要開始了，隊裡的訓練加重，他很少能在課堂外的時間待在教樓，總是有點擔心周曉彤。

✿　✿　✿

見面的時候她還是會笑，幾次突擊她的手腕也沒有新傷痕，但他總覺得她的狀態不太對勁。她精神總是不太好，越來越少和他鬥嘴，好像偶爾會突然走神，恍惚地發呆，要揮手好幾次才能把人喚回神來。

後來他收到了蘇慧瑜的訊息，說不能再和周曉彤當朋友，希望自己能多陪陪她，他才從這之中大概知道了一二。

怎麼會變得更嚴重呢？他很疑惑，稍微去打探了下，才又從別人嘴裡得知，周曉彤在班上被傳開了喜歡自己的事——還有跟朋友搶自己的事？范宇陽百思不得其解，覺得很離譜，傳這種謠言的女孩子讓他很難理解，但也多少察覺到了應該和鄭燦安脫不了關係。

但對方沒明著來，他也不好去莫名其妙地罵人，只好就慢慢地冷淡疏離，直到不再搭理。但他還是從訓練間隙的手機，斷斷續續地看見了匿名版上對周曉彤代稱「平班那個女的」，以及關於這個稱呼的、鋪天蓋地的謠言和嘲笑謾罵。

他都看見了，周曉彤肯定也看見了。

但是對方不提，他主動提起來好像也不太對。本來作為朋友相處的時間已經變少，他又不在她班上……能做到的，好像也只有默默陪伴她，希望在有限的時間裡，能讓她稍微開心一點……

「欸，周曉彤，妳今天去美術教室畫什麼啊？」

從放學後的田徑訓練提前溜出來，范宇陽從餘光瞥見後，就小跑地跟上正低著頭從籃球場走過的周曉彤，順便連忙抬手給她擋了一球因為沒進框彈過來的籃球。一邊給學弟們招招手，他一邊就繼續在她旁邊絮絮叨叨：「哇靠，周曉彤，妳真的很吸球欸，這麼吸球還低頭走路，要不是我剛好過來那妳又要被巴頭！」

他一邊苦口婆心地碎念，一邊低頭試圖探看對方的表情——啊，好像又在發呆，不知道又在走神想什麼……她不會真被球打到變笨了吧？

「……啊？」周曉彤後知後覺地回神過來轉頭看他，眨眨眼，又遲鈍地網球場那邊正在打球的學弟看了看。大腦緩慢地接收到剛剛在腦袋旁邊掌心拍過球的風和聲音，她才聳肩抱歉地笑了一下，「啊，謝謝你啊，范宇陽。」

明顯心情不好的樣子，但又不好問。范宇陽收到道謝反而沒覺得高興，以往會和他鬥嘴的女孩子眼睛裡沒有什麼神采，讓他渾身都感覺不對勁。

「周曉彤，妳沒事吧？」繞到對方前面，他還是選擇擔憂地定定開了口，想了想，又用了誇張一點的表情動作揮了揮拳，「要不要——我看乾脆我偷偷買黑去把妳們班的人都打一頓算了？」

周曉彤立刻明白，他什麼都知道了。

擔心的心情浮上來，又被他表情動作稍微逗樂，她就沒忍住又笑了一下。「你哪來那麼多錢啊？」說完先拍了一下對方的肩膀，她意思意思地翻了個白眼，又繼續往前走到他旁邊，抿了抿唇，再低頭出聲。

「范宇陽，那些亂七八糟的傳言……你怎麼看啊。」

他果然什麼都知道的，那那些謠言……

她知道自己這麼想未免太笨，可是她不敢想，如果范宇陽真的相信、知道自己喜歡他，會怎麼看待自己？

「就亂七八糟啊，我哪會在意那個啊？」表情故意誇張地撇撇嘴，范宇陽不以為然地聳了聳肩，還很誇張地做出假裝傷心的表情：「哇，周曉彤，妳也太看不起我了吧？我才不會信那些有的沒的嘞。嗚嗚——周曉彤誣賴我！」

周曉彤一邊從餘光看嘻嘻哈哈開玩笑的范宇陽。他現在的表情很好笑，換作是平常的自己一定會立刻翻個白眼罵他——可她卻感覺自己僵住了。

她心裡明明知道，他很信任自己，也在用自己的方式來安慰她。可是聽見他那麼直接的否定的時候，腦子裡卻彷彿出現一個聲音在嘲笑：

——**「妳看吧，他也覺得妳不配。」**

她恍神片刻，轉頭看向范宇陽的笑臉。那張臉所有的樣子，明明都那麼讓她心動和溫暖……卻在這個時候、在這個靠得這麼近的時候，讓她難受得感覺自己要窒息。

而他還沒察覺到不對，只想更賣力地討她開心，就笑容燦爛地搭肩到她身上笑咧開嘴，

「我們曉彤嘛，以後是大畫家耶，哪有時間管小情小愛是不是！」眨眨眼睛，他一邊對她擠眉弄眼，一邊繼續滔滔不絕地說話，順便轉移話題：

「欸，周曉彤，等我下禮拜比賽回來，我要是拿第一，妳要給我畫肖像畫當比賽獎勵喔！」

——「妳看，范宇陽怎麼可能喜歡妳？妳也不看看妳自己是什麼樣子？」

那個聲音還在和她說話，像就附在耳邊，幾乎蓋住了范宇陽就近在臉邊的笑聲和說話聲。像催眠一樣，那些銳利又直白的話語劃開了心臟，強烈地動搖了她的心，搖晃得她大腦暈眩，感覺自己幾乎要站不住。

「欸，不過周曉彤，以後妳要是談戀愛，那男朋友得先給我把把關啊，沒有我帥那不可以！」

——「就是因為妳妄想范宇陽喜歡妳，事情才會變得更糟，妳自己不知道嗎？」

在那個聲音的尾音落下的一刻，她幾乎下意識地將搭肩在她身上的范宇陽用力推開。

像被拆穿的狼狽，她在心裡拚命說不是，說她沒有妄想，說這一切怎麼可以是因為范宇陽——她有點喘不過氣，像被割裂開了一樣，整顆心都在顫抖。

她突然覺得，她此刻好像不應該站在這裡，她應該從認識他那一天，就毫不猶豫地頂樓上直直墜落。

「周曉彤，妳怎麼了？」才意識過來對方臉色不對勁，范宇陽被推開還沒急著生氣，被對方反常的舉動嚇到後，很快瞅見了對方難看又蒼白的臉色。

他幾乎下意識立刻去抓她的手，迅速拉開手錶腕帶確認，表情嚴肅又緊張地看下去，但只看到舊疤痕。而周曉彤也幾乎立刻反應過來地抽回了手，冷漠的表情像初見的時候一樣，甚至更漠然反感，但他看見，她眼底明明還有一些他不知道的、莫名的惶然和恐懼。

「周曉彤，妳……」

「范宇陽，你很閒嗎？你家裡是不是都不管你啊？」

開口放大音量打斷了他的話，他們在宿舍門口停住腳步，像要爭執起來——周曉彤在剛剛本來明明是想開玩笑地回嘴說「比你帥的一大堆」之類的話的，可是可怕的話卻在反駁心裡話的同時卻被送到了嘴邊、伴隨她充滿防備和攻擊性的表情，像極了一隻被觸碰到傷口的刺蝟。

「高三了還能參加田徑隊、每次段考在班上吊車尾……你家長都不管這些嗎？為什麼你還能每天都這麼開心啊？」

她還在說，還喘著氣，聲音有點沙啞，明明能看見對方的臉色已經越來越難看，可她卻停不下來：「你知不知道，每天要被班上那群人煩——我每天晚上失眠，每天睜開眼睛都在想自己為什麼還活著。好不容易撐到高三了，現在到了班上還沒辦法好好念書，還要天天被針對被罵婊子……我已經快煩死了。就因為你——就是因為有女生喜歡你，所以我才會變成現在這樣的。」

話說到這裡已經沒辦法收回來了。

周曉彤別過頭，她不敢看范宇陽受傷又錯愕的表情，不敢看對方一句話都說不出來的憋屈和難受。

她不知道自己怎麼了。可是在這一刻，能看到有人跟她一起受傷、竟然能讓她感到一絲絲莫名的痛快——

「所以你能不能，不要再來煩我了啊？」

還有痛苦。

那是她最喜歡的人，她在親手傷害他，她又痛快又痛苦，好像割腕自殘、看著鮮血沿著傷口流下來的時候一樣。她的心明明也被揪得又窒息又難受，可是又彷彿還有一個聲音在笑，笑她終於做了一件對的事。

笑她這樣的人，就不該把任何深愛的人留在自己身邊受折磨。

「……我知道了。」

而她聽見范宇陽說。

范宇陽低下頭，把表情也藏進陰影裡。

他說不出別的話。他不是笨蛋，他能看得出來這些話不是對方的本意，她也許受了什麼很大的刺激，也許是因為蘇慧瑜，還有那些匿名的攻擊，她現在會這樣應該是因為很痛苦——可是那句「你家裡是不是都不管你」讓他也難受到再也維持不住無所謂的表象。

親戚們冷漠疏離的臉在他面前交錯，他握緊拳頭又鬆開，遮掩傷口的本能戰勝了想保護她的想法，他抿了抿唇，恢復沒有表情的臉，最後抱歉地對她彎腰鞠了個躬。

「對不起，周曉彤，我以後不會再來煩妳了。」

周曉彤回過頭，看見范宇陽回頭走了幾步，然後小跑地回到了田徑隊。

在對方離開前，她好像看見了他臉上複雜又受傷的表情、那是她沒見過的范宇陽，不那麼陽光又無厘頭、不要臉又臭美，是被她傷害的，把她當作珍惜的朋友的范宇陽。

她覺得自己可能病了，可是一切都收不住了。她莫名其妙失去了蘇慧瑜，然後因為一切莫名其妙的原因被針對。她每天的生活就像在黑暗裡，連要守住唯一的陽光，代價都可能會比想像中更可怕——也許她只是，真的很想很想當一個沒有人能看見的人，不想被討厭，也不想再被在意。

可是她喜歡范宇陽。

她好喜歡他啊。她為什麼要親手把他推開？

遲來的愧疚和痛苦把她反噬，她覺得自己瘋了，眼淚止不住地潰堤，人卻失去了知覺。

她轉過身，把自己的臉用外套帽子藏起來。

她害怕范宇陽還會因為同情或者在意而看見她現在糟糕的表情，即使她自己也知道對方在生氣，這個想法簡直又荒謬又自以為被愛——傷害人的明明是她，她沒有資格再要他的關心和特殊待遇了。

——「周曉彤，妳看吧？妳就是這樣的人，活該被所有人討厭。」

她一邊掉眼淚，一邊痲木地往前走，大腦嗡嗡地暈。那個聲音還在和她說話，像嘲諷，卻精準地讓她一刻比一刻更崩潰，像被無數雙手，拉進再也不會放晴的雨天。

她不知道自己要走去哪，只是沿著人少的地方走，一直到音樂教室旁邊的車棚角落，抬頭看了一眼田徑隊訓練的地方、確認不會被看見後，才慢慢地慢慢地、慢慢地蹲了下來，抱住自己的雙腿，痛哭失聲。

她聽見那個聲音對她說：

「周曉彤，妳怎麼還不去死？」

✿　✿　✿

「欸，周曉彤，這個國文作業幫我寫一下。」

「周曉彤，等一下那個數學作業幫我抄——」

「周曉彤，幫我去福利社買個飲料……」

……

自從主動疏遠范宇陽，周曉彤在班上的地位又變得微妙。沒有變得更好，好像也沒有更糟。她變成被班級孤立在外、表面上和平相處，實際上飯後談資的對象。每天有數不盡的人把她當跑腿小妹，雖然周曉彤大部分都選擇拒絕，但他們也不會給她什麼拒絕的機會。

「我自己的作業還沒寫完，你還是給別人……」

「別人都沒空啊，欸周曉彤，妳不會這麼小氣吧？」女同學理直氣壯地打斷她表情勉強的拒絕話語，又在她的目光裡肆無忌憚地眨眨眼：「我還有別的事要做嘛，我的數學作業就交給妳啦。」

「……」

就算她根本不想去福利社，也會在一堆人的目光威脅下，被迫拿著錢在上課鈴前抱著一袋飲料回教室……最後，她乾脆跟老師申請準備模擬考和術科考試為由在自修課的時候盡量躲到美術教室去，然後在上課前一分鐘再趕回來。

蘇慧瑜還是沒再和她說過話，她也不敢再和范宇陽說話。就算對上目光時看見對方欲言又止的表情，或是想走過來說什麼的樣子，她也只敢快步走開，不敢再和他有接觸。

是她自己把范宇陽趕跑的。

她說了那麼傷人的話，怎麼還敢再和他說話。

但她思來想去，還是想好好地道歉。只是開學將近、模擬考快到了，范宇陽的市運賽也要到了，她不想影響到他……

其實說白了，也不過是她想再逃避一下，不想那麼快面對——她很害怕。

她記得范宇陽說想看自己畫他的肖像畫，她在重複重來的畫稿上，最終決定就在上交美展的作品上畫范宇陽。等畫好了……她再一起送給他好好地道歉。

雖然不知道他會不會願意原諒自己。周曉彤想，她雖然不知道他的家庭背景，可是明明能從他避而不談的反應裡猜到他的家人對他並不好，也從一些閒言閒語中聽說過范宇陽是大家庭，但家裡對他並不重視云云——

她那天說的話……對他來說，一定很傷人吧。

「范宇陽，比賽加油。」

最後，她還是猶猶豫豫地在知道田徑隊離校比賽那天給他發了條訊息，然後就關了通知，不敢再打開LINE。

從口袋裡摸出手機，發完訊息後就拎著書包往美術教室走。交畫的期限快到了，她最近把心思全放在練習畫技和給范宇陽的畫上，把自己暫時抽離開令人窒息的教室。

畫架上，白色的畫布底色是雨幕的灰藍，回頭的少年臉上的笑容正好被雨幕透開的陽光照亮，淺黃色的制服乾淨又明亮，在細雨裡格外燦爛。

她偷偷地在以人物和光影為主的畫裡、范宇陽的背後，加了一個小小的，仰望的小身影，在雨裡迎著風看充滿光的男孩子。

那是她的雨季裡唯一的陽光，是她心目中的范宇陽。像范宇陽給她唱的歌一樣，只是她才是追光者，在雨季綿綿的季節裡追逐唯一的陽光。

「曉彤，最近進步了很多呀。」

美術老師進門時正好遇上又龜在自己教室的學生，知道對方的情況，女老師向來不會多問，只是笑得和藹。而在湊過去看時一眼就看出了畫上的男孩子對對方而言的意義，笑容一下子曖昧起來：「這男孩子畫得很認真嘛。妳這個畫要投美展嗎？」

「嗯。」周曉彤點點頭，回頭看了眼老師，自己也被看得有點莫名的心虛，不好意思地撓了撓頭。「這個……雖然比賽好像不太吃香，但是我想畫。」

美術老師不置可否地聳聳肩，「畫妳喜歡的就好。這邊細節記得處理一下……不過等一下你們是外堂課嗎？」

「啊。」順著老師的目光看了眼旁邊的書包，周曉彤頓了頓，「等一下物理課在實驗室，我外掃前先拿過去教室剛好。」

「那就好。不過等一下教室有人會來打掃，曉彤，妳記得把畫收好放後面喔。」

美術老師叮囑完，指導了她幾個細節就逕自離開教室處理公事去了。她想了想，這一區的掃地區域負責好像是學生會……應該不會有大問題吧。

美術教室後面有放雜物和畫架的區域，她在下課鈴響前收好東西，蓋上畫布，就收拾好準備鎖門離開——

她下意識看了一眼窗外。田徑隊去比賽了，不知道什麼時候能回來……以往吵吵鬧鬧的操場少了他們、或者說少了范宇陽，一下子變得很安靜，讓人莫名地覺得……寂寞。

她看了一眼，手機裡的訊息不知道什麼時候被回覆了。

「嗯，我們下課前就回去了。」

雖然很簡短，也沒回覆比賽得怎麼樣，看得出對方還不高興，但總歸是回了訊息——周曉彤一直吊著的心稍稍放了下來。

她想，一切總會好的吧。

✿ ✿ ✿

「欸，周曉彤，妳怎麼最近下課都不在啊？」

上課鈴剛響、老師還沒到，周曉彤剛從掃地區域回到物理實驗室，還沒到放書包的位子上，又被最喜歡找事的王靖傑攔住。

黑皮膚的男孩子嘻嘻哈哈的，後面跟著又高又壯的趙明興，她下意識退了一步，腳跟抵到了門檻，踉蹌了一下。

「喂，周曉彤．自修課都不在去翹課喔？」趙明興跟著發話，又高又壯的身形向前逼，像怪獸一樣的影子籠罩下來，隨即又發出嘲諷聲：「喔，因為隔壁班那個不理妳了，所以才都躲去美術教室了吼？」

「隔壁班的不理妳，那怎麼都不跟我們玩啊？欸，每次讓妳幫忙去福利社買個飲料都不幫，很小氣欸——」

她聽見趙明興在笑，王靖傑在旁邊搭腔。兩個幼稚男孩起到嘲笑目的後就沒再攔她去路，讓周曉彤垂著頭，臉色不太好看地一路往座位走。

已經到教室裡的女孩子們窸窸窣窣地在說話，像閒聊八卦，讓她下意識地感覺好像自己又在被嘲笑……她抬起眼睛，看見鄭燦安正看著自己，就在旁邊的座位。

不知道對方有什麼目的，直勾勾的眼神帶著笑意，看得人有點發毛。周曉彤加快了腳步走向坐位，才想坐下，椅子卻突然被拉開，讓她摔了一屁股——好痛。

「哈哈哈哈……欸，周曉彤，不好意思吼，我腿比較長，不小心碰到妳椅子啦！」

說話的人是不知道什麼時候已經坐到了她後面的趙明興，很清晰地表達了來意——她皺了皺眉，抿了一下嘴，覺得他們幼稚就不想計較。

然而才想扶著發疼的脊椎站起來重新落坐，她卻一眼看到了抽屜裡的紙片。

一張又一張帶著色彩的碎紙片不知道什麼時候被放到了抽屜裡，她愣了一下，覺得那個東西熟悉得讓她心裡不安，維持蹲著的姿勢把紙從抽屜裡拿了出來——

那是她的畫。

她畫了一半，已經上了大概底色，要送給范宇陽的畫。

男孩子的笑臉被撕成了兩半，背景的雨幕和陽光支離破碎，連帶著被她藏在背景裡的身影都被撕裂得不知道碎到了哪裡，畫面恐怕也再不能拼湊起來，整張畫變得殘破又狼狽。

腦子嗡嗡地在響。

她聽見有人在說：「欸？周曉彤，妳怎麼還畫畫畫到物理課來了啊？」

「還碎掉了欸，難道是自己撕的嗎？」

「畫的是范宇陽吧？人家都不理她了還畫，好花痴哦……是不是告白被拒才撕的啊？」

……

打掃區域，學生會。

她沒再聽周圍人刻意的數落和嘲笑，目光怔怔地往旁邊找，慢慢地站起來，然後看到了角落裡對上視線，又心虛躲閃掉的蘇慧瑜。

為什麼？為什麼要這麼做？

她站在坐滿人的教室裡，耳朵裡好像充滿了所有人嘲笑的聲音，又好像什麼都聽不見，那些碎片被她捏在手裡，眼淚滴上去，把水彩又暈成了髒兮兮的顏色，已經再也看不清男孩子乾淨爽朗的笑臉。

趙明興起身走過來，把還發愣中的她手裡的碎片搶走，好像很闊氣一樣地說：「哎喲？怎麼還哭了啊周曉彤？妳這麼會畫畫，啊重新畫就好了嘛，來啦我幫妳丟掉哈——」

她下意識想抓，但沒能抓住，眼睜睜看著他把碎紙又撕得更碎，轉身扔進了實驗室角落的垃圾桶裡。

她的心「咚」地好大一聲，有什麼東西徹底碎掉了，跟著那些畫徹底碎掉了。

「嗯？大家都到啦？周曉彤，發生什麼事了？怎麼還站著，快坐下，我們準備開始上課……」

「——為什麼？」

她聽見自己失控地打斷物理老師的聲音，眼淚還在掉，聲音又啞又難聽，目光從身邊還在露出不知真假的擔心表情的鄭燦安、到剛從垃圾桶那邊回來的趙明興，又死死地盯向角落的蘇慧瑜。

「為什麼？」

周曉彤徹底崩潰，瘋了一樣地把書包往趙明興身上扔：「為什麼這樣對我！我什麼都沒有做！」

「為什麼！」

她尖叫地環顧了一圈所有看呆的同學，男老師見狀況不對，才趕緊從前面走下來，試圖抓住她的手：「曉彤，來，發生了什麼事，妳先冷靜下來……」

周曉彤感覺自己大腦一片空白，整個人都被抽空了，卻又莫名地充滿力量。她用力把老師的手甩開，轉過身面對所有人，又哭又叫地問：「為什麼是我？為什麼這麼對我？」然後又笑起來，「你們是不是很想看我死？是不是真的很希望我去死？」

──「對，妳就該去死，周曉彤。」

班上沒人說話，但她聽見她腦子裡那個聲音定定地對她說了。

──「妳還不知道嗎？妳要死了，他們才會怕妳，膽小鬼。」

「那我成全你們就好了！」

周曉彤笑了起來，像回應腦海裡的聲音，又像回應班上人的目光，掙開老師還試圖抓住她的手，反向往教室外跑。

那一瞬間，她感覺到恨和絕望、又燙又冷地把她的大腦充斥得又昏又脹。同學們尖叫的聲音、老師阻攔的聲音……恐懼的眼神，害怕的目光，不解的表情，每一個都像催化劑，都像同一個聲音在跟她說：

「快點，妳快點去死。」

她跨過欄杆，搖搖欲墜地坐在邊緣。實驗教室在四樓，往下是學校內側的花和地下一樓的圖書館……那之後會發生什麼？她無暇去想了，只知道大聲地對趕來想拉住她的老師大叫：「不要過來！」

本來整個人就都在發抖，又因為情緒太激動而整個人晃了一下，她像差點要掉下去。老師不敢再過去，只好在前面跟著圍觀的同學，試圖柔聲地勸：「曉彤，妳先下來，妳現在這樣很危險，發生什麼事，老師會幫妳處理……」

「你幫我處理什麼？叫我該反省自己嗎？」再一次反駁打斷了老師的話，周曉彤的聲音沙啞得嚇人，叫喊的聲音還帶著哭腔。她的目光一下子盯住了人群裡的蘇慧瑜——她從沒有感覺到那麼恨，恨對方眼裡的懦弱，恨她幾乎猜到了她究竟都做了什麼。

她從來沒有傷害過人，從來沒有做錯過什麼。

她只想當個普通人，普通地上學和畢業……被撕碎的畫，弄髒的制服，嘲笑的聲音，指責的話語。她甚至不知道自己為什麼被討厭，為什麼要活得這麼痛苦。

反正她什麼都沒有了。

——她什麼都沒有了。

圍觀的人越來越多，其他教室裡的人也紛紛跑了出來，還有在樓下圍觀的，每一個都在勸她冷靜。可是她感覺自己渾身都冷，像太冷靜了，又像再也不能冷靜了，於是她把所有人都看了一遍，笑得又狼狽又惡毒：

「你們都記好了。」

她一字一句地說，一個一個地把所有曾經旁觀的、領頭的、嘲笑的，都一一看過去：

「你們都記好了——你們所有人，都是殺人兇手。」

「你們都是殺人兇手，你們一輩子都別想忘記我。」

——尖叫聲，驚呼聲，風聲。

周曉彤從四樓的邊緣毅然地躍下，閉上眼睛前，最後看見的、是蘇慧瑜慌張懊悔的臉……

「周曉彤！」

女孩子穿著運動服從教務樓四樓邊緣墜下，「砰」地一聲，在花園邊緣的草坪落地。

在天氣晴朗的八月底，少女綻放得鮮豔奪目，開成豔麗驚心的永恆紅花。

那是范宇陽在那個夏天裡，被刻印下的、一生都難以忘懷的記憶。

第六章、白露

她的過去葬在那個夏天，想永遠告別，再不能回憶。
秋露白霜，物換星移，她已不再是她。

「——周曉彤！」

范宇陽是在最後一節課的中堂時間，跟著田徑隊從賽場回來的。

遠遠地才下大巴，他在校門口就聽見有人討論：「有人要跳樓！」、「誰？聽說是女生？」、「在物理教室……快走快走！」然後心裡很快跟著浮現出不好的猜想——

他腦海裡立刻浮現，那個初次見面就在頂樓上，眼裡毫無生意的女孩子。

一路跑到教務樓，他好像有印象，周曉彤的最後一堂課是物理課，最近都在四樓物理實驗室……手機上最後和對方的訊息還停留在自己賭氣的回覆，不安的感覺還在心裡瘋狂擴長。他已經因為比賽滿身是汗，又因為匆忙奔跑而重新變得汗流浹背。

他希望不是她，希望他們嘴裡說的人不是周曉彤……喘著氣，好像感受不到疲憊，越來越快地往教務樓奔跑。

再快一點、再快一點。

可惜他還是不夠快。

像短跑第二名、那個遠遠勾不到第一的成績一樣，他只能眼睜睜地看著女孩子從四樓墜落——

砰。

他的大腦嗡嗡作響。

「周曉彤……」

他破開人群衝上前，手足無措地蹲下，整個人都在顫抖。不知道該怎麼觸碰渾身是血的女孩子，他只能伸出手又收回，好像怕再碰傷她。

她一定好痛。他想，但大腦空白，毫無頭緒，只能盯著她緊閉的雙眼，一遍又一遍地試圖喊她。

「周曉彤……」

他太慢了，也太笨了。

范宇陽到這一刻才知道，原來自己喜歡她。

巨大的悲傷、震撼、懊悔、痛苦，幾乎一瞬間把他淹沒，她像開成了一朵花，他的眼前全是她怵目驚心的紅。周曉彤笑的樣子，哭的樣子，睡著的樣子，每個表情在他腦海裡輪播，那些被他逃避的、躲開的感情全湧了上來——

他竟然在哭，眼淚和她的血混合地沖淡了一點紅顏色。

原來他喜歡她。

原來她也喜歡自己。

所以那時候，她才會那麼受傷。她是不是以為自己對她沒有那個意思？是不是以為自己對她只是同情？一開始確實可能只是、但是——

如果再早一點，如果他再早一點……

「救護車來了！」

醫護人員把他和渾身是血的女孩子拉開，把手足無措的少年喚回現實。

他看著周曉彤被抬上擔架，然後愣愣地稍微回過神，抬起頭，發現周圍的人還在圍觀，看她，也看自己。那些目光裡，熟悉的人群中——恐懼，害怕，逃避……可是為什麼沒有愧疚？

是他們害死周曉彤的。可是為什麼他們的眼裡竟然沒有一點點慚愧和後悔？

「……不過就是開玩笑嘛，她一定是自己發神經，才會去跳樓。」

「就是，又沒幹嘛，也太脆弱了吧，還說我們殺人兇手，我看她是瘋了……」

細碎的討論聲讓他怔了一瞬，幾乎下意識地瞪紅了眼睛看過去，把經過的、正在討論的幾個平班的同學嚇得退了兩步，然後連忙跑走。

范宇陽握緊拳頭，久違地竟然感到了恨意，還有充斥在心裡的無能為力。

原來他一直低估了，她所受到的傷害，究竟有多大。

✿　✿　✿

周曉彤的運氣好，跳下來時正好先落到長到了二樓的大樹上，才以腳落地，摔落到地面。她沒有死。

這個消息讓范宇陽在一整天的惶恐裡終於稍微鬆了一口氣。

腿骨破裂，雙腿恐怕要休養上大半年，加上脊椎嚴重挫傷……但還算得上好。他四處打聽，找到了周曉彤的醫院，問到對方沒有大礙，只要好好休養和復健，可以完好無損地出院，只是不能再跑步……但那也好過其他的，他想。

但周曉彤拒絕了他的探視。

他在LINE裡一遍又一遍地問，可是她沒有回覆，也再沒有讀訊息。他又去哀求了她的母親，可是受傷太重的女孩子不願意見他，醫生說是重度抑鬱……為什麼自己什麼都不知道呢？

周曉彤唯一見的人是蘇慧瑜。

他每天下課就往醫院跑，在病房外排徊，試圖想從外面看看她幾眼，最後只碰上了從病房裡流著淚出來的蘇慧瑜。

「對不起，范宇陽，對不起，都是我的錯……」

蘇慧瑜出來時，雙眼哭得紅腫，眼裡全是懊悔和愧疚——那可能是他最近見過的，關於周曉彤的人裡，唯一帶著愧疚和後悔的眼睛。

可那又有什麼用呢？他想。

周曉彤畫的畫沒有了，他還沒有看過。她也不願意再見他了，學校裡一切還如常，只有周曉彤不在，只有自己好像還惦記她。

最後，周曉彤在聽說情況好轉後轉了院，離開了台南——他再也沒有關於她的任何消息。

范宇陽在天氣轉冷的一月底、沒有暖氣的學測考場，坐在靠窗的位置，聽著窗外呼嘯的風聲，有點恍惚地從桌上的國文試題失神向外望。他在課本上看過，有的作者把青春期比喻成花季、春天，年輕人的繽紛顏彩……但對周曉彤來說，又會是什麼呢？

那朵盛開的紅花把那個夏天畫上句號，也給他的花季留下最後的顏色。

周曉彤從他的世界裡消失，卻沒有帶走那抹刻骨銘心的紅。

✿ ✿ ✿

「喂！學長——范宇陽——江湖救急、江湖救急！」

從昏暗無光的宿舍裡醒來，范宇陽被不斷響鈴的手機吵醒，往枕邊一摸，才睡眼矇矓地摁下接聽鍵，就被直屬學弟的聲音給硬生生吼醒。

他眨眨眼。啊，是夢——這裡不是三年前高中的夏天，是大學宿舍的天花板。

「……什麼江湖救急啊，江宏你說清楚。」按了按太陽穴，他含著犯困的鼻音開口，感覺到了心理上的頭疼，「臭弟弟，把我吵醒沒理由我下去揍你啊。」

大三了還是住在宿舍裡龜著，三個室友全都是和他一個系的，但後面大多因為選課不同而很少同在宿舍——范宇陽高三在學測發布結果後，成績中下，沒太多學校好選，再加上沒有太多其他經歷，他在面試和備審上直接撲街。但好在他後來在指考上努力不懈地好不容易考了個中等，最後選了個私立大學的工業設計系，跌破所有人眼鏡。

沒怎麼接觸過繪畫和設計，他一開始學得很艱難，直到現在，他也覺得自己在這方面大概天賦不是很夠。

但他每次閉眼入睡，總會再一次夢見高中那年夏天的紅。

他總會夢見那個女孩子朦朧模糊的臉，勇往直前的背影、哭泣的操場，從上揚的嘴角、到變得痛苦緊抿的唇。

他再也沒有過周曉彤的消息，也沒有再看過周曉彤的畫。

他不知道周曉彤還畫不畫畫，但想到那些他無緣見到的、關於他的畫，總下意識地覺得婉惜。他喜歡周曉彤的畫，即使自己在這方面好像沒什麼天賦，可每次在總評因為覺得自己不行而想放棄時，又會想起周曉彤曾經那樣問他：為什麼沒有目標？為什麼不去嘗試努力？

如果有了目標會離她更近一點嗎？會能再見到她嗎？能知道她現在過得好嗎？

這些問題好像都沒有解答。

但如果畫畫能再見到她，那他想試一試。

他有太多話還沒告訴她，太多事情還沒讓她知道。三年了，台灣這麼小，他想，也許總有一天，還能再見到她……

「學長，我們不是要辦迎新了嗎？我本來要帶的，但我臨時有事沒空了。學長——大爺——求求你拜託你了！你那時候有沒有空，能不能幫我頂一下啊？」

電話那頭傳來學弟哭喪的聲音，范宇陽在因為拉上了不透光窗簾而昏暗的寢室裡感覺困倦地調整了一下姿勢坐起來，揉了揉頭髮。

他剛打工結束回來補眠，室友都去工作了，看看時間在下午六點……算了，剛好起來吃飯。迎新的時間是什麼時候來著？一般都是大二帶大一，他們大三要開始準備畢業作品，課程繁瑣，時間越來越忙，也就不太關注這些。

但他聽著電話那頭的聲音怪可憐的，鬼使神差地，就還是問了：「什麼時候啊？你給我發時間跟行程吧，我看看我有沒有假。」

「靠，我馬上發，謝謝學長！」

「高興個屁，我要是幫了你，回頭你得請我吃頓好的。」

明明還有打工卻變相答應學弟頂班大概自己是有毛病。范宇陽抓抓頭，被悶熱的房間蒸得後背是汗，想想算了，當作做個好人，決定沖個澡後出去買個晚餐。

夏末的男生宿舍，一群大男生為了省電費也很少開冷氣，但光靠電風扇也只通常能睡個滿頭大汗。

范宇陽曾經很喜歡夏天，但後來不再喜歡了——夏天對他來說，真正意義上地代表了失去。

才從上鋪爬下來，手機就傳來兩聲通知聲，一聲應該是學弟江宏的，另一聲不知道是誰的？他拿起手機，先看見江宏給他發了九月初的三天兩夜迎新活動時間表，還附帶訊息道：「感恩學長大恩大德，我幫學長看看這屆學妹有沒有好看的，一定介紹一下，幫助學長脫離萬年單身。」

范宇陽嘴角一抽，反手發個揍人的貼圖。「我看我還是不幫了吧？」

「別別別，我錯了我錯了！」

江宏雖然沒說因為什麼事，不過在他印象裡一直是個人傻真誠偶爾比較欠揍的學弟，因為很能瞎聊所以人緣極佳，也比較能幹，早早就加入了系學會，估計真有急事才要找他求救……

范宇陽嘀咕了一下，又翻了翻日繼盤算排休時間……好像還真能行，要不就幫他一把吧。

一邊往浴室走，他打開看另一條訊息，在新的小紅點旁邊，赫然寫著「蘇慧瑜」三個字。

他愣了一下，沒有點開，就見到對方問：

「范宇陽，你那裡有曉彤的消息嗎？」

✿　✿　✿

蘇慧瑜應該是在高中生活結束後，唯一還和范宇陽保持聯繫的人。

原因無他——愧疚、贖罪、思念、悔恨……複雜的情緒糾結在一起，這讓他們倆多少變得有那麼點像。

但他其實更多的，曾經非常不能諒解她。

就算是迫於威脅，為什麼要讓他們進美術教室？為什麼讓他們拿走那幅畫？如果沒有那個最後一根稻草——但、如果自己那時候沒有和她鬧彆扭……

其實他們都一樣。

想到這裡，他又覺得自己沒有資格不諒解蘇慧瑜。

「抱歉啊，讓你騎車下來一趟。」

范宇陽打開餐廳的門時，看見褐色長捲髮的女孩子坐在一邊招手，白色的洋裝讓許多人看了頻頻回頭，氣質優雅，一眼看上去就像好學校的好學生。

畢業後，蘇慧瑜考上了政大，也早早和當時的男友分了手。到了台北，她燙了頭髮、還把頭染成了褐色，或許因為心虛、或者其他原因——她沒有再和范宇陽外的其他高中同學聯繫過。

她知道，她恨自己，也害怕面對。只有在見到范宇陽時，「記得周曉彤」這件事，才能讓她厭惡自我的心理稍微好上一點點。

因為只有他們記得。只有他們還記得。

像是選擇性遺忘，所有人對周曉彤避而不談，或者偷偷地私下竊竊私語，但沒有人愧疚，沒有人想念……蘇慧瑜害怕自己再變成那樣，變成當初把周曉彤逼上絕路的自己。

「沒事，妳從台北特地搭客運下來才麻煩吧？」

聳聳肩，范宇陽在她對面落座，揉了把被機車安全帽壓亂的頭髮，有點尷尬地沉默了會，還是決定開門見山：「哎，妳說……妳有周曉彤的消息啊？」

雖然是幾乎唯一保有聯繫的人，但蘇慧瑜也不會有事沒事地找他。

不管怎麼樣，對他來說，蘇慧瑜某種層面上也還讓他不能夠原諒——見到她的時候，除了聊起周曉彤，他們倆之間的氣氛更多的還是尷尬。

蘇慧瑜聽了他的話垂了垂眼睛。「我聽說曉彤考了學測，填了大學，但不確定她會去哪裡。」抿著唇，她有點忐忑地低頭看了看杯子，指腹在馬克杯的把手邊緣摩擦，「我每年都在查成績的網站上找，昨天查了曉彤的名字，其中有一個錄取的就在你們學校……所以才想問問你，有沒有聽到關於曉彤的消息。」

范宇陽當即一愣，幾乎下意識地激動地一拍桌，半站起身就往前靠近：「妳說真的嗎？

周曉彤到我們學校了嗎？」

他的動靜有點大，桌子上的水杯被他一拍震得晃了晃。服務生朝他們倆看了一眼，好在咖啡廳裡人還多，沒有鬧出太大的動靜，他才趕緊不好意思地坐下。

「……學弟剛好找我頂班帶迎新，我回頭再看看名單。」手指捏著掌心緊了緊，他說。

「如果真的是曉彤，你們倆的緣分真的好深。」蘇慧瑜看他的反應莞爾地聳聳了聳肩，又有點苦澀，手捏著茶匙在咖啡裡心不在焉地垂著眼攪了攪，像不安的沉思，半晌後抬頭才再看向他。

「如果真的找到曉彤……你能不能求求她，讓我再見她一面？我那時候太慌了，什麼都還沒來得及好好說，我知道，我那時候太笨了，我真的錯了……」

范宇陽一邊聽她說話，一邊看女孩子的頭越來越低，懊悔的語調和三年前好像並無區別。但是後悔有什麼用呢？他想，自己也沒能來得及見她……其實他也很害怕。周曉彤到最後都不願意見他，是不是代表了她也很恨他？

恨他沒有及時在那裡，恨他那時候還在和她賭氣？

「如果真的見到曉彤……我會看情況問問她意見。」他表情認真地垂了垂臉，思考地低了下頭，再直直地看向她：

「但蘇慧瑜，妳也知道，很多事情就算道歉了，也來不及了。」

氣氛變得凝重，有些話點到為止也就夠了。他還沒來得及點杯喝的，在女孩子僵住的表情裡喝了口服務生送上的水，說了句還有事，就禮貌地笑了笑後逕直起身離開。

離開前，他又有點自嘲和同情地從玻璃門外往內看了眼低頭沉默不語的蘇慧瑜——那時候周曉彤到底和她說了什麼呢？他一直沒問，也覺得再沒有必要問。但如果自己真的見到了周曉彤又該說什麼呢？

他也忐忑和害怕，手心被汗水浸溼。就算道歉，他也早就來不及彌補那時候對周曉彤造成的傷害……

但無論如何，一定要找到她，一定要見到她，一定要告訴她自己有多在乎她，無論是以前，還是現在。

可是如果再不能見到她，他想，他一定會後悔一輩子。

✿　✿　✿

迎新的時間在開學的九月初後一周。

范宇陽在收到蘇慧瑜的消息後，回去把學弟江宏給的名單翻了遍，全系四十多人裡，再包含上整個建築學院的新生名單一百多人，卻怎麼找都沒看見周曉彤的名字——會不會是蘇慧瑜看錯了？他有點懊惱，隨即又想到，蘇慧瑜沒有告訴他，她找到的那個「周曉彤」所在的系所是哪一個。

可是他們大學工科為主，同學院的建築系、都市建設系的名單都被他用人脈關係，以想提前知道大家的消息給翻了個遍還是沒看見……難道周曉彤再也不畫畫了嗎？

如果不畫畫，她又會在哪裡？

如果是不再畫畫的周曉彤，他在迎新上真的能見到她嗎？

「欸范宇陽，我看你這幾天一直在看新生學弟妹的資料，是在找人嗎？」

臨出發前一天，和他一起帶隊的別院男同學看他幾乎重複要把整個建築學院的資料翻爛，好奇湊過去問了句，目光很快看見對方主要在女同學的資料裡來回翻看，就忍不住開了口調侃：「唉喲——不會吧，范宇陽，我看你三年都沒交女朋友，我還以為你是Gay嘞，原來是想把學妹吼？」

「把你個頭喔。」范宇陽回頭白了對方一眼，順手用手肘權當示威地揍了他一拳。「我是在找人啦，就……有個以前認識的女同學，聽說重考轉學來我們這邊了。」

「幹，痛欸！」男同學吃痛地往後跳了一下，隨後又沒忍住不正經地調侃：「找女生欸，你初戀哦？」

本來應該一邊反駁一邊進行男人間拳腳教育的范宇陽手頓了頓，表情停滯一秒，一時之間竟然不知道該不該說是。

「喔！我靠，范宇陽竟然還有白月光！」

反常的舉動讓他還來不及回答就被對方大聲嚷嚷起來，開完會的學生會辦公室吵吵嚷嚷，范宇陽只好在八卦的起鬨聲裡忍無可忍地再上手蓋了對方一鍋蓋。

「幹，白月光你個頭啦！」

本來人多力量大，他在當場多問兩句說不定就能找到人，可是一想到如果那真的是周曉彤——萬一對方在毫不知情的情況下就因為自己提前備受關注那就不好了，不管怎樣，自己也不該這樣打擾她的生活。

大學生的生活繁忙，也沒人太把小鬧劇放心裡去，權當無聊的男孩子又在亂開低級玩笑。

新竹的九月已經逐漸起風轉涼，范宇陽在集合的廣場叮囑了同系的學弟妹兩句記得帶外套晚上會冷之類的，就帶著眾人啟程坐上大巴。和他一起帶隊的小隊長不和他一個系，工業設計的系學會女生不多，因為希望隊長盡量男女平衡的關係，和他搭檔的是文學院的女生羅玟。

「欸，范宇陽，聽說你在找人啊？女生的話，我們文學院人比較多，說不定你找的人會在我們這裡哦。」

羅玟和他之前都是學生會的成員，雖然小一屆，但關係不錯，也知道他這個光棍這次似乎很反常地很關注新生，就在落坐時也沒忍住和他小聲八卦起來。

「也不是什麼人啦，吼，講真的，我不想搞得很大欸。」范宇陽不太好意思地撓了撓後腦杓，掙扎地想了想，最後想了個說詞，顧左右而言其他地朝人眨了眨眼撒謊：「就那個女生是我之前的同學嘛，我們關係很好啦——我是想給她個驚喜打個招呼啊，畢竟她跟我說了要重考，結果都沒跟我說她要來我們學校欸。」

啊，倒也不算完全說謊。他跟周曉彤曾經是最要好的朋友，只是他把她弄丟了，三年來，都沒能把她找回來。

羅玟不置可否地聳聳肩，半信半疑地瞇了瞇眼。「既然這樣——請我喝杯飲料，我就幫你問問，不幫你洩漏出去。」

「嘿！羅姐，波霸奶半糖少冰是不是？」范宇陽立刻狗腿地雙手合十，一邊眨眨眼睛賣乖，一邊笑得燦爛，「我那個同學姓周，羅姐有沒有印象啊？」

「周嗎？」羅玟摸摸下巴，像是思考到什麼地抬起頭，轉了轉眼珠子，「欸，你這麼說起來，我們系好像還真有一個新生學妹姓周……」

十幾台巴士載著新生前往迎新會的野營地點，從市區邊緣的山邊，帶往安靜的山林。各系在到達後讓兩個小隊長帶往各自的集合地點進行自我介紹，范宇陽故意帶著系上的學弟妹靠近羅玟所在的系院——

在人群中，他幾乎屏住呼吸，遠遠地、一眼就看到了那個讓他無比熟悉的，像是變了，又好像完全沒變的，蒼白安靜的女孩：

「我叫周曉彤……是重考生，請大家多多指教。」

✿ ✿ ✿

「我叫周曉彤……是重考生，請大家多多指教。」

站在那一排男女分邊的最後，周曉彤慢慢地站起來。

遲疑地看了看前面的小隊輔，她下意識躲開所有人遲疑和好奇的目光，侷促不安地低了下眼睛，「我比較慢熟，抱歉……很高興來這裡加入應英A班。」

「那讓我們歡迎曉彤學妹——」

負責帶熱氣氛的小隊輔學長很快接過話碴帶頭鼓掌，眼神示意讓惶惶不安的女孩子坐下。周曉彤垂著頭在最底排安靜地蹲坐歸位——低調的白T和牛仔褲，低調的黑色長髮，瀏海側垂地遮住眼神。

她沒什麼想法，最大的目標，就是在這裡四年都當一個安靜的透明人。

「那件事」以後，她在醫院休養了三個月，然後轉院回了高雄。沒有告訴任何人，也不想告訴任何人——她的腿在一年的休養和復健下恢復正常，接著轉入媽媽的母校讀完高三，沒有在最後那一年裡留下任何親密的朋友，考上了一間中下程度的私立大學。

她的夏天早就已經在那個瞬間徹底結束。

無所謂。她想，她的成績本來就不好，唯一的指望是她應該能拿得不錯的術科，畢竟美術類科系大多看重的是能力，而不是成績。

但她在那天之後，再也沒有碰過畫筆。

「啊，哈囉，妳是今天那個……妳叫周曉彤，曉彤，對嗎？」

回神過來的時候，周曉彤正在系上安排好的四人房收拾行李。和她一個床的女孩子戴著眼鏡，頭髮半長地綁著低馬尾，看起來很文靜的樣子。

周曉彤愣了一下，伴隨來的社交恐懼讓她沒記住太多人的名字，一時間有點尷尬，只好先點點頭：「對，嗨，妳好。那妳叫……」

「我叫林昱婷，喔，我們好像是一間寢室的。」看出她記不起自己，女孩子不怎麼介意地聳聳肩，輕鬆地笑了一下，「其實我今天自我介紹的時候也在發呆，是因為剛好妳就在我後面，又是同間寢室，所以才記住了妳的名字。」

「昱婷……啊，我想起來了，我們都在LINE的寢室群裡。」有點尷尬地眨了眨眼睛，周曉彤看了看對方的臉，又拿起手機滑了滑，點開開學典禮分寢室那天新建的「2619」群組，終於才把對方的臉和名字重新對上。「妳是我斜對床的那個昱婷……對吧？」

新生訓練在開學典禮後一天，她記得她因為沒有認識的朋友，加上性格自閉又社恐，沒怎麼跟人接觸。但昨晚在寢室裡時，她記得有個澎湖來的室友率先打開僵局給她們五個人各分了澎湖特產，爽朗地打開了關於每個人各自來自哪裡的話題，而現在跟她又恰好同間房的林昱婷，她印象裡，好像還是個台南人。

「對，這個是我……欸，曉彤，妳這個手機桌布，是不是那個動畫啊？」一邊像下意識地湊過去看她手機屏幕，林昱婷點點頭，又在看見周曉彤的手機桌布時亮起了眼睛，「我知道這個，妳也看嗎？」

她本來有點尷尬，又在跟人說話這件事上有下意識的害怕。林昱婷在她印象裡，安靜又沉默，不笑的時候看起來臉有點兇，讓她搭話的時候有點害怕對方是不是不高興——不過對方一下子興奮起來的樣子好像突然拉近不少距離，她點點頭，愣愣地回應：「對，我暑假的時候追的，因為很喜歡就設成了桌布……」

「妳喜歡這個角色嗎？我也挺喜歡的，但是、欸，他那個劇情真的是……」

好像一開了話題就停不下來，和她印象裡文靜內向的女孩子很不一樣，但一聊起同樣的興趣，周曉彤好像也慢慢放鬆了下來，不知不覺就聊到了學長姐定的集合時間。

走出門集合的時候，她還和林昱婷一句接著一句地聊，直到帶隊的學長走到前頭讓她們暫時安靜。

下個活動是社團展覽會，學校各大社團的人都準備好表演，要拉新生進去，他們在廣場前按照系和班級排列坐好。她循著台上主持人的聲音抬起頭，被按著身高落到了中間位置，卻突然隱約感覺好像有誰在看自己——往後看的時候，又只看見後面擔任小隊輔的學姐，還有隔壁系學長的背影。

可能……是錯覺吧？

周曉彤搖搖頭，讓自己重新集中注意力到前面廣場上。

都過了這麼久，就算還有當初同校的人，也應該不可能在這裡認出自己吧。

✿ ✿ ✿

前面熱舞社開始表演，下午的陽光正好被雲層半遮。被周曉彤的餘光察覺，范宇陽趕緊躲了躲，好半天才從隔壁同學的身影裡出來，彎腰垂頭的姿態剛剛擺正，目光又忍不住往應用英語系最末排的位置看。

在廣場吵嚷的音樂和午後的陽光，他沒忍住看她，腦海裡演變千百次該怎麼招呼，又眷戀，又害怕。

他沒有想到，周曉彤真的會在這裡。

「范宇陽，幹嘛，那個學妹真的是你的菜喔？」

羅玟從前面挪到後排站崗，看見范宇陽異常的舉措，沒忍住開口調侃。

范宇陽一聽聲音，這才反應回神，轉過頭眨眨眼睛，乾笑地對人裝傻：「妳在說什麼啊？」

「說你一直在看的那個學妹啊。」湊過去撞了撞他肩膀，羅玟挑挑眉，曖昧地朝英語系最末排的位置瞥了瞥，「聽說你單身三年了，欸，說實話，你長得也蠻多人追的吧，我們系還有人以為你是Gay，結果……嘖嘖，想不到啊——范宇陽，原來你是一見鍾情的類型啊？」

開學典禮後當天晚上，各系學會都舉行了歡迎儀式，羅玟見過周曉彤，知道她是重考生，和他們大三的同歲。不過周曉彤的資料上，高中填寫的是高雄的學校，怎麼想都和范宇陽扯不上關係——難得能讓范宇陽這麼莫名上心的女孩子，那她再怎麼想，也只有一見鍾情的可能了。

「什麼一見鍾情啊？」范宇陽被對方的猜測嚇得一趔，差點沒摔倒，整個人瞪大眼睛眨了眨，嫌棄地白了她一眼：「別老是這麼猥瑣好不好你們。」

但聽到一見鍾情這個詞，讓他忍不住又在心裡陷入短暫沉思。

從當初見到周曉彤在雨中奔跑的樣子被她吸引、好奇、探究、接近……午後的吉他，想保護她的念頭和慾望……是什麼時候喜歡上周曉彤的呢？他已經想不起來了。

如果說這是一見鍾情，或許——也能算吧。

「那不然呢？我看你一直盯著人家小學妹，你不知道自己這樣很像變態啊？」羅玟不以為然地聳聳肩，挑著眉頭笑了一下，「你要是喜歡，怎麼樣——要不要幫你要一下學妹的LINE？」

范宇陽愣了一下，想起來周曉彤原來的電話號碼、社交軟體，好像都已經全部停用了。

不過……

在見到她那一刻，他從驚喜，惶恐，到現在……他終於下定了決心，無論如何，這一次，是上天給他的機會，他一定不會再把她丟掉，一定不會再後悔。

他彎彎嘴角笑起來，得意又臭屁地朝人單挑了一下眉稍，「拜託，我喜歡人家我會自己去要，才不用妳幫我。」話說完，他正大光明地、把目光再次瞟向最後一排周曉彤的身影上。

「而且我跟她——早就認識了。」

✿　✿　✿

社團展覽結束，周曉彤對著手上的各社團傳單發呆。記得以前，她曾經很期待大學能加入好玩的社團，交朋友、出去活動……但是現在她卻很害怕。

「昱婷，妳想參加什麼社團啊？」

「我嗎？我想參加手工藝這個吧？」一樣捧著一疊學長姐發來的海報傳單，林昱婷翻了翻，把剛剛挑出的手工藝社的海報翻到最前面，興奮地指指上面的金工工藝照片，又把底下動漫社的海報內容拿出來比對，「這個，可以做很多小東西，看起來超好玩的……還有這個，感覺也不錯欸，可以去畫畫，看動畫……」

畫畫嗎？周曉彤愣了愣。

好熟悉的詞彙。她也喜歡動漫，也曾經喜歡繪畫，和對方嚮往的社團很類似，對她手裡的傳單不免也有點心神嚮往。可是那些過去，又讓她不敢再提筆，也不敢再想提筆。

「妳也……妳喜歡畫畫啊？」問句下意識帶上也，又欲蓋彌彰地掩蓋掉，她抿了下唇，說不清自己是期待還是害怕。

林昱婷眨眨眼，笑著應她：「就，還蠻喜歡的吧？我偶爾也會畫畫啦，妳要看嗎？等回學校可以給妳看——欸，我前兩天才畫了妳喜歡的那個角色，我看看我手機裡有沒有……」

一搭一聊地帶過話題，周曉彤暗自慶幸她沒追問到自己的語病，又隱約有種奇怪的惋惜。手機螢幕上，林昱婷的畫是代針筆的細緻黑白畫像，很美，和她過去作畫的風格完全不同，但她很喜歡。

「好厲害哦，我……不太會畫畫。」

垂了垂眼睛，她說。

新生訓練第一天的傍晚活動是野炊，露天營區早早備好鍋碗瓢盆，還有固定份數的食材調料。應用英語系在語文學院男女參半，周曉彤和林昱婷正巧被分給和三個男生一組，不會做飯的五個人面面相覷，最後決定各自拿一個食譜研究研究。

「那……我們就都先試試看吧？」

林昱婷負責番茄炒蛋，周曉彤負責簡單的炒高麗菜。原本說起來都應該是簡單的菜式，但是合菜用的炒鍋太大，在外住宿多年，她吃的都是學校食堂，回家也沒怎麼下過廚，油一倒灑下去，就引起大火炸開，菜葉又全堆在鍋裡滿溢。

她不知所措地握著鍋柄，還試圖用鍋鏟翻炒，可惜太手生，還差點把堆在外面還脆生生的高麗菜翻出來。

「這個……這怎麼辦啊？」一下子慌張起來，她左右看了看其他四個人，第一個急急忙忙地把目光投向林昱婷。

而對面的女孩子也正對著鍋裡的大火和散蛋發愁，專心得根本沒空看她，只分神稍微抬起眼皮看了她一眼，就又很快低頭回去：「嗯？曉彤，我這邊現在也……妳要不，喊喊學姐過來？」

學姐嗎？周曉彤又愣又慌，又往旁邊看了看，大家也忙著研究手裡的食譜，還有對著湯鍋不知道該放多少鹽的，一個個都慌得差不多。整個組手忙腳亂的，一看就是等等可能吃不上正常一餐的吊車尾。

要不喊學長姐過來吧？她環顧看去，又好像看見系上帶隊的兩個學長姐也正在別組幫忙。不知道會不會煩到人家……她還在糾結，但只恍神一秒，火勢就已經蔓延上鍋，嚇得她手指一燙，立刻鬆了鍋柄後退一步——再猶豫下去，可能今晚的高麗菜就注定是難入口的燒焦口味。

於是她只好鼓起勇氣，轉身對著還在後面好幾個組的學姐，破開嗓子在吵嚷的營區大叫：「那個，學姐——」

「我來吧。你們這邊忙到哪裡了？」

——太熟悉的聲音。

胸口像被一顆大石頭砸中，周曉彤的聲音卡在喉嚨，好像定格一樣地回過頭去看。

瘦瘦高高的男孩子，乾淨爽朗的笑容。

他好像比記憶中高了一點、氣質變得沉穩了一點，側臉還是很好看，來救援的樣子，可靠得還像當年擋在她身前的時候一樣讓人安心……

「原來妳不會做飯啊？妳之前都沒告訴我欸。」

目光對上幾秒，自然而然地接過被對方扔下的鍋鏟和鍋柄，男孩子把手伸過來，像護著她的動作讓她退後，熟稔地低頭炒菜，又笑著抬頭對身邊其他人發話：「我是隔壁工設的小隊輔，范宇陽，看你們這邊剛好好像需要幫忙……沒事，你們小心點啊，要是真的不會，等我這邊處理完再幫你們。」

「謝謝學長！」

周曉彤僵立在原地，好像時間靜止了、呼吸也停止了——好在沒有人有時間管她。可是他怎麼會在這裡？他為什麼會在這裡？怎麼可能會有這種巧合、那，除了他——還有別人在這裡嗎？

會有多少人知道她在這裡？

熟悉的窒息和焦慮蔓延上氣管，像鎖鏈，把她的呼吸緊緊纏住。她又開始喘不過氣，大腦在缺氧，頭暈腦脹，手臂肌肉甚至開始發抖。她該怎麼面對范宇陽？她從來沒想好該怎麼面對，甚至根本不敢見他……

「欸，妳先去後面等啦，這裡很危險！」

在她出神發愣的幾秒間，范宇陽已經開始熟稔地翻鍋炒菜，本來應該專注，但大火漫開，油花擋不住地噴灑出來，才落到他手臂上一燙，他立刻回頭意識到後面的女孩還處在震驚裡，趕忙伸出手擋了擋。

看見她錯愕又慌亂的表情，他心底好像刺痛一秒，但沒有顯露，只是很快彎彎嘴角，露出笑容：「妳先去休息，別的事，之後我再找妳聊。」

沒有喊她名字，說這話時還刻意放輕聲音，讓音量只有他們倆能聽見——范宇陽想，她果然還是不願意見他。

她的眼睛裡全是害怕和恐懼，還有顫抖……她的病還是沒好嗎？自己的出現會不會加深她的病情？

可是這是老天給他的機會。他不想再錯過，就算會痛苦，就算有可能不對，他也想再自私一次、再試一次，想不同於高中時無知的同情，再靠近她一次……

「我……我去上廁所、昱婷，我等等回來。」

被對方包容又溫暖的表情擊中，她想，范宇陽好像沒變，又好像變得更溫柔了一點。

可是他越溫柔，她就越害怕、越窒息。回憶鋪天蓋地襲來，伴隨范宇陽的臉和聲音，午後的吉他聲、他的陪伴支持、自己的妄想，還有她對他的傷害……她當年那麼傷害他，甚至不顧一切地墜落，到最後也不敢見他。為什麼，他還能對自己露出那樣的表情？

周曉彤轉身抄起隨身背包落荒而逃。目光躲閃地別開和他的接觸，她欲蓋彌彰地瞥過去，開口和林昱婷通知一聲，接著就拔腿逃跑。好不容易以東西落在房間為由和小隊輔要到了回房一趟的許可，她強撐著跑回房，才打開門，就在房門角落下蹲，幾乎止不住顫抖地抱緊自己，嘴唇都發白，整個人連著腿都不受控地發顫。

她又逃離他了。她根本沒有辦法、她還是只會逃避的膽小鬼，她甚至，不敢看他的表情。最後一次見面她就在傷害他，重逢還是這樣……她想、她根本不值得被愛，被關懷，被溫柔對待。就像范宇陽，她只會一次又一次地傷害愛她的人……

「曉彤——妳沒事吧？」

房門被打開，周曉彤恍惚地回過神，抬頭看見林昱婷試探地開門進來。

對方見她整個人窩在門角，有點擔心地踱進房，稍稍低頭去看她異樣的臉色，顯然是為了對方而回來的。「妳肚子痛嗎？要不要吃點胃藥？曉彤，妳現在臉色好難看喔……要不要跟學長姐他們說一聲？」

自責和痛苦的情緒被打斷，女孩子擔心的表情真實地映在她面前。

明明是看起來冷漠安靜的人，其實聲音和神情都好溫柔……周曉彤的新好像莫名被安撫了一點，精神還有點恍惚，好半晌才對著她搖搖頭，虛掩地用抱著身體的手貼了貼肚子，朝對方勉強地笑了一下，尾音還帶顫抖地回應：「我……我沒事，我拉個肚子就好了。」

「真的嗎？」雖然擔心，但倒也不是喜歡插手別人私事的類型——林昱婷半蹲著身體湊過去看她，看對方雖然蒼白，但點頭得很堅定，也就了然地頷首。

「那好，妳不舒服還是要說喔，我先回去等妳。」

周曉彤平復情緒回去的時候，范宇陽已經不在了。她下意識地抬頭到處尋找，但都沒見到他身影，好像剛剛只是一場虛幻的夢，像她只是看見了幻覺。

「啊，剛剛那個學長被其他人喊走了。妳要找他嗎？」林昱婷見她回來像在找人，一邊給她扒了一碗飯。

周曉彤接過她的好意，笑笑在她旁邊空位坐下。心裡有點難言的空落，她只好自嘲。明明是自己把他推開的，又為什麼想找他？

「沒有，我只是想跟他說聲謝謝。」

✿　✿　✿

第一天夜晚的活動是營火晚會的新生交誼舞。內容很簡單，是新生和帶隊的學長姐們分成兩排在營火堆外圍成一圈，擊掌、牽手、轉圈，再換下一個舞伴，動作簡單，是認識新朋友的最好時機。

沒有參加的興趣，周曉彤以身體不適為由在旁邊休息，林昱婷覺得麻煩，就跟著申請了早退，然後溜回了房裡。

臨走前，林昱婷本來還要拉她一起回去，周曉彤想了想，目光又忍不住被不遠處溫暖敞亮的火光吸引，還是笑著搖搖頭，說自己想在外面透透氣。

國二時候的露營好像也有這樣的營火晚會……周曉彤坐在一邊椅子上，恍惚地回憶起來很久以前的事。那時候她好像笑得很開心，雖然當時她的朋友也不多，但營地的夜晚會冷，她記得，她和當時的好朋友兩個人靠在一起取暖，說說笑笑，還在結束後一起煮泡麵，彌補她們因為野炊太難吃而沒能飽足的胃——

是從什麼時候開始，面對和人交流會感到害怕？

那好像比她跳下去還要來得更早，她甚至記不清上一次，像營火堆旁的人那樣笑，是什麼時候的事了……

「嗨，學妹，我能不能邀妳一起跳交誼舞？」

火光被突然靠近的人擋去大半身影，從出神狀態被拉回來，周曉彤愣地抬起頭——男孩子的身影逆光遮擋，身周又泛出營火的暖黃，暈染成溫柔的顏色……她看著他彎下腰，眉眼彎彎地低下頭，黑亮眼睛裡的情緒每一分都好誠摯，又好小心，好像深怕她轉身就跑。

她確實想過，也在前不久這麼做過，所以也確實下意識地後退了好幾步。

「我都跟他們說了，要邀妳跳舞，他們都在看欸——給我點面子嘛，周曉彤。」眨眨眼睛，可憐巴巴用哀求的語氣，范宇陽往後瞥了瞥後面不遠處系學會幾個正在看自己好戲的同學，雙手合十，很誠懇地用氣音一張一合地配合唇語開口：「我沒告訴他們妳是我同學，曉彤。」

「……」

周曉彤想，好像很久以前、大概是在剛認識的時候，她也是被他這雙大型犬一樣的眼睛折服妥協，然後任由他那樣毫無預兆地，闖入了自己的生活裡。

跟著眨了下眼睛，周曉彤的呼吸好像凝滯了一下，只是看了他一眼，前先準備好的心理防線好像在這一刻溫柔又脆弱地崩塌。手好像被蠱惑一樣地抬起，輕輕地放入對方的手心。

她突然想，以前喜歡他那麼久，他們好像都還沒有這樣貼近地牽過手。距離最近的時候，應該是在鬼屋時因為太害怕抓緊他手臂，隔著衣服揪著他衣袖毫無形象地尖叫。

原來他的手那麼溫暖，和他的人一樣。

但他好緊張，她想，她能感受到他指尖在顫抖，甚至好像在冒汗，要不是認識那麼久，她一定會覺得他像是第一次牽起喜歡女孩的手的男孩子，謹慎小心又溫柔。

而不是……久別重逢的愧疚。

第七章、秋分

「救贖」——他以為很簡單，以為再見到她，就能挽回所有。

彷佛一切都未曾改變，卻又知道其實什麼都變了。

交誼舞還在繼續，背景音樂放得很大，可以輕易地蓋掉整個露天廣場的人聲。幕景的火光在燃燒，范宇陽的臉在黑暗的邊角昏暗卻溫暖，手心的溫度像火苗，沿著指尖，把周曉彤心裡某部分好像也逐漸融化。

「你不要一直冒手汗，很髒欸，范宇陽。」唇瓣抿直又掀開，她指尖緊了緊，抬起眼皮覷他一眼，最後還是受不了地嘆了口氣，開口回應他。

「還有，不許叫我學妹占我便宜，不然我立刻把你封鎖。」

她抬著眼睛，看大男孩的眼睛好像被一點一點點亮，握著她的手緊了緊，明明是簡單的轉圈動作，一下子停了停，好像笨拙得連腳都能打結。

……她又感覺到負罪。好像從一開始就不該賭氣一樣和他疏遠、逃跑——可是她甚至不知道，在她離開後，關於自己，他到底知道了多少？知道了自己喜歡他嗎？她知道他很善良，才會接近她，和她做朋友。在她那樣做以後，他一定會愧疚，同情，自責……可是這些都是她最害怕的。

過去的周曉彤已經死在那個夏天。

她不想回憶，不想記起，甚至想全部埋葬、包括那些有他的部分。

「周曉彤……」

范宇陽想，她終於願意和自己說話。

他有好多話想和她說，明明都想好開場白，又被她的心軟全部打破，甚至有想擁抱的衝動。但他怕，這麼多人看著，她會不會更反感更討厭？

第一次握住喜歡的女孩的手，他好像緊張得幾乎要發抖，怕握得太緊把她弄痛，又怕握不夠緊再把她弄丟。

「我……我真的很高興，超級高興，可以再遇到妳，還是在這裡。」結結巴巴地張了張嘴，他停下舞步，還有點捨不得地捏著她指尖，又怕冒犯，只好一點一點慢慢地鬆開，「我一直在找妳，一直都想再見妳……這次，妳不要再跑掉了，好不好？」

周曉彤恍然覺得他的眼神好像會發燙，溫度太高，她又下意識地想避開這樣的眼神。

「……你怎麼會在這裡。」沒有正面回應，她才開口，就感覺喉頭發緊，眼眶微微發熱，甚至有種莫名想哭的衝動。

她不清楚是碰見他讓自己病情反覆，還是喜歡他的感情還沒被時間沖淡。她又想跑，又覺得能再這樣和他說話、牽手，好像也滿足了自己某部分強迫遺忘的想望。

「我成績沒搞好啊，又沒想留在南部，就考來這邊。」撓撓頭，范宇陽不好意思地笑了笑，本來想順著話題說出自己現在讀設計系，又想想剛見面說太多可能會讓她牴觸，還是選擇轉移，「對了，妳換號碼了啊？怎麼也沒跟我說一聲，我LINE跟臉書找妳都找不到，留了好多訊息，後來看妳還刪帳了……很無情欸，周曉彤。」
聽見對方熟絡的語調稍微緩和氣氛，周曉彤舒了口氣，緩緩情緒，順著他的話繼續往下接。「我都轉學了，也不一定還需要聯絡我吧。」本來想更冷漠一點拒絕，又想起自己上一次最後和對方見面時說的負氣話傷他都還來不及道歉，話到嘴邊堵了堵，還是緩了語氣。
「今天……謝謝你幫忙啊。陪你跳舞，給了你面子，就當還你人情了。」
聽見她這話，范宇陽眨眨眼睛，腦子裡冒出新點子，眼珠子一轉，就癟了嘴開始賣慘：「這樣就還人情啊？今天那個油濺出來，我都被燙傷了，就在這邊，唉，妳那時候跑走，都沒看到欸……」轉轉手腕暗自捏了個紅印裝痛，他捂了捂假裝受傷的地方，可憐巴巴地湊過去看她。「要還人情的話——周曉彤，妳新的LINE還有手機號碼能不能給我啊？」
差點被說動，她愣了一下，被對方湊過來的臉和可憐兮兮的表情動搖，目光在他按住的手腕位置上停了停，又在聽見他的要求後立刻了然地翻了個白眼。「范宇陽，你知不知道你現在很像跟學妹耍無賴搭訕的變態？」
「我哪有。」范宇陽很無辜，「妳是我人生中第一個鼓起勇氣要聯絡方式的『學妹』欸！學妹，妳哪有見過我這麼專情的變態？」
「學妹屁啊，而且渣男都是這樣說的。」被他曖昧不清的話給說愣，周曉彤有點語塞，反駁的音量變得像鬧彆扭一樣降低，眼神飄飄忽忽，莫名地有點耳熱，又不敢看他地別過目光。

「哪有渣男啊！我超級紳士——」表情更無辜地抿了下嘴，他彎下腰，繼續眨巴眼睛用裝可憐攻勢持續攻略城池，還威誘並施，「不然，我跟妳們系學會的很熟啊，要到妳的電話也很容易欸。」

「……」被他的話堵住，她張張嘴，無語凝噎地瞪了他一眼。「你這就是變態，還公器私用！」

嘀嘀咕咕地撇撇嘴，她左右想了想，又看了看他可憐的表情，想起自己當年確實對他毫無解釋就不告而別，一下子感覺心裡好像更愧疚了。

畢竟自己當初那樣對他。可她也沒想到，過了這麼久、又或許因為真的已經太久。范宇陽對她，好像真的完全沒有一點責怪和不理解，就算是現在再見她……他也依然那麼好，那麼溫柔。就好像真的，只是純粹地擔心她。

……都過了這麼久了，她也不應該再因為當初那點愛而不得的不甘心，而把別人的一片真誠拚命往外推。

她深吸口氣想。周曉彤，妳要勇敢一點。

「明天再給你，現在手上沒紙。」聲音停了停，周曉彤低了低眼睛，藉著陰影和昏暗的光線掩飾自己的不安和歉疚，「你數學那麼爛，我現在說號碼，你肯定馬上就忘記。」

營火晚會的活動時間不給帶手機，倒是給了她一點喘息機會。

「真的？」眼睛一下子因為她的允諾亮起來，范宇陽忍不住又湊近她一點想確認，身體才動，他頓了下，又怕太過親近嚇到她，只探頭湊近一下就站回原地，笑嘻嘻地開口：「那說好了周曉彤！欸我跟妳說，騙人的是豬啊，妳這次不許再逃跑！」

還怕她反悔拒絕，他拉下眼皮，故意朝她吐舌扮了個鬼臉，不給她反應機會，就迅速往回跑掉。范宇陽感覺自己的心好像在砰砰跳——九月份的新竹正在入秋起風的時節，晚風打在他臉上，他甚至感覺自己好像很久沒有這麼打從心底地開心過——

「我靠，范宇陽，你怎麼笑得跟發春一樣？」

聚在一邊休息聊天順便看熱鬧的羅玟看他回來，才準備調侃，被他幾乎要拉到眼角的笑容嚇一跳，見鬼一樣舉起手在他面前晃晃：「不是吧，你春天真的來了啊？人家答應你了？學妹對你再見傾心了？」

笑容沒打算收起來，范宇陽挑挑眉，用一臉「妳不懂」的表情白了她一眼，「拜託，妳思想很猥瑣欸——人家學妹是答應認識一下我。」頗有炫耀意味地眨眨眼睛，他輕輕鬆鬆往休息區的靠椅面對營火落坐，從餘光往一邊忍不住地瞥那邊周曉彤黑暗裡的身影——今天發生的事情太多，像做夢一樣，從再次遇見她、成功搭上話和再次聯繫……好像生活突然開了掛，他突然有點懷疑自己，這一生的好運是不是都用在這裡了？

就算是那樣也沒關係。

他想。上天已經給了他運氣，他會用百分百的努力、更努力地再次接近她。不是為了讓她再次喜歡自己。這一次……他想贖罪，想陪在她身邊，把過去那些他錯過的、傷害她的，全部補足。

「而且何止春天來啊——我跟妳說，我是提早過年！」

✿　✿　✿

雖然說答應留聯絡方式是答應了，周曉彤回房間後還是忐忐忑忑，抱著棉被，趁室友們不注意自己、林昱婷又去洗澡時，從包裡拿了筆記本撕下一小張寫下號碼，又有點猶豫地看了看自己在床頭放的字條發呆。

……太巧合了，她本來想開始新的人生，忘掉以前所有的一切，假裝自己能成為平凡普通的人，沒想到卻在這個節點，偏偏又再次遇見他。

其實她不是沒想過再和他見面。

學生時代的回憶再怎麼讓人痛苦，可是她對他的感情終歸還是純粹美好的。范宇陽像那種傳說中的「白月光」，在她的記憶裡永遠保留最好最溫暖的樣子，所以她才會在不顧一切跳下四樓後，不敢再見他、不敢再面對。

她怕一切會改變，也知道一切一定會改變。怕他看她的眼光會變得不一樣，怕他們的關係也變得微妙……

他那麼聰明，怎麼可能會不知道那幅畫、不知道自己喜歡他？

她把寫了號碼的紙條放在口袋裡，嘆口氣，還是認命地準備迎接新的一天、面對她好像從來沒能順心過的生活。結果迎新第二天的活動太多，學長姐們忙著帶系上小隊隊內ＰＫ，一整天下來學生會精心安排的活動還不少，大多是為了讓未來的同學們多多認識彼此，周曉彤忙得暈頭轉向，回神過來時已經傍晚，天都快要全黑。

晚餐總歸沒有再讓他們自己野炊，安排在合菜餐廳裡，雖然菜色一般，倒也還能吃得下肚。她才扒拉了一口青菜，突然又想起前一天范宇陽走過來幫她接過鍋鏟的時候——這麼一想，他每一次在自己的故事裡出現，好像都像個英雄，而自己總是狼狽又搞笑。

……真不公平啊。

她洩憤似地戳了戳飯碗，鼓著嘴巴悄悄嘆氣。

「——有特殊原因不能去試膽大會的，可以留下來。」

試膽大會幾乎可以算是各大院校迎新的必備環節——晚飯結束後，他們被叫去一處營區邊緣荒涼的廢墟外集合，然後進行最後盤問。

周曉彤在小說和電視裡看過很多次這個，總覺得有點新奇。但礙於自己確實很怕這類超自然的東西，她在集合的隊伍裡低頭抿了下嘴，怕自己進去被嚇跑太丟臉，更怕真會遇到什麼東西……最後還是選擇了不參與。

留下的幾乎是女孩子。林昱婷因為好奇也選了進去，她一下子沒有稍微熟悉一點的人能說話，只好默默地站在角落，試圖繼續當個無人在意的邊緣人。

「不能去的可以留在這裡，我留下來給你們講鬼故事！」

本身也不喜歡試膽會，羅玟在集合的廣場一看分出來的一小群幾乎都是女孩子，又尤其以她們女生為主的應英最多，立刻自告奮勇蹦著回身在進入小路前的路口——然後被范宇陽不知道從哪裡冒出來，一把抓住了手腕，笑嘻嘻地拉著人舉高了手朗聲開口：

「我檢舉——羅玟去年就沒進去，作為系學會的一員，絕對不能再讓她逃跑！」

「……我靠，范宇陽！」

范宇陽的嗓門本來就大，這麼一吼，本來幾個已經跟著小隊隊伍進去的二年級聞聲立刻折返回來，鬧哄哄地抓著滿臉拒絕的女孩子，半推半就地包圍著拉進了小路裡，起鬨這次一定要逮著機會把她嚇到。

「所以——就應該由我這個大三老屁股留在這裡陪你們嘛。」

他計謀得逞，表情很得意，選擇性地忽略掉了那邊羅玟臨走前回頭投射過來的哀怨目光和咒罵，樂呵地在學妹們面前搬了張塑膠椅坐下，悠然自得地不知道從哪搶了個圓扇過來翹腿搧風，然後招招手示意讓大家都坐下。

目光落在周曉彤身上停了停，他眨了下眼睛像打暗號，眼睛裡面亮晶晶的，像求誇獎的小狗，熟悉又搞笑的表情讓本來還有點擔心自己不合群的周曉彤愣了愣，一下子沒忍住，憋著聲音地拉開嘴角笑開來。

他那個眼神，就像在說：「我特地留下來陪妳了，超有義氣的吧？快誇我！」

……好笨，好幼稚。她偷偷嘀咕。

目光和對上片刻，范宇陽看她笑了，才滿足地回看向其他人繼續說話。「怎麼樣？想不想聽我們學校的鬼故事？要不要學長給你們講？」

「想聽！學長快說！」

新生們對學校一知半解，雖然多半因為膽小而沒去參與活動，還是起鬨地鬧著說想聽故事起來。周曉彤也有點想聽，但又覺得害怕，回神來發覺自己坐在角落還突然有點害怕，只好搬起椅子往前挪挪，試圖混跡在一群不認識的人堆裡。

不善於社交，加上心理原因對人群有不自在的不適，她坐得有點僵硬，眼光也不知道該擺放在哪裡。范宇陽餘光很快瞥到她不太對勁的表情，立刻大方地起身，搬著椅子就往人群裡走，不經意擠到中央，又不動聲色地挪挪，最後移到她不遠處斜前方的位置，讓她抬頭就能看見背影。

周曉彤愣愣地抬起頭，看他正好側後轉、角度正好能看見他一半的表情——男孩子帶著笑意的側臉看起來好溫暖，他好像、成熟了很多，好像……真的和以前，又變得不太一樣。

「那我開始說啦？」眨巴眼睛，范宇陽故意沒回頭看人，只是神秘兮兮地低下頭，抬著眼皮看了周遭的學弟妹一圈，「你們還記得我們學校的白馬湖吧？聽說，那裡晚上的時候，只要有情侶約會……就會有白馬跑過去！」

他前面故意還把語速放慢營造恐怖氣氛，神秘兮兮地拉長尾音，環掃一圈，才又突然放大音量——有的膽小的女孩子被他突如其來的大嗓門嚇一跳，其中當然還包括周曉彤。她幾乎下意識地就想動手打他，青筋還沒爆起，餘光掃到周圍的人，又有點忐忑地放下。

「什麼啊——很瞎欸！」

「學長，這不會就是白馬湖的由來吧？」

「好爛喔學長——」

幾個被嚇到的學弟學妹率先出聲回擊，范宇陽在一片噓聲裡笑得很歡，回頭瞅了眼滿臉埋怨的周曉彤，眼睛眨了眨，認錯一樣可憐巴巴地看了她幾秒，然後撓著頭髮跟在場其他人打哈哈地道歉。

「欸沒有啦，這是前菜好不好，前菜，先給你們適應一下氣氛！」

她對他那種裝可憐的表情一向沒有什麼抵抗力，只好在對方的氣氛調節裡默默應許，然後在接下來越來越接近恐怖氛圍的鬼故事裡，從他越來越靠近的背影裡隱約發現，對方好像挪得離她越來越近——到最後幾乎緊挨著她，寬瘦的背就近在眼前。

是怕她會害怕嗎？

她下意識地誤會，又不敢太多誤會。

有點溫暖，又有點心慌。她垂著腦袋，抿了抿唇，寫著自己電話號碼的小紙條還在口袋裡，不管用什麼方法給好像總覺得彆扭……他現在正好離得近，不知道能不能剛好給他。

她想了想，東西就揉在掌心裡猶豫，想著辦法地要不動聲色放到他身上，注意力也從他嘴裡的鬼故事悄悄移走。她努力要找機會，但偏偏對方還喜歡手舞足蹈地比劃，說個故事還要繪聲繪影。周曉彤幾乎找不到間隙，好不容易等到他把手負在椅背，才敢小心翼翼地拿出紙條，嘗試在他後背的陰影裡塞到他手心……

「喂！范宇陽，你留在這裡沒欺負學弟妹吧？」

「我才沒有咧，我在給學弟妹講我們學校的鬼故事，應景一下好不好。」

——在她專注地低頭塞紙條時，其他人不知不覺、不知道什麼時候都紛紛走了回來，首當其中就朝他們方向大步走來。周曉彤被嚇了一跳，下意識要連著東西一起抽回、范宇陽就率先站起來，自然而然地收起手站好，連著紙條握緊，指尖有意無意地和她擦過。

他剛剛緊張得氣都要喘不上，意外又驚喜。好不容易接近的距離……他當然不能前功盡棄。勾勾嘴角，他偷偷竊喜，他回頭看了看她笑了一下——還來不及再表示點什麼，在場其他人就因為他把說到一半的鬼故事掐掉，發出一陣哀號。

「學長，你都還沒講完欸！」

「欸欸，下次再說、下次再說，還有機會嘛——不然你們也可以讓你們小隊輔說啦。」

周曉彤看著他一邊回應，一邊把小紙條收進了口袋裡藏好，剛剛懸吊的心才放下，稍稍鬆口氣。可是被觸碰過的手指好像還有點發燙，她抬起頭，看他明顯心情大好、笑得還傻呵呵的樣子……胸口騷動復甦的心跳，連帶觸動的微妙心情讓她呼吸都亂了節拍。

……只是不小心碰到而已，自己在做什麼啊。

她晃晃腦袋試圖把發燙的感覺甩掉，手指往褲邊磨擦好幾下，一邊急急忙忙趕緊去和系上其他人集合。

——回到房間不久，她很快就收到范宇陽傳來的好友邀請。

頭像是那個她太熟悉的、那隻她曾經隨手畫的簡筆畫小豬，周曉彤很意外，翻湧的回憶又讓她五味雜陳，一時間，又不知道該和他說些什麼。

手指還在螢幕上猶豫，她的訊息通知聲就先響起，訊息窗口點亮要熄滅的螢幕，還伴隨和對方一貫風格的欠揍貼圖：「哈囉，謝謝學妹通過——我是妳的學長，工設A班的范宇陽喔。」

「……學長個鬼，我才不會叫你學長。而且我說了你不准喊我學妹。」

「那叫妳曉彤可不可以啊？」

她看著突然親暱的稱呼又啞口無言，而對方顯然沒打算給她思考時間，一看她回覆猶豫，立刻打鐵趁熱地接著發送：「那就這麼說定了！早點睡覺休息，晚安，曉彤！」

……又是這樣，根本不給她考慮和拒絕的時間。

周曉彤吁了口氣，心裡忐忑又無措，手指來回在他的頭像上滑動，好像要把手機盯出一個洞才罷休。

他的頭像一直是這個嗎？她想不明白。他做這些，到底是因為愧疚，還是因為懷念？

面對他的心情複雜地牽扯糾纏，像一團被打亂的毛線，理也理不清楚。

她忍不住想。范宇陽對她來說，好像一個永遠無法預測的定數，每一次出現，總能把她的生活、毫無預告地全部打亂。

✿　✿　✿

最後一天的活動最多，系學會精心準備了整個白天的闖關活動，設有十幾個大小關卡、有各種答題或任務，讓各系以班為單位分組遊戲競賽，在迎新的最後一天更快熟悉彼此。范宇陽守在叫做「Running Man」的大關做關主之一——這一關的來源是從一個韓國綜藝衍生，玩法也很簡單：限定時間內，讓兩隊人馬互相撕對方背上的名牌紙，結束時剩下人數最多的班獲勝。

各系每班的人數都不一樣，分組也不同，他體育好，偶爾充當隊員，給人數不夠的班級補位。結果玩得太好，幾輪下來都沒被撕掉名牌還撕了好幾個，被幾個學弟妹埋怨他應該要算做大魔王。

周曉彤運氣不好，輪到他們闖這關時，因為她和林昱婷正好混到班上本來就稀缺的男生分組，對上對面企管系又是女生扎堆，人數一算缺了兩個人，其中一個乾脆就直接讓范宇陽補位男生缺數。

企管系幾個女生看見高高瘦瘦的陽光學長，紛紛在一邊眼冒星星地討論這個學長好帥、等等能不能趁機加上LINE？周曉彤排在另一邊等著貼名牌，把她們的話全數收入耳裡。

她運氣不太好，正好在今天來例假，本來就有點體虛，現在又覺得莫名心堵起來……也不知道是不是太陽太曬的鍋。

「哈囉，英語系的學弟學妹們——抱歉啦！我一定不會放水的。」

關卡主關主過來講解完規則後準備計時時間，順便讓兩隊人先看清對方和自己身上不同顏色的紙條。范宇陽被召喚過來補位，背上貼好名牌後，先欠揍地朝敵對眨眨眼睛，順便在英語系愁雲慘霧的哀號聲中打招呼：

「欸，衝起來你們，加油把我打敗啊！」

打敗個鬼，誰不知道你體育好。周曉彤在心裡腹誹，無奈又埋怨地看了他一眼。

結果范宇陽接收到她眼神，先眨巴兩下，接著立刻笑起來回給了她一個眨眼，還要特地先側側頭，避開大家的視線集中點，像在秘密地使眼色交換暗號——雖然她看愣了半天也沒搞懂意思，直到代表遊戲開始的哨聲突然響起，她看見周圍人跑起來，連忙也開始動身。

本來體育就不好，又來了例假，身體虛弱得要命，下腹還在隱隱作痛。照理說她可以直接上報請假，可是今天是最後一天，她隱隱害怕這種集體活動的時間脫隊，會造成她在人際關係上又出什麼不合群的謠言和差錯，她牙一咬，還是選擇參加。

前面的活動都還算平穩，就這一關得動用體力，她沒把握能追上人撕名牌拿分，只能沒命地試圖朝隊友的方向跑，才一下就眼冒金星，感覺氣都要喘不過來。

後面好像沒有人追著她跑。沒聽見腳步聲，周曉彤這樣想後，就撐著膝蓋，在一邊找了個稍微隱密的草叢喘氣——

「欸欸、周曉彤，小心！」

後面突然傳來范宇陽的叫喚聲，她愣了愣，連忙回過頭，看一個貼著敵隊紅色名牌的女孩子從草叢另一邊穿過來，伸手要撕她背後的名牌。

急忙避開，她只好不知所措地各看了兩個人一眼，手往後伸，把自己背後的藍色名牌保護好，然後繼續拔腿狂奔。

「哇……！學長，你怎麼幫敵隊啊！」

後面好像隱隱傳來那個女生的驚呼和抱怨，周曉彤跑得太痛苦，已經無暇去想，紮成馬尾的頭髮裡全都是汗，肺好像要被從身體裡喘出來，只是隱隱地想起他剛剛的表情。

所以他剛剛的眼神……是他要對自己放水的意思嗎？

一輪時間是五分鐘，一共三輪，關卡的活動範圍是一個小山坡，跑起來確實累人，她跑沒多久、還沒繞回集合地點，就已經開始雙腿發痠，又逢上坡路，雙腿好像越來越沉重，幾乎要走不動。本來還打算再偷懶休息喘一喘，卻又再聽見後面傳來腳步聲，她肩膀一聳，大嘆了口氣，只好拔腿打算再跑，又聽見後面的人喊她：

「曉彤！……欸，周曉彤，是我，妳先別跑了！」

詫異於聽見他真的開口喊自己的名字，去掉了姓氏，兩個字的呼喚聽起來有種莫名的親暱和曖昧……周曉彤愣了愣，然後就真的停了下來，環顧看四周，再看向從後面急急朝她跑來的男孩子。

大家跑得快，一個個都不知道追到哪去了，現在這裡正好沒人，應該不會害他被罵吧。

「……幹嘛？你……呼、不是別隊的……幹嘛、幫我？」

彎腰抵著膝蓋支撐，她還沒喘過氣，一邊努力調整氣息，一面抬頭看他，要問他話，都斷斷續續地說不完整。

范宇陽倒是沒什麼影響，小跑過來，才看見她已經喘得臉色都不太好的樣子。本來還想開口鬧她兩句，話才到嘴邊，嘻嘻哈哈的表情在瞅見她的臉後立刻變成了擔心，皺皺眉頭，就走上前探看她，一時間也忘了遊戲的存在：

「當然要幫一下嘛，妳是特殊例外……欸，曉彤，妳沒事吧？妳臉色好難看。」

一路過來，他看見女孩子大多都因為陽光和奔跑被曬得面色紅潤，只有她蒼白得可怕，嘴唇好像都泛白，大顆大顆的汗珠還在往下掉，要不是知道她剛剛跑得厲害，他恐怕還以為那是在冒冷汗。

以前看她跑步也沒這麼虛弱啊？明明那時候還能跑操場……他有點擔心地想。該不會是醫院裡躺久了，體力也直接倒退回去了吧？

周曉彤搖搖頭，「我沒事。」氣還有點呼吸不上，她低著頭又咳了好幾聲，感覺吸入肺裡的空氣稀薄又鋒利，說話也勉強。「你這樣……咳咳、會被罵吧。」

「哎，遊戲而已，小事情。」他聳聳肩，再擔憂地上前，彎腰往下湊，試圖和她平視目光觀察臉色，「妳要是不舒服，我帶妳回去，先別玩了吧？」

她聽見他的話，連忙搖頭，擺擺手示意自己休息一下就可以。骨子裡還是倔強，她心想人家不都說生理期也要適當運動？別人都可以，憑什麼自己就不行……

感覺自己喘得差不多，她正準備站起身來，眼前卻突然陣陣發黑，弄得她又一陣踉蹌。只感覺頭頂天旋地轉，好像整個世界都在旋轉環繞一樣，她連站都站不穩。本來以為是短暫貧血反應，她皺了皺眉頭想走，結果沒兩步又頭暈得難受，只好再停下。

范宇陽站在原地本來不敢動，但一眼就看出她樣子不對，腳步都虛浮，連忙上去扶她，眉心嚴肅地擰起來。

「周曉彤，妳都這樣了，不准再逞強了。」

沉一沉氣，他一手扶住她肩膀，想了想，乾脆地狠下心來，伸手就探去把她背後的名牌直接撕下！

不服輸的本性讓她總覺得不甘心就這樣結束，但她也認知到自己的身體狀況現在確實沒辦法再做激烈運動。被撕下名牌就象徵遊戲結束，她還沒想好該怎麼決定，但沒料到他會這麼做，本能詫異地回過頭，「喂，你……」

然後還來不及意思意思地罵兩句，就見范宇陽突然伸過來也抓住她的手、接著帶往他自己身後一抓，把他的名牌也一併扯了下來。

「不准再跑了。」他低頭看她一眼，語氣認真，然後回過頭扶著她往回頭的方向走，逕直帶她去找一邊以守關名義早在旁邊看了他倆許久的NPC，「我們名牌都掉了。她身體不舒服，我帶她回去休息！」

接到他們出局通知的女生挑著眉頭，早就吃瓜吃了很久，這下直接用曖昧的眼光直盯著看，但也沒戳破，只看女孩子確實臉色不對，就點點頭應了聲好。掌心的溫度從肩膀不輕不重地傳來，周曉彤還因為貧血暈得要命，一隻手撐著腦袋，一隻手拿著范宇陽的名牌，又愣又懵，被動地被對方小心翼翼地一路帶回集合營地。

「這樣扯平了吧？周曉彤，不准生我氣啊。」一邊無奈碎碎念，他哼了哼，心想她一點不照顧自己還亂跑，本來該生氣的是自己才對。他帶她回到集合營地攙扶到她們班的位置坐下，本來應該站在原地等，但一看她蒼白的臉色又覺得擔心，他想了想，又跑去忙前忙後，一會跑去要冰水，一會又跑去到處忙活：

「喂，你們有沒有人有巧克力？……」

周曉彤沒餘力搭理，只好坐在角落，靠著也剛剛被淘汰回來的林昱婷，一邊揉揉太陽穴，一邊拿冰水貼著臉暫作休息。林昱婷和她不同方向跑，沒看見他倆曖昧舉動，也就沒問太多，只是問問她狀態怎麼樣，任由對方靠著自己休憩。

閉著眼睛假寐，她這樣靠了一會，感覺頭暈狀態好像稍緩了些。想著起來去找周邊的人再問問看有沒有甜食補補糖分，她睜開眼，抬起頭，就看見一個罐裝奶茶在面前晃晃——再抬起眼皮，發現是上次那個被范宇陽坑去試膽大會的漂亮學姐。

「還好嗎？」語氣溫柔，羅玟蹲下來和她平視，彎彎嘴角笑了笑，把奶茶遞給她，「旁邊有販賣機，學妹，妳先喝點奶茶，看會不會好一點。」

「謝謝學姐。」周曉彤愣愣接下，感覺自己有點受寵若驚。

「女孩子很容易貧血的，小學妹，以後還是要記得隨身帶點甜食。生理期來了也不要逞強運動，好好休息，我們本意是希望大家趁著迎新多多認識，不是要搞鐵人三項。」笑起來眨眨眼，她在她前面蹲坐下。回頭往范宇陽消失的方向看了看，她忍不住還是好奇。

「對了，曉彤學妹，妳跟范宇陽那傢伙認識啊？」

還來不及回答對方謝謝，她又被這問題問得尷尬。范宇陽這幾天對她過分親近了，又是要電話又是陪她的，應該……很多人都看出來了吧？

她只好點點頭。「嗯。」有點猶豫，她想了想，還是折衷地透露一點：「我以前和他一個學校，後來才轉到高雄。」

「啊，原來是同學啊，我說他怎麼這麼反常。」羅玟恍然大悟，饒有興致地撐頰看她，表情都從陌生學姐學妹模式變得自動熟悉順眼起來，「說真的，妳來之前，我們都以為他是Gay。」

「……」這話暗示得好明顯，周曉彤抿了抿唇。手裡還捧著才喝了一口的奶茶，她尷尬地笑了一下，好半天才開口解釋，「他比較熱心。」

她沒說謊，他們倆的關係在她的認知裡一直是這樣。

儘管當時蘇慧瑜也以為范宇陽喜歡她、但她知道沒有，知道他只是同情擔心，只是到今天可能還多了點愧疚。范宇陽一直是很好的人，就是對她這種人過份關切，才會引人懷疑。

「我看他對別人也沒這麼關心啊。妳看看，他昨晚怎麼對我的！」想到昨晚坑自己的人又忍不住大翻白眼，羅玟朝她湊近，忍不住八卦地眨下眼睛。「學妹，是不是他以前做過什麼對不起妳的事……」

「對不起個屁。羅玟，妳不要挑撥離間！」

直接開口打斷正探聽八卦的人，范宇陽從遠處飯店旁的小賣部急急忙忙跑回來，滿頭大汗地喘著氣。扯扯嘴角，他先給了同伴兼隊友一個無言表情，再蹲下朝周曉彤揚揚嘴角笑開，把巧克力放到她手上，「曉彤，妳吃這個，我問了一下，他們說這個比較甜，治貧血很快。」

「……謝謝。」周曉彤面對他的好意又無措，但也只能點點頭接受。

被差別對待的羅玟也不甘示弱地站起來回嘴：「欸范宇陽，我說實話好不好，你對人學妹差別待遇多明顯啊，好到我們大家都以為你們倆怎麼了！」

「沒怎麼啊，是我在追她。」

范宇陽聳聳肩，坦坦蕩蕩地站起來和她對視，笑得無所謂的樣子，回頭又看一眼周曉彤：「我從以前就喜歡她。現在好不容易再一次遇到她了，對她好不對嗎？」

周曉彤嘴角的笑意僵住。

✿ ✿ ✿

「周曉彤？周曉彤周曉彤？」

「周曉彤，妳別把我封鎖，妳先聽我解釋一下……」

「周曉彤，妳理我一下……理我一下，別不理我好不好？」

迎新結束回到宿舍，以那句話作為起點，周曉彤從那之後再也沒理過范宇陽。

疑惑、憤怒、不解。

他為什麼要說他從以前就喜歡自己？

「不過周曉彤，以後妳要是談戀愛，那男朋友得先給我把把關啊，沒有我帥那不可以！」

那時候的回答還歷歷在目……她想，他明明那時候是那麼說的。

他不是從來沒有把自己當作戀愛對象嗎？還是，因為她跳樓、因為他愧疚，所以在最後知道了那幅畫、知道了她的心意以後，就可以因為同情，隨隨便便地就說出喜歡她這種話來？

她不要這種同情。

手機就擱放在宿舍書桌上，幾次想封鎖又下不了手。范宇陽道歉的訊息還在不斷轟炸，到最後乾脆轉成電話奪命call。她把手機關到靜音，不想再看，但座位旁邊的林昱婷看得一清二楚。

一直沒有多過問她這位室友的感情生活，她看了看，只是疑惑地出聲問：「曉彤，妳不接電話嗎？」

周曉彤沉默，半晌後搖搖頭。「我不想接。」

「是喔。」只當作是她拒絕對方追求，林昱婷有點意外地應了聲，還有點惋惜，「我想說，我看那個學長對妳好像真的還蠻好的。」

「……」

是啊，范宇陽對她一直很好，很好很好。

他對她太好了，好到顯得她每一次為了沒必要的自尊心傷心時，都好像在無理取鬧。

眼眶發紅，情緒又開始失控，自責和痛苦讓她心口糾結難受。眼淚不爭氣地要落下來，她趕忙轉過頭不給林昱婷看見，低頭又看見范宇陽發來語音消息。掙扎下來還是心軟，她接上耳機，點開來就聽見對方著急又歉疚的聲音：

「曉彤，對不起，我不是故意要在那麼多人面前說這件事的，我只是想……坦蕩一點面對，不想再用其他理由找藉口對妳好。」

她在意的才不是這個。

「我知道妳現在一定還不相信。但是周曉彤，我真的、真的不是一時興起，也不是因為愧疚才那樣說的！」

……那不然還能是因為什麼？

「妳給我個機會、給我一點時間證明，好不好？」

要證明什麼？證明她從頭到尾都只能被他同情嗎？

「曉彤，是我太笨了，我在妳離開以後，才發現我其實一直喜歡妳。」

他的聲音越來越溫柔，聲音越來越沉緩，裡面全是滿滿的愧疚，還有真誠。她終於開始動搖——那句話她曾經想聽到好久，過去和他相處的每一幕都浮現出來——每次他站在她身前的時候，他鼓勵她的時候，還有吉他社的午後，他唱歌的聲音好溫柔……

可是憑什麼自己到現在、還要滿心滿眼都只能裝著他？

周曉彤抿緊嘴唇，低著頭，眼淚就落下來，一點一點把螢幕打濕。她把手機貼到衣服上擦掉淚水，終於用文字回給他第一句話：

「萬一我已經不喜歡你了呢？」

她以為他會想很久，范宇陽卻像完全沒有猶豫，正在輸入中的字樣消失得很快，訊息很快送到她眼前。

「那就當作，讓我彌補那三年的喜歡吧。」

心緒複雜，她久久不知道該怎麼回應。塵封的過往每一幕都那麼難受，她幾乎每晚都要靠藥物入眠、每晚都要噩夢連連。

可其實只有在有他的夢裡，她才能少有地做個好夢。

第八章、霜降

如果原諒那麼容易，又有誰來救她離開永無止盡的深淵？
她的世界早就沒有光，只有漸冷的冬。

「嗨——好久不見，今天餐廳新開了一家蔥抓餅，去不去吃？」

秋末的寒流來得又急又兇，頭痛的概論課才結束，書包裡厚重的課本把人雙肩都壓得痠痛，幾乎要喘不過氣來，腦袋也暈呼呼。周曉彤手裡還抱著書，才低著頭、快步要走出教室門口，就看見匆匆跑來的男孩子站在面前，身高像一堵牆一樣、迎面給她堵得一愣，差點要撞上。

對方笑容燦爛，抬起頭，她就可以看見那張不正經的笑臉和一口白牙，還有他自認為很帥氣地靠在牆邊像專門擺的Pose，惹來路過好多人圍觀。

……丟臉死了。

她怔地眨了下眼睛，隨即翻了個白眼，呼口氣，連忙把人扯到一邊，一邊走還要一邊吐槽。「神經病啊。明明昨天才見過，哪裡來的好久？」

「哪有，很久哎周曉彤、都十八個小時了！」扳起臉來認真反駁，范宇陽嘴一撇，又立刻變臉地拿起手中剛買來的飲料晃一晃，狗腿地朝人眨眨眼睛，「好嘛，欸今天來寒流、我給妳買了熱奶茶，新鮮剛買的喔，你喜歡的微糖鮮奶！喝不喝喝不喝？」

「……」十八個小時很久嗎，昨天晚上才見過面。

周曉彤在心裡吐槽，還沒說出口，又被他快速反轉變臉的樣子給堵住話。但看見奶茶，她一方面確實心動，一方面又覺得為難，心裡情緒更複雜，她抿了抿嘴，「幹嘛破費啊，你別經常買東西給我了，范宇陽。」

新生訓練結束後，她和范宇陽還是恢復聯繫，好像回到和以前相似的關係、但又確實已經變得不太一樣——畢竟范宇陽不只嘴上光明正大地說要追她，動作也毫不含糊。

先是不知道從哪把她的課表給打聽了個乾乾淨淨，然後就越來越常出現在她面前。一開始為了試探她態度，他堵她還不敢堵得明顯，好幾次還要裝偶遇，後來見她不反感，也就乾脆越來越明目張膽地出現。只要是他沒有工作和總評趕工的日子，周曉彤絕對能在下課的門外看見他，就算是忙得不行，他一周裡就是帶著一張疲憊的臉，也非要把她call出來吃個晚餐。

說實話，有點壓力……但她向來沒辦法拒絕他的。

最可惡的是，就算她想跑，他也竟然在不知不覺中竟然跟她身邊關係較好的同學林昱婷打好了關係，偶爾還會連帶帶點什麼請她比較親近的室友吃吃喝喝。所以就算她窩在寢室裡，或者翹了課、甚至故意不回他消息，也總有林昱婷能來提醒，說有人在樓下等她。

她好無奈。她知道大學以後，范宇陽除了例行學費以外，已經不怎麼和家裡拿錢，生活費幾乎全是在外打工賺的……他這麼辛苦，她哪裡好意思讓他給自己花錢啊。

「欸，我也不是隨便給人花錢的嘛。」范宇陽眨巴眨巴眼睛，表情很無辜，「我是在表現我的誠意和真心！」

「那也不用花錢的方式。而且你還要搞你那些作品，那更花錢吧。」周曉彤皺皺眉，不太樂意地瞪他一眼。

「噢。」見她好像真的不高興，范宇陽只好撓撓頭，收斂了點表情，有點委屈地試探看她，「我知道了，那至少偶爾可以吧？偶爾？」

要怎麼讓曾經喜歡自己地女孩再重新喜歡上自己呢？

對此很苦惱，但他基本又沒有過什麼追女孩子的經驗。從新訓回去後連夜惡補偶像劇知識，又察覺那些霸道總裁套路好像不怎麼適用，只好又問了問身邊幾個男性朋友。都說要多獻殷勤多關心……但是建築院離文學院好遠，他每次過來都氣喘吁吁，怕錯過她的位置，又更怕她反感。

他也知道自己好像逼得有點太緊，其實這也不是他本意——只是他發現，周曉彤的大學生活過得好自閉，就算是周末也幾乎不出門，把自己幾乎關著埋在寢室裡，只要不找她出門，她的活動範圍就基本小到書桌和床之前。

他還發現，她好像變得很畏懼社交。

就算是他幾次觀察以來，和她關係算得上比較好的朋友，他也鮮少見她和對方親近交流，下課時很少同路——而且，她變得好少笑。

他這樣想來，他好像幾乎沒再見過，她以前和自己或蘇慧瑜待在一起時、那樣無所顧慮地笑過。

「……反正不要隨便給我花錢。」拿他沒辦法，她嘆口氣，本來還想說話，又被餘光旁人經過的身影打亂心情。儘管已經把人拉到走廊一邊，好像還是能感覺好多目光投注，她更不自在地蹙了蹙眉頭，話語頓了頓，乾脆就抓著人直往學校餐廳走，「你也別老來堵我，你太引人注目了，范宇陽。」

范宇陽被她抓著手腕，一路往學校餐廳快走。喜歡的女孩和自己肢體接觸，應該是臉紅心跳的動作，他卻沒法專心在那上面，往前看過去，好像只能看見周曉彤表情不好的側臉。

他想，她以前好像沒有這麼畏懼目光，包括迎新時，他都鮮少見她和別人說話。

「好吧，不堵妳，那給妳發LINE約見面行不行？」乖乖地被她扯著往前，他把擔心的情緒藏好，癟了癟嘴，露出更無辜的表情，「堵妳只是怕——萬一妳不想見到我，我找不到妳怎麼辦啊？」

「那就發訊息約吧。」她沒空和他多說，只好妥協地開口，在領他到女生宿舍樓下的學餐後再回過頭，表情淡淡看他一眼，「如果我有空的話。」

意思大概是「如果我想出門」了吧？范宇陽讀到她的隱藏訊息，一下子有點苦惱起來，心想她既然討厭被關注，那自己這樣確實不太好、不管怎麼說，她現在太敏感封閉，得換個辦法才行。但是堵在女生宿舍太像變態，應該怎麼多找藉口拉她出來才好呢？

「知道啦——欸，我跟妳說很好吃的那間蔥抓餅在這邊……」

咧開嘴笑一笑，他伸出手，本想反握住她手腕走，卻在握住前被她不自在地強硬躲開。他看著她直往門裡走，只好作罷，把有點失望的情緒收好，跟著後腳進到學餐裡。

北方的城市物價費用都不低，為了蹭學生餐的便宜，中午的餐廳人當然不少，吃飯的學生人來人往，想買食物還得排隊。他轉過頭，本來想問她吃什麼，就看她始終垂頭躲避人群，惶惶然的樣子，只好提出自己幫她排隊，讓她乾脆到座位上等著。

唉，追妻火葬場。

范宇陽沒學到偶像劇套路，倒是把偶像劇名詞學了個活學活用。直屬學弟江宏一聽說他在追女孩子，因為太過新奇，每天都來問他進度——陪著對方到座位上等好後，他一邊排隊，一邊搖搖頭，無奈給人發送出這麼幾個字，再把午餐帶到周曉彤面前，換上陽光燦爛的笑臉。

她選的位置在角落最靠牆，最不醒目又偏僻，他一開始找她總要很辛苦、包括教室還坐，她也總挑在這種位置。後來幾次後就習慣成自然，就知道直往這種方向找人。

落座後，他瞅瞅正抱著奶茶咬吸管、耳朵裡還戴著耳機發呆，不知道正想什麼的女孩子，想了想，順勢從口袋摸摸索索兩張門票遞出去，拿著在她眼前晃一晃，「曉彤，下周有一個設計師展，我們系上送了幾張票，要不要一起去看？」

發呆是最好逃避人群的方式之一，周曉彤討厭人群，討厭嘈雜的聲音，要不是因為他，她其實寧願每一頓都逃回房間一個人吃，最好可以別跟任何人交流說話。看見他手上的票後才把耳機摘下，她愣了愣，看見設計展三個大字又皺了下眉頭，下意識不想去接地別過頭。

「……我對這個沒興趣，你找別人吧。」她低下頭，掏出錢包把奶茶錢和午餐錢放桌面上往他前面推，淡淡地拿起對方買來的蔥抓餅有一下沒一下地啃。

范宇陽愣了愣，只好苦笑一下，順著她動作把錢收下，放進錢包裡收好，試圖繼續繪聲繪影地加上誇張語調邀約：「但是會有很多有的沒的欸，我聽說這次還有人搞了遊戲設計，超猛的，而且他們畫得都超讚，不像我設計圖都鬼畫圖——周曉彤，妳不想看看啊？」

「不想。」周曉彤這次回答得果斷，「我早就不畫畫了。」

她其實很意外他反而選了和繪畫相關的設計系，因為好奇，又加上對方邀請，她在設計系總評時去看過一次他們系上的作品展覽，然後被范宇陽鬼一樣瀟灑的畫風給樂得笑了個翻天——啊，那大概還是她今年以來笑得最開心的一次。

「但我沒人陪我啊。」范宇陽繼續裝傻賣乖，順便裝可憐，「周曉彤，拜託，可憐一下孤寡學長吧——我同學他們都找男朋友女朋友去，我沒人找欸。」

「……」看個設計展而已，至於嗎？周曉彤無奈地看人。「那你不去看不就好了？」

「不行啦，我們系都要去打卡，還算學分欸。」范宇陽乾脆把嘴角都垂下來，可憐兮兮地開始賣慘，「唉，曉彤，妳不知道，為了這個分！我到處找人互揪搭伙一起搭客運上台北，結果根本沒人鳥我，他們都有老婆，還一邊秀恩愛，一邊笑我三年都沒有女朋友，嗚嗚……」

「……停！」周曉彤終於受不了地叫停，臉上寫滿不想理人四個字，「我看你根本不應該考工設——范宇陽，你應該去考戲劇系。」

眨巴眨巴眼睛，被點名批評的男孩子收回哭臉，才端正好表情一秒，又憋不住地繼續哀嘆碎念，「哎，不好啦，雖然其實我也不是沒想過，畢竟我也覺得我蠻有天賦的。但我怕我長得太帥，大家因為我的臉忽略我的演技，我不想當花瓶，我要當實力派……」

「范宇陽，你再說，我就不去了。」

范宇陽立刻乖乖閉嘴。

✿　✿　✿

新竹到台北的客運一小時一班，顛簸，但勝在路途不長。

范宇陽緊張兮兮，大早整理好自己到學校旁的客運站等候。出門前還左看看右看看：襯衫內搭T恤會不會太土？牛仔夾克會不會更帥一點？頭髮要不要抓一下？球鞋穿哪雙好看？

難得要打扮的男人最可怕，他走來走去又抓抓腦袋，甚至跟經常出門約會的室友還借上了香水，整個寢室的人像看他孔雀開屏，面面相覷，最後因為泡麵混香水的味道實在太難聞而把人趕出門。

「可以了、夠帥了兄弟，再搞下去我們就揍你了，快給老子滾出去！」

——好吧。

他在出門前拉拉領口，摸摸鼻子，挺胸背著小隨身包走出門。其實他也覺得自己蠻帥的吧，但是不知道周曉彤會怎麼想。

周曉彤來得有點遲，他在客運站左顧右盼，又不敢催人，LINE上問一句醒了沒有？五分鐘後得來一句「醒了」就再也沒有回音。自己本來就太主動，要是再東催西催的，會給人壓力太大吧？他一邊焦躁，一邊糾結，直到快把抓好造型的頭髮都撓亂，才好不容易才在上車前五分鐘，等來姍姍來遲的女孩子。

「來了來了……喂，車還沒走吧？」

長頭髮的女孩子扎著馬尾，一路小跑過來，白色薄毛衣和牛仔短裙配上保暖褲襪黑短靴，一看就是精心打扮過的樣子。范宇陽看得有點愣了眼，眨巴眨巴，心想她和以前又不太一樣了，氣質沒有以前青澀，好像還化了點妝……雖然他不懂妝容，只看得出來她嘴唇顏色粉嫩，應該擦了口紅，她氣色很好，帶了隱形眼鏡的眼睛又大又亮，明顯應該化過淡妝。

嘿嘿，她還是蠻在乎自己的嘛。

被他這麼直白盯著看，周曉彤愣了下，自己也有點心虛。耳根有點熱，還要兇巴巴地舉起手再他面前猛晃，被看得臉紅，差點就要一巴掌打過去。「看什麼啊？走啦，快上車。」然後指指前方已經開始排隊上車找座位的人群，沒好氣地拍了下他手臂。

好像約會一樣。她看了看對方的衣服，又看了看自己的，竟然意外好像說好的情侶裝，整個人又更尷尬。

她承認自己確實好緊張，回去才後知後覺發現，這是第一次單獨和他出來玩……一整晚輾轉反側，還乾脆起了個大早。而且這麼久沒見，他其實……變得比以前更好看了。光在學校迎新時的回頭率就好高，要是一起出門的話……

「哇——曉彤，妳今天化妝耶，要出去玩嗎？」

她一邊思考，一邊緊緊張張地坐在書桌前搬出化妝鏡搗鼓研究，明明早起好久，結果光選衣服就花掉不少時間，更別提她原本就好少化妝，研究起來更費勁。林昱婷通常和她一樣睡得晚，但沒她起得晚，起床後見她竟然難得的已經在書桌前整裝以待，忍不住好奇地湊過去左右打量，然後扶著人肩膀，在她背後從化妝鏡露出半顆腦袋：「好看欸——是不是跟那個學長去約會呀？」

「……不是約會，就是陪他去看他們設計系要寫報告的展覽。」被戳穿心事，周曉彤愣了一下，嘴硬地撇撇嘴反駁，接著趕緊把預備戴上去的耳環拿下來，繼續戴回原本輕巧的簡單款。

「哦……那也不錯嘛。」看破不說破，林昱婷笑了一下，輕盈地拍拍她雙肩後轉身回座位，「加油！曉彤！」

不是約會，才不是約會。

周曉彤一邊洗腦，一邊終於趕在上車的時間掐點到位，結果又被范宇陽太直接的眼神給看得耳尖燙紅，根本招架不住，只好故作冷臉地把人甩後面，先上車找座位。

「欸，好啦好啦，周曉彤妳等我一下啊！」

還在原地樂呵傻笑的大男孩趕緊跟上，抓抓頭髮，跟在隊伍後面排隊上車，然後很紳士地趕緊挑了個靠窗的座位給她。

「口紅不錯欸曉彤，第一次看妳擦口紅。」趕緊開口獻殷勤，他發愣完後立刻想起自己之前做過的攻略——對女孩子絕對不能不誇，尤其是打扮過的。他目光誠懇，一邊低頭看她，一邊還要調整大巴上的冷氣風向。

周曉彤不太好意思，但還是裝高冷地抬抬下巴嘲笑：「你這大直男也懂口紅啊？」

「也沒有很懂——有稍微、稍微地研究啦！」明明是被損還覺得自己被誇，范宇陽傻樂地直笑，坐下後即刻關注到了身邊的人從裙子和褲襪間露出的大腿皮膚，皺了皺眉，「不過，雖然很好看……但妳今天還穿裙子欸，不會冷啊？」

「啊……」

眨眨眼睛，周曉彤這才又後知後覺發現——因為自己走得急，連外套都忘了拿，平常記一個忘一個的性格在這種緊張的時候就展現得更淋漓盡致。

「不小心忘了，反正設計展也是在室內，應該還好吧。」回憶起冒失過程，她無所謂地聳了聳肩。

週六的北上客運人不少，出去玩的小情侶更多。范宇陽坐下後就感覺自己坐立難安，左右看看都是虐狗的，自己也有點蠢蠢欲動——本來還想找點話題和她多聊聊天看能不能再增點溫，但他轉過頭，就看見女孩子已經困倦地在搖晃的座位上昏昏欲睡……心想她看起來好像很累，就乖乖閉嘴。

「要不要聽歌？」想了想，他戴上耳機，嘗試地遞出另一邊。

周曉彤因為昨晚太緊張沒睡好，今天又起了大早，本來就累，一上車落座就更睏倦。范宇陽把耳機遞給她時她正在打盹，沒想太多就應聲接過。放入左耳，她把耳機塞好，舒緩的慢爵士樂立刻流淌進耳窩裡，好像正適合這種想睡的環境。

她有點意外他會聽這樣的歌，側眸看了他一眼，被他的笑臉弄得心慌，連忙把眼神收回，裝作沒事地回頭看向窗外。

……他到底那樣看自己看了多久啊。

氣氛有種溫暖的曖昧。

大車在高速公路上馳騁搖晃，范宇陽自己也緊張，手心都冒出汗……她應該還是不討厭自己的吧，他想。從一開始的逃跑拒絕到現在能坐在身旁，她好像慢慢的，終於接受自己再走近她的世界……

等他再看過去時，周曉彤已經靠著窗睡著了。

早知道就把靠窗位置搶了，他撇撇嘴，心想：那樣是不是就可以讓她把頭靠在自己肩上？

入睡時的體溫也降低，她好像覺得冷，睡到一半就抱住肩膀，皺著眉頭，整個縮緊了身體。擔心的事情成真，范宇陽見狀，連忙把外套脫下，小心翼翼地給她披上。

要是能一直這樣就好，他想。

但他仔細看她睡著時的樣子、看她眉眼下還有黑眼圈，入睡時表情也皺著眉……高中時就曾經聽過她會做惡夢，直到現在的夜晚，她也會睡不安穩嗎？

✿　✿　✿

周曉彤醒來時，大巴正要在客運站停靠，一路向建築物三樓往上駛。她被上坡路的顛簸給晃醒，皺皺眉頭，空調氣溫好像有點低，她打了個噴嚏，回過頭，看高個子的男孩子寬厚的身體縮在座位上，腦袋一磕一磕地點頭打瞌睡，無處著落的頭看起來不太舒服地跟著車晃動。

她看他縮著身體，薄長袖披露在外，抱著手臂蹙著眉頭，好像很冷的樣子——他的外套呢？低頭一看，她才意識到對方身上的外套已經蓋到了自己身上來。

……笨蛋。

已經快到站，她也不好意思做什麼，伸出去的手頓了頓，猶猶豫豫地伸出食指，輕推了推他腦袋。

「喂，范宇陽，到了。」

大巴駛進昏暗隧道，她聲音不敢太大，好像也沒能把他叫醒。她湊近去點他腦袋時，車正好把他搖晃過來，離她好近。她一愣，嚇了一跳，眨眨眼睛看他的睡臉在黑暗裡好安靜。

平常又吵又愛鬧的大男孩閉著眼睛，眉頭輕皺，側臉稜角分明，明明是不怎麼安穩的表情，在他臉上好像連在夢裡也討不到糖吃、在撒鬧的孩子。

好可愛。

這個念頭一瞬間晃過她腦海，周曉彤被自己嚇一跳，連忙後退到窗邊。

范宇陽正好被晃醒，迷茫地坐正身體，眨眨眼睛揉了揉乾澀眼睛，才張嘴打了個呵欠，就看旁邊的女孩子突然慌慌張張地把外套扔到自己腿上。

「……到站了，你快醒一醒。」

說話時還不敢看他，表情看起來像剛被逗急眼的小貓……但他好像也沒幹嘛啊？心裡很疑惑，腦袋反應很緩慢，他還睡眼惺忪，困惑地左右看看，迷茫地「噢」了一聲，撓撓頭把外套收下。

「妳還冷嗎？」已經不記得自己是什麼時候睡著，估計是沒人說話就讓他犯睏，他想起來睡前給她外套就是見她冷、穿上外套的動作一頓，「欸，我不是很怕冷，妳會冷的話先給妳穿著吧？」

「不用，你自己穿著吧，我不冷。」周曉彤側眼瞥瞥他，調整表情，努力讓自己看起來自在一點。

范宇陽聳聳肩，沒再繼續追問。

一路上打瞌睡讓他肩膀和脖子都不太舒服，他下車一路舒展筋骨，不怎麼舒暢地左右扭扭脖子，又痛得哇哇叫，惹來旁人側目，又被周曉彤瞪了一眼。男孩子委屈巴巴，好像不敢動一樣地維持一個姿勢梗著脖子，指指自己頸骨：

「……我落枕了，曉彤，好痛。」

裝可憐的表情簡直信手捻來、一氣呵成，周曉彤被他逗笑，本來還要搖搖頭裝兇維持人設，最後還是忍不住笑出聲。

「笨蛋。誰叫你睡著還沒把椅子往後靠啊？」

范宇陽更委屈：「我也不知道我會睡著啊。妳睡了，沒人陪我聊天，我太無聊才睡著的。」

「那合著你還怪我囉？」

「欸，不敢不敢，大人饒命，是我活該！」

台北氣候悶濕，比起九降風盛行的城市，還是相對溫暖一點。

范宇陽的外套沒再派上用場，他和她並肩而行，努努嘴，心裡還有點略感遺憾。到轉運站後吃了飯才啟程，周曉彤站在設計展的門口，看設計生來來往往，讓她一瞬間有點恍惚——高中時候的她，有沒有想過成為其中之一呢？

她不敢想。畫筆和電繪板早被她扔在回憶的犄角旮旯，不敢觸碰，怕一見到，傷疤又會生生地痛。

范宇陽看她出神，雖然想安慰，又覺得現在這種時候，好像該讓她自己靜靜更好。口袋裡手機通知鈴正巧響起，他分神去看，發現是蘇慧瑜來訊息問他和周曉彤聯繫得怎麼樣。

要據實以告嗎？他抬起眼睛看她的背影，目光凝駐沉思。

但蘇慧瑜這三年來是真的關心她……畢竟，在他們之中，還記得周曉彤、想念且對她愧疚的人……已經不多了。

「她現在還好，狀態還行。」

「我帶她來設計展了，想看看……能不能讓她重新激起一點畫畫的熱情。」

他發完訊息就把手機重新收進口袋，重新揚起笑臉，把周曉彤半推半就地半搭著肩膀帶她進場。他想，她看見這些，明明眼裡還有希冀的光……但他也發現，她好像反射性地會害怕觸碰以前的事情，最直接的體徵就是逃跑——

可既然她能再次接受自己進入他的生活裡，那范宇陽就有莫名的信心和底氣。他可以陪著她慢慢來、慢慢再去面對和接受，讓她重新再找回以前的自信和快樂……

「……范宇陽，你別抓著我，我自己能走。」雖然身體在本能抗拒，但人來都來了，周曉彤自知自己要面子，當眾逃跑還是不至於。

「好好好——哎、曉彤，妳看，這是我們學校的學長做的，我明年就要搞這種。我跟妳說啊，我真的靠北慘，那時候一個上頭選了工設，結果我根本屁都不會畫，到現在都做不出個像樣的東西來！」

一邊帶她進展場參觀，一邊絮絮叨叨地說話轉移她注意力，范宇陽嘴上不停，說起自己經歷，表情愁苦得很生動，一下子就把旁邊的女孩子成功逗笑。

「那你幹嘛選啊？轉系啊你。」周曉彤挑挑眉，笑起來覷他一眼，終於放鬆了點身體，看他一眼，就搖搖頭，邁步領先他在前。

范宇陽腳步微頓，難得地輕愣了一愣。

為什麼不轉系？

他早自知自己不是做這行的料，還是很努力地留下，一點一點地想靠近，直到上次總評才好不容易給出了個能讓老師稱讚的設計點子。抬眼一看，她的背影一輕鬆起來，好像又和高中時代的她奔跑的樣子重疊——他不得不承認，他其實一直很嚮往，為了自己的夢想追逐奔跑、倔強前行的周曉彤。

那是他最喜歡的她的樣子。

他回過神，連忙追上去，鼓起勇氣想問：「欸，周曉彤，妳以前沒畫完的那張畫……」

「——曉彤。」

一聽見聲音就回過頭，正想聽一聽身後的話癆不知道又要唸些什麼沒營養的話，周曉彤下意識帶著笑意地回過頭，卻看見范宇陽身後，也小跑過來那一個讓她大感意外的人——那個她曾經無比熟悉的身影，和聲音一起伴隨而來。

她的笑容就僵在嘴角。

腳步也登時頓在原地，身體下意識地在恐慌顫抖。回憶重溯倒流、好像光是對方的臉就讓她身體記住痛苦，每一刻停留都讓她大腦在叫囂著要讓她逃跑——

「我一直……都在找妳，曉彤。」

范宇陽也回過頭。

蘇慧瑜是一路趕過來，又在展場內輾轉尋找好幾圈，氣息跑得凌亂。她笑得抱歉又欣慰，眼裡滿是懷念和歉疚，本來想往前和她擁抱，她太想念她了，可看一見對方明顯退縮和恐懼的反應，她眼裡的惦念僵了僵，才讓再受傷地垂下眼睛，稍稍往後退一步。

「對不起，曉彤，我沒有想嚇妳，我只是……我只是太想見到妳了……」

周曉彤閃躲地垂了垂眼睛，抿住唇，幾乎下意識地後退往范宇陽身後躲。張了張嘴，她想說出狠話，可是一看見昔日好友的臉又說不出口，遲疑半天，最後只能冷淡地問：「妳怎麼知道我在這裡的？」

太信任過一個人被背叛的感受清晰又痛苦，她到現在也不懂。她從醫院醒來那天唯獨見了蘇慧瑜，是因為她真的想問她：為什麼？憑什麼？

可是她只會哭，只會哭著和她道歉，說對不起，她別無選擇，可她沒有想過要害自己。可是真的別無選擇嗎？又或者、在選擇裡，自己難道就是必須要被犧牲的那一個嗎？

蘇慧瑜被問及，忐忑地看了一眼范宇陽。她以為過去這麼多年了，曉彤至少會罵她一頓，或者不會這麼恐懼……

「是我說的。」沉默片刻的范宇陽終於出聲。

目光沉沉地看了她一眼，他深吸口氣，再回頭望向周曉彤，抱歉地笑了一下，「曉彤，這三年來，她一直都很關心妳，妳回學校的事，也是她告訴我的。」

他不知道有多害怕她會再次逃離、怕下一次，她真的會逃到他再也找不到的地方。就像她現在的表情，看起來好害怕又恐懼，好像很需要被擁抱——她會不會也因為這樣不信任自己？但怎麼辦呢，他更不能不承認，他好像也只能道歉。

「對不起，曉彤……妳別生氣，是我的錯。」

周曉彤瞪大了眼睛。

她沒想到原來他們一直在聯絡，自己的一舉一動，原來都好像被監管一樣地互通上報嗎？她知道，也許范宇陽和蘇慧瑜都沒有惡意，可是這一刻想要消失的心情還是把她淹沒——信任一個人對現在的她而言太不容易了，隱瞞是欺騙嗎？范宇陽也在欺騙她嗎？

她不敢那樣想，更害怕那樣想——她知道自己不該那樣想。

「是我自己要來找妳的，曉彤，和范宇陽沒關係，妳不要怪他，以前……他還罵了我好幾次，是我自己厚臉皮，總想要再見到妳，求得妳的原諒。」

察覺到他們氣氛也凝固，蘇慧瑜苦笑地後退一步，搖搖頭，深深地給她彎腰鞠下一個躬。

「但我本來就不該想的。對不起，曉彤，以前和現在都是。」她垂下眼，聲音定定，再抬頭時，終於還是露出笑容，「能看見妳現在過得好，就很好了……對不起，我不會再打擾妳了，曉彤。」

過得好嗎？

周曉彤愣了一愣。

她很想說自己不想再見到她，上一次的最後她就是這麼說的。可是在她的心裡，見到她的時候還是忍不住有一刻懷念——蘇慧瑜也曾經陪她走過好長一段難熬的日子，她沒有辦法完全把錯推給她。

她忍不住想，也許一切都是自己的錯，她的痛苦全來自於自己，才會害得身邊的人也一起痛苦，或者自己本來就不應該存在……

「……我想回去了。」

最後，她疲憊地垂下肩膀，頭也不回地往場館外走。

✿ ✿ ✿

夜晚噩夢又再一次回歸。

周曉彤不知道自己睡了多久。她知道那是夢，可是重複折磨的夢境她無法掙脫，她只看見那些人的臉離她好近，每一個都像在打量嘲弄，聲音就近在耳邊，那些聲音每一個都在呼喚她：

「周曉彤。」

「周曉彤——」

「周曉彤！」

她摀住耳朵，在人群裡痛苦地蹲下身體，抱住頭。那些聲音全堆疊在一起，太久了，有些人的臉已經變得模糊，可她還能認得出來他們的聲音——一個一個，像貼在她耳邊，就算用力摀住了也好清晰。有的在大笑，有的聲音溫柔，有的聽起來很擔心，有的在尖叫……好痛。身體在疼痛，頭也好痛，她像回到墜落那一天，失去意識的前一刻只覺得好痛、哪裡都好痛，她最後的念頭其實是遺憾，可是又真的希望自己，可以永遠都不用再睜開眼睛。

包圍住她的人越來越擁擠，她想大叫，可是無論怎麼張嘴卻都叫不出聲。畫紙的碎片在眼前飄散，撕裂的聲音幾乎讓她崩潰，逼她睜開眼要去看。然後，她又聽見那個聲音說——

「妳本來就該死。周曉彤，妳怎麼會活下來？」

她從夢中驚醒。

五人的宿舍很安靜，凌晨兩點鐘，平時最晚睡的林昱婷都已經入睡，房間裡一片昏暗。

她恐懼又心慌，每當這種時候就特別害怕安靜和黑暗——伸出手，她就摸到了自己被淚水沾濕的頭髮，還感覺爬滿了冷汗的背濕黏地黏住睡衣。

好像只剩枕邊正在充電的手機信號燈在閃爍發亮。像抓住救命稻草，她在黑暗裡抓住，可是等滑開了螢幕，卻又不知道該找誰。

幸好所有的尖銳物早被她母親沒收，她的手腕已經很久沒有傷痕。

她知道自己可以打給家人，可她一直裝作自己大好，不想再讓媽媽擔心……孤獨和空落感讓她沉沒，她無聲地哭，手指在聊天界面徘徊，最後還是抱著孤注一擲的意思把訊息發給了今天回程一直被她冷淡對待的范宇陽。

「你睡了嗎？」

對不起。她想，自己真的好混蛋。

一邊用自己的痛苦為藉口，每一次都那樣對他，一邊卻又每次都在尋求揮霍他的關心——太晚了，他應該也早早入睡了吧。為了今天和她一起出門，她從羅玟學姐那裡聽說工作狂難得為她請了假，他應該也很累吧……

「我們小范雖然自戀又欠揍，不過人還不錯，是第一次有喜歡的女生。曉彤學妹，要好好對他哦。」

短暫因為對方是助教的關係交流加上LINE，學姐偶爾會八卦他們的進展，還說如果范宇陽欺負她一定幫她出頭。可是她知道，他那麼好，配不上的人是她才對，她現在這麼糟糕，明明只會傷害他……

「怎麼了?」

她在無止盡胡思亂想的崩潰裡看見他回傳了訊息,速度很快,讓她愣了一愣,手卻頓在螢幕不知道怎麼回應。應該求救嗎?應該對他求救嗎?她還在猶豫,范宇陽卻在她已讀沉默的五分鐘後撥通了電話過來。

手機的震動讓她清醒一秒,她連忙抱著手機下床,插上耳機後,再趕緊跑到深夜無人的宿舍交誼廳。

周曉彤一系列流程又急又趕,怕他把電話掛斷,又怕自己回應太晚。終於戴上耳機後,她挪步到宿舍外,還沒開燈,就聽見對方的聲音傳過來:

「喂?」

「妳怎麼了?周曉彤,妳是不是在哭?」

……好想哭。

她還在吸鼻子,因為怕吵到室友休息,好不容易止住眼淚,又被太溫柔的關懷語調逼出淚水。

「……你怎麼還醒著啊。」

開口才發現自己的聲音有點啞,哽咽的哭腔好明顯,有點丟臉。她吸了吸鼻子,才聽對面的聲音從著急到慢慢平緩下來：

「我回來沒多久，店裡有人請假，問我有沒有空過去幫忙，我就去了，剛剛跟同事出去吃宵夜啦。妳怎麼啦？我還以為妳睡了欸。」

「那你是不是很累啊。」她聽他聲音裡好像有很明顯的疲憊，有點囁嚅退縮，「我……沒什麼事，你快點去睡覺。」

「屁，妳八百年才主動傳一次訊息給我，還是大半夜。」他在電話另一邊無情吐槽，有點無奈，「到底怎麼啦，妳做惡夢喔？」

周曉彤在見過蘇慧瑜後明顯地狀態不佳，逕直就往轉運站的方向離開，回程的路上幾乎一語不發，不怎麼和他說話。他聽過她說她經常做惡夢，尤其從高中就經常這樣，更何況在那之後……他只是很擔心她。

他幾乎不用問她做了什麼惡夢就都能猜到，除了怕她逃跑，他其實，更擔心她因為觸景傷情而變得更痛苦。他知道她不喜歡麻煩別人的性格，會在大半夜傳訊息問他是不是醒著，一定是有重要的事……幸好他還醒著，他忍不住慶幸。

周曉彤沒回話，因為他的關心太直中紅心，又讓她莫名想哭起來。她站在交誼廳門邊，悄悄開了一盞燈，然後慢慢地抱著膝蓋蹲下，咬著下唇，嗚咽的聲音從喉間洩漏，她再埋下頭，乾脆把眼淚全蹭在褲子上。

冬天好冷，她想，人好奇怪，一個人的時候明明可以叫自己勇敢，可是一旦有人關心，眼淚就會不受控地嘩啦啦往下掉，一瞬間就能變成一碰就碎的脆弱玻璃心。

「欸，妳別哭……不對，哎，也不能叫妳不要哭。」

沒想到對方哭得更兇，男孩子手足無措，連帶著人也在電話另一頭的男生宿舍交誼廳裡來回焦急踱步，說話都變得結結巴巴。他暗罵一聲自己好笨，努力整理思緒和念頭要安慰她，「就……傷心的話就哭好了！欸，妳等一下記得熱敷，不要明天眼睛腫成香腸。還是……曉彤，要不要下來萊爾富，我請妳喝杯奶茶？」

見不到人，只能隔著收音口聽對面的啜泣聲讓他心疼又焦急，走來走去的，只好小心翼翼提出邀請。女生宿舍不遠，他們宿舍樓樓下就有二十四小時的便利商店，要是能見見她就好了——

周曉彤搖搖頭，一邊哭，一邊哽著聲音，強顏歡笑地扯扯嘴角，想讓自己打起一點精神，「不用，我……我哭一下就好了，很快就好了。」她吸吸鼻子，想自己已經麻煩他太多，怎麼敢再把他叫出來？「好晚了，你……你要不要，先去睡覺？」

「睡個屁。妳這樣哭，我哪可能可以睡得著哦。」

范宇陽笑了一下，明明是在吐槽，但放低的聲音和平常明亮陽光的音調不同，含著笑意的聲音平緩，在沒有月光的深夜裡，聽起來溫柔又溫暖。

「我就在這裡陪妳。不要傷心啦，周曉彤，我會一直在的。」

怎麼能有他這麼好的人呢？他沒有過問自己夢見什麼，沒有過問自己需要什麼，好像不管什麼時候，總是在她的身邊，那麼恰巧又剛好。平常看起來搞笑自戀又欠揍，其實是那麼細心溫柔的人。

她想，她只是一直騙自己。

她比誰都清楚，就算三年了，再次見到他，她還是好喜歡他，還是忍不住想再相信一次、就好像飛蛾撲火，她也總忍不住想奔向陽光，想期望自己的世界總有一天能不再下雨。

「……謝謝你，范宇陽。」

第九章、大雪

她發現，原來儘管冬天，也不全是寒冷和孤獨。

如果台灣會下雪，她也想和他一起看盡春花冬雪……

十二月末的新竹在呼嘯的東北季風裡飄搖，出門基本上能直接省略掉梳頭的步驟，羽絨外套已經成為所有人的必備物品。冬天太冷，讓人總只想窩棉被裡多睡幾分鐘，女大學生們到最後都已經逐漸失去打扮慾望——例如剛入學時還會學著化淡妝出門的周曉彤，到現都已經跟著逐漸變得邋遢。

頭髮都被吹得亂七八糟，但懶得去整理，整個人只想縮在外套裡不露出半截皮膚來。下課後，周曉彤抓著外套領口瑟瑟發抖地快步往校門口方向走，本來相約好和林昱婷一起去門口買午餐，兩個人還有一搭沒一搭地閒聊，她抬起眼，卻被眼前表情和平時大不相同的范宇陽吸住目光。

他正和一個與他長得還挺有幾分神似的中年男人站在門口說話，但讓她注意到的是，平時大大咧咧像個移動充電型太陽的范宇陽難得的沒什麼表情，平淡得像和一個陌生人說話，卻感覺和對方很熟悉，有一種說不上來的怪異感。

就感覺好像和對方說話，其實讓他並不愉快，或甚至在逃避。

「哦——那個是在追妳的那個學長嗎？」

看她腳步停駐，林昱婷也跟著把目光投過去，好奇地探了探——熟悉的臉讓她也很有印象，確認過後，她就回過頭回望向人，笑盈盈地眨眨眼睛。

本來還正帶著好奇和疑惑的心情在探望，被這麼一問，周曉彤感覺自己臉頰立刻火辣辣地竄紅了。眼睛一瞪，她轉頭看她，下意識就往旁邊一蹦。「什、什麼追我啊，他就是高中同學！」本來就臉皮薄，她在公眾場合就變得更彆扭又口是心非，但話說出口、著急澄清的語氣卻怎麼說都像此地無銀三百兩。

「哎呀，好嘛，我知道啦。」溫溫地彎彎眼睛笑得了然，林昱婷聳聳肩，正好看那邊說完了話，就鼓勵地伸手輕拍拍她肩膀，「去吧去吧，我先去找找看吃什麼，找到了給妳發LINE。」

「……哦。」朋友太懂自己也讓人不好意思，周曉彤不太好意思地垂了垂眼睛，抓抓頭髮，然後才點點頭，「那妳先去哦，等找好了，一定要打電話給我。」

她和林昱婷的友誼說來也微妙。與她先前和蘇慧瑜不同，其實她們很少談心，但因為兩個人都宅，又喜歡畫畫，就情理之中地經常湊到一起。不湊到一起的時候，她們沉默地坐在身邊，奇妙的感覺不說話竟然也很舒服。誰有餘力出門了就給彼此帶個飯，也會關心，但不會太深入……雖然說不上是最了解對方的人，但自然而然湊到一起的相處氣氛，其實好像也很舒服。

她和對方聊起范宇陽，沒有太多地提及過去，但說到對方貼心舉動時，林昱婷就眨眨眼睛，鼓勵地笑了一下。

「不錯啊，我覺得很好欸。那……妳喜歡他嗎？」

「……有點吧。」猶豫半天還是選擇稍微坦承地回答，她把臉埋進枕頭裡，在只有她們兩人的宿舍別過眼睛。

林昱婷就笑一笑，「那要加油哦，曉彤！」

加油，怎麼加油啊……周曉彤有點懊惱。

但其實她回過頭來看，才發現一直走向自己的人，其實從最開始就總是他。如果他們之間有一百步，恐怕七八十步都早讓對方給走完了，自己對他付出其實好少好少。

明明自己說喜歡，卻一點也沒有幫上過忙，反而總在揮霍對方對自己的好和關心。

她呼口氣，和林昱婷揮揮手暫別後把冷冰冰的手藏回口袋裡，抬頭望向前面好像還在發呆的男孩子，一邊走去，就一邊抬頭張口呼喚：「欸，范宇陽！」

范宇陽剛和人說完話，還低著頭在發愣，突然被人叫住才抬起頭來。一發現是她，他的表情一下子又明亮起來，立刻就邁步朝她走來。「曉彤！妳剛下課啊？吃飯了沒有，要不要一起？」

「還沒，我跟昱婷約吃飯了，等等過去找她，你還沒吃的話可以一起。」周曉彤抬頭直視，一邊回答，一邊想著怎麼開口想問剛剛的事情，但又有點猶豫。她知道范宇陽好像一直不太願意聊及家庭，從高中的時候就總是淺聊輒止，不願意深入。但是……

既然他走向自己了，那他她也想，多了解他一點。

「剛剛那個是……你爸爸嗎？」鼓起勇氣開口，她在思考間停頓了幾秒，在對方說好之後把話接下去，小心翼翼地看他表情詢問，再試圖緩和地聳聳肩笑，「我是看你們倆長得好像，就猜他是你爸爸。」

她有點怕戳他傷口，但又更怕他迴避……她不太擅長說話，光是鼓起勇氣要再靠近，就讓她猶豫得足夠久了。如果想重新開始，應該怎麼樣接近他才好？內心戲不斷，剛說完話又開始逕自懊惱，周曉彤糾結半天，面前的人已經撓了撓頭，若無其實地應：

「啊，對，是我爸。真的喔，我們長得很像嗎？」像單純覺得好奇，范宇陽指了指自己，疑惑地微微歪頭看她，「他是帶我小姨來新竹玩，順便看我餓死沒啦。」聳聳肩，他無所謂地笑了一下。

「……哦。很像啊，但是就，以前家長會，你爸爸好像不怎麼來？我好像沒看過他？……啊。」抿了抿唇，她看他好像不排斥，心直口快，又有點著急，下意識就問了出口——聲音都發了出來才察覺自己問得太過直接，她說完話就立刻閉嘴，心裡更焦急了起來。

「欸，我……你，你可以不回，對不起，范宇陽，我嘴笨……」

笨死了。她暗罵自己一聲，眼神左右瞟了瞟，像心虛又像害怕，小心翼翼地看他。但范宇陽倒對她難得表現過度的反應有點愣，本來應該傷懷、倒也忘了傷懷——或者說，要說傷懷，這些事，其實在他離開奶奶家窒息的環境、和經濟逐漸獨立後，早就已經慢慢變得遠了。

他已經不會那麼容易被觸傷，也早準備好，她如果受傷也許還會像當初那樣提及。他接近她時就已經做好一切要接受擁抱她一切的準備，但唯一沒想到，還會被她主動關心。

高中時候周曉彤不是沒和他聊及過家人，都被他輕描淡寫地略過……但她沒表現得像現在這樣想知道過，像鼓足了勇氣才邁步，讓他有點莫名地喜出望外。

「三八欸，沒事啦！」反過來先安慰對方，他咧嘴笑開，大腦運轉地思考了一下該怎麼說，就一邊出聲，一邊沉吟地摸了摸下巴。

「我爸跟我媽是在我……小三那時候分開的吧？嘶，好久了，我都有點忘記。就他們天天吵，離了沒幾個月吧，我爸就有了現在的小姨，又有了妹妹，就都把我丟在奶奶家啦，有空才會想起來看我一下。啊我媽為什麼沒來家長會喔，就更簡單囉，我都已經很久沒接過她電話了，現在大概過年的時候她才會想起我吧？」

用好像與自己無關的語氣若無其事地思考陳述，他語調輕快地聳了聳肩，眼睛彎彎，「我沒什麼家人緣啦！所以之前說羨慕妳跟妳媽媽都是真的欸，我那時候去病房看妳……嗯，有看到妳媽媽，就，妳媽媽真的很照顧妳欸，曉彤。」

話到病房時還下意識有點猶疑地頓了頓，他聲音頓了頓，看著她笑了一下，還是接著笑嘻嘻地把話說完，伸手去拍拍她肩膀。

但這下輪到周曉彤怔忡著沉默了。

其實以前通電話的時候，她曾經多少聽過范宇陽家裡不太友善的言詞，但會很快被對方關麥掐掉，就算那時候多問，也會被說「不用管啦他們又在廢話」就忽悠過去——他大概是第一次對自己說這些，雖然表情看起來很輕鬆，但是內容細究起來其實好沉重。

自己好像笨蛋，怎麼能一直忽略這些啊。

聯想到對方總是笑嘻嘻的表情，太會察言觀色的性格……心疼的情緒蔓延上來，她有點鼻酸，微微垂下腦袋。這時候才感覺到，她好像真的，太不珍惜自己擁有的一切了。

「……對不起啊，我不該問你這個。」愧疚感難掩，她揪住指尖，懊惱起來自己的莽撞和無知。

范宇陽眨眨眼睛。詫異於對方的複雜神色，他有點高興她關心自己，但又不想讓她太負擔和擔心。他是不是……還是透露得太多了，有點糟糕。該怎麼讓她別那麼壓力大好呢？

以前一直逃避於敘述「自己」，他曾經是個對未來和前方都沒有想法的人，逃避過往，反正也沒有人對自己有所謂，以為就這樣得過且過就可以。一直到遇見她——可能曾經是同情、吸引，像同類相吸，但又那麼不一樣。

可惜他太笨，眼睜睜看她從勇往直前的女孩子到把光都丟棄……他那時候想，只要自己有勇氣能夠撿起光、鼓起勇氣面對自己和未來，等再次遇見她，也許就能讓她也鼓起勇氣也說不定。

說不定是上天看到了他的努力，才讓他得以再與她重逢。

「幹嘛啊，妳真的很三八欸，周曉彤。」揚揚嘴角笑起來，他偏了偏頭思考，小想法在腦子裡轉。語句停頓片刻，他輕呼口氣，才小心翼翼和她開口提議：「那——不然這樣，妳要是真的覺得愧疚的話……曉彤，跨年那天，妳陪我一起出去看煙火，好不好？」

雖然好像不是很道德，但他從羅玟那裡打聽到她的同學和直屬，聽說她在系裡幾乎是隱形人物，除了吃飯就不怎麼出門，基本很少有下山到市區的時候。他知道她沒有機車，好像也確實很少在公車站見過她，而且每次聊天，也都聽她是在宿舍裡……

之前新生訓練時，他注意到她在人群裡不太自在，會有些畏縮躲避。從高中她崩潰的事情後，三年來，他也多少自己研究了一些心理學相關，如果沒有猜錯，她應該有一點人群恐懼。

如果可以，他想試著慢慢的、一步一步，帶她再一次嘗試走出來。

當然——他也不否認自己有想和她約會的私心。

「……跨年？你要去哪看啊？」在他預料之中的，周曉彤聽他說起，一下子反應又變得有點退縮猶豫，「你不會想去那種，電視裡轉播人擠人的地方吧？跨年可以出門，但反正，去人多的地方不行，其他的可以考慮……」目光閃爍地垂著眼睛，她一邊思考，心裡有點抗拒，但又在「想和他一起出門」之間掙扎，半妥協半掙扎地鬥爭。

「不會去人太多的地方啦！我有查攻略，妳要是沒有要回家，這附近山上有地方很適合看煙火，而且旁邊就有餐廳，可以在那邊等倒數欸。」

見她口風鬆動，范宇陽立刻趁勝追擊，語氣很誠懇地接著她游移不定的口吻往下搶答，「我保證、絕對不會太晚，而且我騎車不超速，一定一定選在人數適中的地方度過跨年夜——然後安全送妳回家！」立正站得筆挺，手勢標準地在額前行禮，他開口發誓，眼神認真地直盯著她。

「這附近哪裡有山能看得到煙火啊？」周曉彤無情吐槽，雖然心裡已經開始動搖，但表情維持不動，她還是以懷疑的眼神睨他，「而且跨年那種時候，能看到煙火的地方，人都不少吧？」

「哎喲，我保證啦，那裡真的沒有很多人，是之前我直屬學長夜跑帶我去的，說那裡可以看到跨年煙火，欸，我也不是很喜歡人多的地方啊！」范宇陽手腳並用地解釋，有點著急，說到人少這種問題又有點莫名不好意思，「而且也不能完全沒人嘛，你看我們孤男寡女的……」說著還有點嬌羞意味地戳了戳手。

「我也可以把你變成女的。」周曉彤扯扯嘴角，簡直想揍人，怎麼會有人這種時候還這麼愛演？「拜託，你能不能正經一點？」

他聽她這話立刻板正神色，心裡有點懊惱，想這下認真不行，不認真也不行，好像是有點難搞，怎麼辦好呢？表面上像很乖巧地眨眨大眼睛，他想了想，突然垮了臉，嘆了口氣，摸著脖子，像懊惱地垂下頭。

「唉，好啦，不要勉強。只是說也很久沒人陪我，妳也知道我兄弟他們都有女朋友，我爸媽他們以前跨年夜也都在吵架，後來我就都在奶奶家，要不我還是去加班……」話鋒一轉，他好像完全放棄了一樣，只是低下腦袋不看她。

「……范宇陽，禁止賣慘！」看他語調轉變飛快，一下子變得像落水小狗，垂著頭的樣子可憐巴巴的——周曉彤往後退一步。加上他剛才說的自己的家庭情況，她根本不可能不心軟……太過分了，利用自己的愧疚和同情心太可恥！

范宇陽立刻抬眼看她，癟著嘴，眼神很無辜地聳了聳肩，看著更委屈了。

「我沒有啊，曉彤，我只是實話實說——我真的很久沒有人陪我去看跨年煙火了啦。」

「……」

太過分了，怎麼有人這樣的啊？

周曉彤動搖得更嚴重，根本招架不住他這樣。真真假假好像也真的變得不重要——何況他雖然拿來讓自己心軟是真的，但話也確實是真的。

其實在那個夏天以前，她也曾經很喜歡看熱鬧，喜歡在跨年夜和媽媽和朋友一起看煙火、喜歡去人多的演唱會裡混跡其中快樂地放聲大笑。可是她在那之後就變得很害怕人群、害怕笑聲，因為那些都會在她午夜夢迴時來造訪，帶她重新回到那個永遠蒙著陰雨的十七歲。

所有的笑聲都在那一天起變成了嘲笑。嘲笑她的孤獨，嘲笑她的過往——那些都變成了她最不想回憶的噩夢。

她知道，後來沒有人在她跳樓以後認錯，要指認他們做殺人兇手不過是天方夜譚。她曾經以為自己可以讓他們夜夜難安，但後來才慢慢明白，就算自己死了，他們也會過得開開心心，只有自己會變成沒人記得的孤魂野鬼，孤單地徘徊和怨恨。

每次夢醒後想到這裡，她總會覺得崩潰、痛苦，難受，然後想忘掉一切，不想再回頭看，想永遠拋棄。

但是，如果是和他……

「好啦，去就去，你的保證不要忘記啊。」深吸口氣，她決定暫時把那些害怕和顧慮都拋諸腦後，眼睛一閉，跟著心裡的念頭走，出聲選擇答應。

如果有他在。那些她害怕面對的、嘗試過面對但失敗的……

也許可以，再試一試。

范宇陽眼睛一下子亮起來。「真的？那就說好了喔！欸，我是不是應該錄音一下，免得妳反悔？」

周曉彤直接翻他一個白眼，「你敢錄音，我現在就反悔。」

「不行，妳不能反悔。」他眨眨眼，很努力地收斂要上揚到眼下的嘴角讓自己看起來不那麼過度得意，故作正經地清了清喉嚨。「咳，但是——曉彤，妳的手機亮很久了欸，我看來電顯示好像是昱婷……妳再不接，她會不會恨你啊？」

「……」完蛋，她真的幾乎忘記剛剛還要朋友等她吃飯的自己。

她的耳根頃刻燙紅，乾脆接起電話，頭也不回地往另一邊指點的餐廳方向走，把某個嘰喳喳看笑話的人甩在後面——

「欸，曉彤妳等等我——別走那麼快，妳不是說可以帶我一起吃飯啊！」

「欸？曉彤，學長也要一起吃飯嗎，哦——」

周曉彤現在就想乾脆先掐死范宇陽，再反手掐死自己。

✿　✿　✿

元旦慣例放一天假，正逢週五，三天連假讓不少人都選擇回家度過跨年夜，或者早早把三十號的課一起翹了——正所謂人有多大膽，假就有多長。

不過周曉彤沒這麼大膽，還是乖乖把課上完，只是明顯感覺上課的人少了大半，而她一邊緊張，一邊期待，總忍不住要在上課時多看時間好幾眼，看看什麼時候才下課。

「那邊那個同學——今天也有約會嗎？先跟老師約會，不要一直看手機，好不好？」然後就被當堂課教授發現，玩笑引來哄堂大笑，當場就讓她想就地挖個洞鑽進去。

而范宇陽面對畢製將近，也要開始面臨要怎麼選擇未來工作、手上相關案子也跟著變多，去餐廳兼職的時間就相對慢慢變少。本來已經在商議要離職，但因為他長得好看，作為店內活招牌，老闆本來正想把人在正忙碌的這種國定假拖回來多加點班、壓榨掉他的最後一點利用價值。

結果周末晚上，差點被強硬在排班表寫上名字的男孩子笑得很春心蕩漾地彎了彎眼睛，圍裙一揮，就得意洋洋又三八地提著嗓子，很裝腔作勢地開口：

「不好意思啦——兄弟們，我那天要去約會，不、加、班。」

天可憐見，不知道哪個可憐的女孩子瞎了狗眼。

當天見證到了某個三八到有點噁心的帥哥，濾鏡碎了一地的員工們心裡想。

其實除了約會，范宇陽還偷偷準備了特別的跨年禮物想給她。

他回過頭想想，從以前開始好像就總是自己一直在接收她給自己畫畫之類的禮物，除了那時候社團活動給她彈吉他唱歌、還有畢業旅行時買的熊貓玩偶，自己好像還真沒有送過她什麼……那個熊貓，他現在也沒再看過她帶著了，可能也在以前的事情結束後，跟著那些她不願回憶的事情一起扔了吧？

就算扔了也沒關係。

他很有信心，新的紀念品，就讓他用更有意義的方式給她，留下新的回憶，取代舊的傷口就好。

「周曉彤——這裡這裡！」

校園裡不能騎車是常態，他們也沒有特地約在哪裡見面，於是周曉彤上完課後一路走到校門口，正忐忑地吸了口氣、準備拿手機給人發訊息問問他在哪——一聽見呼喚聲，她忙抬起頭，就看見他騎著黑色野狼125在校門口正門橫停，囂張又惹眼，好像還特地設計過Pose。

全罩式安全帽往上開了個通風口，只露出一雙眼睛，黑皮衣外套挺潮，看起來就是精心打扮過——他連機車看起來都像去保養過，車身乾乾淨淨又亮晶晶的，惹人注目的程度讓經過的所有的所有人都忍不住要回頭看兩眼。

周曉彤嘴角抽搐，只感覺自己就在第二次大型社死現場，實在很想否認對方喊的是自己的名字。

「……范宇陽，你孔雀開屏啊，搞成這樣？」頂著壓力慢慢走到他車旁，她感覺自己每走一步，就離校園新聞頭版更近一步，下意識的焦慮讓她很不自在地抿起嘴巴，有點心情沉重地吐口氣後看他，「我拜託你，下次出場方式能不能別這麼引人注目……」

話還沒說完，兔子圖樣的安全帽就「匡」地突然從她頭上蓋下來——不輕不重，也把她愣得心思都被打斷。安全帽不大，但蓋下來還位置不正，剛好擋住視線、也蓋住她耳朵，把一部份外界聲音隔絕。

她怔怔地眨了下眼睛，下意識伸手就想去把安全帽拿下來，卻被對方雙手捧住，然後輕輕扶正。一抬眼睛，她就看見他正認真地看著自己，仔細給她調整安全帽、然後幫她把扣帶也繫上。

心跳聲怦動，好響，呼吸好像都慢下來。

像時間靜止，周圍的聲音都消散——兩頂安全帽的視線太狹窄，她只看得見他的眼睛。而他的眼神太溫柔，當下竟然讓她恍惚有種、他的眼裡好像只有自己的錯覺……

「戴好了！果然很適合！」

對方滿意的笑容和聲音把她從恍神裡喚醒，她趕緊扶好安全帽，低下頭嘀嘀咕咕。「什麼很適合……你給我戴什麼東西啊，不會整我吧你？」

范宇陽立刻委屈地反駁，委屈巴巴地低頭瞅她。「我哪有啊！妳自己看後照鏡，這個我找了很久才找到這個欸，特地給妳買的。妳之前在LINE不是說妳喜歡這個兔子，叫什麼……什麼卡娜赫拉的？」

周曉彤愣了愣，跟著他的話抬起頭，把目光投往他機車後照鏡。

粉紅色的安全帽看起來好少女，和他酷拽霸炫的耍帥風格真的差很多……她什麼時候說的？是之前跟他鬥貼圖的時候嗎？「不是你專門拿來把妹買的啊？」心裡雖然有數，可還是忍不住嘴硬，她別過眼睛碎唸，聲音好像都小了一倍。

「屁，妳自己看看有多新。喂，妳這樣曲解我很沒良心欸！」裝作很受傷地捂著心撇了撇嘴，他知道她嘴硬，也早看出她不好意思，吐槽一句就帶過，接著很裝酷地拍了拍後座，開口又開始浮誇：「快點，看我多有誠意，平常我都捨不得把我老婆帶出來遛彎，今天帶去剛洗乾淨就帶它來給妳坐，還裝了軟墊。來，老婆，跟你未來的固定副駕駛Say Hello……」

聽說男人都有喜歡喊自己的車叫老婆的習慣，范宇陽也喊得聲情並茂、深情款款，還挺煞有其事，聽得周曉彤本來應該要笑，卻偏又被他後半句話惹紅了臉。氣急地使力拍了一下他後背，她急急忙忙踩著踏板就坐上去，手還很矜持地抓住後面扶把，往後挪挪，很保守地記好要和他保持好安全距離。

「誰、誰跟你固定副駕駛啊？范宇陽，廢話少說，我很餓，你快點走！」

「遵命，立刻出發！」

偷偷在安全帽下彎起嘴角得逞地笑，范宇陽蓋下擋風罩，本來還挺想要耍帥地那樣故意一催油門就衝走——還是算了，這種小伎倆萬一被發現會被揍，而且有點危險，還會很冷。

糟糕想法一閃而過，他還是乖乖地慢慢催動往前，穩穩載她往山上跑。風聲在耳邊呼嘯，她又沉默下來，他透過後照鏡看她好像還有點拘謹小心，又讓他忍不住想和她多說兩句話逗逗她。

「欸，妳會冷跟我講喔，我有多帶一件外套。」

「知道啦。」

「還是我犧牲一下色相給妳抱也可以，電影裡不都說抱抱可以取暖嘛……」

「……范宇陽，你可不可以閉嘴好好騎車。」手在對方肩膀上惡狠狠地掐了一把，周曉彤又氣又好笑，說不上來是心動多一點，還是想揍人多一點。

大冬天穿得都多，她手勁又不大，隔著外套，其實不怎麼能把人捏痛。但范宇陽還是很配合地裝痛跟著哀號，一邊唉唉叫，末了，再半開玩笑地和她解釋，「喔痛痛痛痛……開玩笑啦，但是妳抓後面很危險欸，等一下有山路，這樣不穩。要不然，妳抓我肩膀好了？安啦，妳外套很厚，我吃不到妳豆腐！」

「吃屁豆腐。」又被他無厘頭對話內容氣笑，周曉彤捏他肩膀的手頓了頓，跟著忍俊不住的笑意順理成章搭上扶住，搖搖頭，再開口要吐槽，聲音卻莫名在她自己都不知道的語境裡，變得都溫柔下來。

「范宇陽，我覺得你這張嘴真的可以不要欸。」

笨死了，難怪三年都沒有女朋友，她在心裡嘀嘀咕咕。

明明做事情很細心，說話卻一點也不浪漫，但偏偏又讓她招架不住……他總是有這麼多稀奇古怪的辦法轉移自己的注意力，這方面真讓人又愛又恨。

風太大了，她想，然後低頭縮了縮，手掌握住肩頭，偷偷躲進他背後窩好。

好像……還真的有一點點溫暖。

✿ ✿ ✿

范宇陽沒有騙人，市區邊緣的山頭正好能很好地遙望放跨年煙火的位置，遠遠就能看見正在綵排的舞台。附近人不多，也許知道風景不錯，觀景的空地旁邊就開設了一間餐食簡單的簡餐餐館。

只是山頂風也更大，周曉彤怕冷，半張臉幾乎全埋在圍巾裡，手冷得縮在外套口袋裡直抖，步伐都變小，好像寸步難行。

好像應該要貼心一點，偶像劇裡是不是都是直接握住手，或是抓著塞進自己口袋裡之類的？走在她旁邊糾結，他的手就在腿側晃，手指想探過去地動動，又縮回來——但會不會有點肉麻啊？會不會被罵流氓？

他逕自苦惱半天，結果周曉彤把手抽出來想捧著呼氣取暖時觸到他指尖，被凍得往旁邊跳好一大步。

「要死了，范宇陽你手怎麼這麼冷？你都沒感覺的啊？」

她趕緊再把手窩回口袋裡，本來應該曖昧的氣氛全被打破。范宇陽的手一直暴露在外，被她一說才察覺過來——騎車的時候戴著手套沒感覺，原來這會他自己也冷。欸，平時不怎麼怕冷的人因為戀愛腦被凍得沒有知覺，好像有點搞笑。

眨眨眼瞅她，他想了想，乾脆過去伸手一把抓住她手，大咧咧地捉著人就往前衝：

「是因為妳走太慢了周曉彤！快點——我們比賽，看誰最先跑進店裡！」

「靠、范宇陽你手真的很冰，你不要抓我……喂，你抓著我，我們比個鬼啊！」

被莫名抓著一路跑進餐廳裡的周曉彤跑得直喘，好在店裡開著暖氣，才讓她在溫暖的空間裡稍稍鬆口氣。他的手很大，握住的位置不知道是從什麼時候從手腕到了手心——剛剛還凍得像冰塊，但現在已經和她的體溫同步慢慢回溫……他是什麼時候牽了自己的？她這才後知後覺地發現，這不知道算不算牽手？

雖然更親密的接觸以前也有過，但太久了，她幾乎反射性赧然地想甩掉，沒想到卻被對方反手捉得更緊。

「好不容易才抓到妳，我才不讓妳甩掉。」

得逞的笑容自信滿滿，他眨眨眼睛，毫不避諱地低頭直視，看得她這下真的不好意思地覺得自己的耳朵好像又燙了起來。但嘴上不饒人，雖然手上已經放棄掙扎，她嘴上還彆扭地不忘要開口懟人。

「……白痴喔，不是要吃飯，這樣是要吃個屁。」

冬天天色昏暗得飛快，一頓飯的功夫，落地窗外的景色已經全暗了。

進店的客人越來越多，到最後幾乎把店裡座位都塞滿，和原本預料的好像不太一樣……周曉彤越坐越緊張，身邊全是準備度過跨年的路人談笑風生，讓她光是捧著熱奶茶在座位上就心神不寧。

「范宇陽，這裡面也看得到煙火吧？我們能不能就坐在這裡跨年啊。」

「不行啦，這裡今天最晚也只開到十一點，而且在店裡跨年很沒氣氛欸。」隨著時間越晚好像也更興致昂揚，范宇陽不斷往外看，像在確認跨年煙火的位置，回望她的眼睛都睜得亮亮的，「曉彤，妳是不是怕冷啊？沒關係，等一下我的外套口袋可以借妳取暖，這樣就會很像《冬季戀歌》，是不是很浪漫……」

「浪漫你個頭。」無情回嘴吐槽，周曉彤沒好氣地扯扯嘴角。

但看他看起來好像真的很高興，她想起來他說過，自己每年重要節日時從沒有人陪在身邊，跨年煙火也從沒有人一起看……他應該很期待的吧？想到這裡還是不忍心拒絕，她只好無奈地笑笑妥協。

「好啦，我知道了。」

范宇陽確實很興奮，也確實幾乎沒有跟人這樣一起度過節假日。過去就算是春節回到台北，他也是因為同父異母的妹妹想出門才有機會家人出遊，但一般都不怎麼和他們交流。或者最多的就是找幾個以前的朋友兄弟去打球唱KTV，到大學成年後就更幾乎都在工作——他大概其實也曾經很期望有人和他一起這樣的熱鬧，只是沒敢想過，也沒敢去奢求過。

她答應的時候，他特別高興，回家做了好久的攻略……像笨蛋一樣，明明本來是想帶她散心，好像今年有她在，他就忍不住更高興了一點。

高興到一不小心，就忽略了她的不對勁。

十一點的打烊時間很快就到，他像話癆終於被打開話匣子，嘰嘰喳喳說了一晚的話，算是暫時把人的不安驅離了一點。十點半，他就把人拉出門興奮地站在山邊看遠方正在辦跨年演唱會的舞台處，還上網給她科普了一圈現在是哪個歌手在開唱——儘管他們根本聽不清那裡在唱什麼。

她其實很害怕這種場面，每次在人群裡，周遭的人越喧鬧快樂，她就越會感受到一種莫名的違和感和害怕，讓她每次都只想快點逃開。

可是時間越靠近十二點，聚集在身邊的人群就越來越多，有情侶、同學、家人，他們每一個在夜色下看起來都好開心，笑聲好大，大到自己的聲音好像也被覆蓋了。

蹙了蹙眉，她越來越想離開，還是忍不住伸手，想去抓他衣袖，「欸，范宇陽……」

「周曉彤，妳看那邊——好像要開始準備倒數了，五十八分了！」

男孩子回頭看了她一眼，人群太喧嚷，他沒聽見她的呼喚，只看見她背著路燈的光，表情變得暗晦不明。而她只看他迎著光的笑臉好清晰，只一眼又舉著手機回過頭，好興奮地打開了錄影模式，像是想記錄。

她愣地把話都吞回去，但只這片刻，本來分散談天的路人突然都聚集起來把目光投向前方。這一刻，遙遠的舞台傳來的倒數聲竟然都變得好清晰，所有人不約而同地出聲倒數，歡樂的氣氛像只有她被隔絕孤立在外——

「十！」

「哈哈哈哈哈，妳看她頭髮那樣好髒喔——」

「九！」

「老師，周曉彤作弊，不能不罰她！」

「八！」

「某班女生自以為自己拿了幾個繪畫獎就了不起欸。」

「七！」

「妳要不要也好好檢討一下自己，而不是先怪別人？」

「六！」

「周曉彤這種醜八怪也想倒追人家啊？」

「五！」

「畫的是范宇陽吧？人家都不理她了還畫……」

「四！」

「妳看吧，他也覺得妳不配。」

「三！」

「妳還不知道嗎？妳要死了，他們才會怕妳，膽小鬼。」

「二！」

「哎喲？怎麼還哭了啊周曉彤？妳這麼會畫畫，重新畫就好了嘛——」

「一！」

「周曉彤，妳怎麼還不去死？」

「——新年快樂！」

她被錯亂的笑聲淹沒、擊潰，終於受不了地倉皇轉身逃離人群。

煙花綻放的聲音響亮地充斥耳畔，伴隨人們的歡呼，和那些交錯的回憶顛覆，好像把什麼也一起炸碎。周曉彤不知道自己怎麼了，被恐懼包覆的錯覺和陌生的情緒反應都讓人惶恐害怕。她好像在哭、可也不知道為什麼要哭——她只知道自己要逃、要快點離開這個地方……

腦子裡僅剩的一點理智讓她下意識要去找熟悉的地方，她跌跌撞撞逆著煙火的方向在停車場、熟悉的機車旁蹲下，最後渾身發抖地抱住自己，用力捂住耳朵，想把所有聲音都隔絕在外，不要，不要再來侵擾。

「不要再……不要再笑了。」

煙火什麼時候放完？為什麼笑聲還不停止？

她把眼睛都閉上，連綻放的花火都不敢入眼。背著路燈的光，停車場離人群有段距離，她應該要安心，可是黑暗好孤獨，周圍好冷。好不容易逃離，四下無人的處境卻又讓她感覺自己好像又要再一次掉回深淵……沒有人會來，好像她本來就應該這樣在黑暗裡永遠待著。

「看吧，妳這麼沒用，妳早就該死了。」

「對不起……」

「只會給別人掃興，還希望別人來救妳，妳活該被討厭。」

「不是……我不是，我……」

那個要她去死的聲音糾纏地沒有放過她，身邊沒有東西，她只能一直搖頭，然後下意識鬆手用手指甲掐進手腕皮膚裡，眼淚根本控制不住地掉，好像她只要此刻去死了，這一切就可以徹底結束——

「……彤、周曉彤！」

微涼的手抓住她手腕制止，煙火的聲音太吵，她愣地抬起頭，回過一點神智，終於聽見他的聲音。

「范宇陽……」

范宇陽很快發現她不見，擔心地匆忙追找了過來，發現她就在自己車旁才終於稍鬆口氣，卻又發現她在傷害自己，情緒幾乎和她一起緊繃到極點，「周曉彤，妳怎麼了？」對她的狀態只能心疼又無措地開口問，他想再進一步安撫，卻被她用力甩開雙手。好像瀕臨破碎的玻璃娃娃，他看著女孩子往後跌坐，好像很慌亂，但還在拚命搖頭。

「你不要管我——你不要管我了！」崩潰地朝他吼了一句，她又隨即被自己的情緒嚇到，想自己本來就不該這樣波及他，又搖著頭把自己埋起來，「對不起，你明明很期待，都是我……」

「曉彤，妳冷靜一點，我沒關係，是我不應該帶妳出來。」沒見過她這樣，他手足無措，半蹲著想再上前一步，「我怎麼可能不管妳……」

「你為什麼要管我？」她抬起頭，幾乎是下意識地反問，然後痛苦地捂住雙耳，「為什麼要管我？我早就該在那一年就乾乾脆脆地摔死——」

「因為我需要妳！」

他用力地抓住她的肩膀，像是瀕臨崩潰地嘶吼，「我需要妳，所以傷害我也好，能不能別再這樣傷害自己……」

周曉彤被他嚇了一跳，語言系統終於宣告當機。范宇陽在她面前總是很陽光開朗樣子，從來沒有過這麼大的情緒——他的臉映著煙火的光，眉頭緊蹙，看起來憔悴又傷心。他也哭了嗎？好像沒有，可他為什麼好像比哭了還難過？

眼淚還在往下掉，男孩子蹭上來覆著她蓋住雙耳的手覆蓋輕握，拇指小心翼翼地輕撫過她剛剛掐過撕扯的皮膚。他的眼睛裡就倒映著背後的煙火，綻放成破碎的光，像淚光在閃爍。

「妳聽見的聲音都跟妳說了什麼啊？」很快把剛剛爆發的情緒收拾好，范宇陽扯扯嘴角對她微笑，怕她聽不見，又傾身湊離她更近一點，覆蓋雙手的姿勢像正憐惜地捧著她的臉，和她對視說話。「不管說了什麼妳都別信，好不好？」

早就猜過她的病情應該沒有完全過去，只是趨於穩定才選擇入學，所以他查過資料，猜測她偶爾會聽到一些幻覺……勾了一下嘴角，他聲音沙啞，像是有點累了。而她還懵然，只聽見他傳入她耳裡的聲音還是堅定得好清晰。

「周曉彤，不管妳推開我幾次，我都會來的。」

周曉彤怔忡地望他。

其實從重逢以後，她經常在想，他對自己的關心，到底是出自愧疚多一點，還是喜歡多一點呢？

可這個問題好像永遠沒有答案。像她以前總以為他是因為同情才接近自己，可是到了現在，她自己也已經說不清楚，對他的喜歡，到底是依賴更多，還是習慣更多……

「所以周曉彤，妳不要再丟下我了好不好，我也會很害怕……」

他疲憊地垂頭抵上她的前額，碰觸的溫度相接，終於吐露的真心打碎了她的心理防線。她想，原來他們都一樣，只是害怕被丟下，可是他比自己有勇氣得太多，能敢把一直把人推開的自己追趕抓住──是自己太膽小了。

她才是真的笨蛋。

終於控制不住地遵從本能張手擁抱他，下巴就埋在他肩窩，再次崩潰的眼淚把視線都打得模糊不清。

「那你為什麼……每次都來得這麼晚？」

她一邊哭，一邊在眼淚裡想起來很多事情。她想起來她跳樓的最後那一刻其實聽見了他的聲音、想起來在那三年裡因為害怕而不敢聯繫，卻又其實幻想過好多次他排除萬難找到她、想起來在剛剛，她其實也一直在期望他來找到自己──為什麼總是推開又渴望被擁抱？

她知道自己好矛盾，可是又忍不住感到害怕。

怕面對自己傷害到他的一切，怕面對糟糕透頂的自己，更怕他怪她的不穩定，卻又控制不住這些崩潰的時刻。

「你每次都……來得這麼晚。」緊緊抓住了他後背的衣服，她抽噎著沒怎麼使力地握拳捶了他幾下，「連喜歡我都那麼晚，你知不知道，我真的很害怕……」

被她擁抱的人好像愣地整個人抖了一下，好半天才反應過來，張手回擁住哭得渾身直抖的女孩子。她終於沒再把自己推開，懷裡的溫度很真實，讓他感覺自己好像終於抓住了一點什麼。

像兩個溺水的人互相把彼此當作浮木，可幸好他離岸邊近一點，還可以帶她一起上岸。

「對不起，我以後不會來晚了。」他輕拍她的背，想了想，又笑了一下，「而且哪有啊，我剛遇到妳的時候，明明就出現得挺剛好的。」

幸好他轉學到那裡，幸好他在雨中看見她，幸好他抬頭在頂樓邊緣看見了她，幸好他們剛好又都在這裡還能相遇。他想，他雖然在那個夏天到得有點遲，可總歸他們出現在彼此生命的時間還算剛好——剛好還能依靠和擁抱。

「……剛好個鬼，我那時候又……又沒有真的要跳樓。」

抽抽答答的女孩子逞強地反駁了一句，聲音裡全是哭腔。他有點心疼又好笑，嘆息地稍稍把她拉開，忍不住有點滿足於她的傾訴，指腹貼上臉頰，把她的眼淚一點一點抹掉。

「好啦，妳別哭了，對不起嘛，都是我的錯。」

范宇陽捧著她的臉，手心溫度溫熱，指尖貼在眼角。煙火怎麼還在放？周曉彤想，這場跨年的煙花也未免太久，可是好像終於變得不再刺耳鼓譟，像他眼裡的光好像也不再破碎，把心碎匯集成了溫柔的星光。

「那你不要……不要再來晚了。」

她閉上眼睛，被安撫的心在安靜地悸動。他沒有說話，只是慢慢貼近，吻比聲音更直接答覆，碰觸傳遞的溫度好像把糾纏她的黑暗和孤獨都趕跑，讓人徹底眷戀沉淪。

她聽見他說：

「沒有那個機會，因為就算妳再把我趕跑，我也不會再走了。」

第十章、冬至

永夜裡有極光照亮，那麼燦爛，像終於迎來太陽。
雖然仍然還是長夜漫漫，可她連死都不怕，又還有什麼好怕的呢？

「曉彤，最近感覺怎麼樣？」

沙發的色調溫暖，小小的房間布置得簡單而溫馨。半敞的窗簾外，車水馬龍的城市人流不止。

踏進門內時還有些慣性的緊張和生疏，周曉彤小心翼翼地推開門，看見門內的人朝自己回頭笑笑後，才跟著彎彎唇笑了一下，挪步到沙發上坐下。在回答前卻先被外面突發的喇叭聲吸引打斷，她愣地往窗頭看，流瀉的夜色和燈火讓她思緒稍停，恍惚感覺時間也停止流動。

那些吵鬧的聲音原先還會讓她感到不安焦躁，但不知道從什麼時候開始，竟然也感覺變成一道熱鬧的風景了。

「最近……還好。」從片刻恍神裡拉回來，她不太好意思地朝身邊氣質溫柔知性的女人笑了一下，手指忐忑地輕戳交錯，「老師，我……我最近，開始試著重新畫畫了。」

長髮溫柔地紮成低馬尾披散在左肩，女人一直靜靜坐在一邊等她開口，沒有催促，只和善安靜地維持微笑。聽她說話後，又微微偏頭笑了一下，表情有點訝異地眨了下眼睛，隨後有些欣慰地出聲，「哦，真的嗎？我覺得很好啊。那……曉彤是因為什麼，想重新開始畫畫呢？」

周曉彤聽著她的話，抬起頭和她對視一眼後，有些不好意思地垂下眼睛，猶豫思考地輕抿起唇。

「因為……」

三年了，因為什麼想重新畫畫呢？答案很明顯，但好像也還有很多。

她重新開始做心理諮商已經有好幾個月，配合藥物控制，惡夢的時候終於開始變少，終於開始可以好好入睡。范宇陽也和她試探過畫畫的事情——她當然也想過幾次要重新開始畫畫，只是不知道該從哪裡開始，該怎麼開始。

直到上周生日，她沒想到林昱婷跟著室友們送給了她一塊電繪版，說是整個寢室一起合資送給她的生日禮物，讓她當場愣在寢室，差點很不爭氣地直接就開始哭。

「我們打聽好久，都不知道妳喜歡什麼，聽說妳以前很喜歡畫畫，但是又不知道妳以前都用什麼畫，所以才選了這個。」手裡捧著盒子，林昱婷笑了一下，回頭看了看像示意，一群女孩子就聚在寢室裡給她開唱：

「祝妳生日快樂——」

雖然恐懼社交而變得很少、也很難再與人交心，但在室友生日時，她還是想著辦法，和昱婷商量後，與當天課滿的范宇陽借了輛摩托車下山、到市區去訂了蛋糕上來，想著給了年前生日的摩羯座室友一個小驚喜。她的室友和她同系，人都不錯，每天大家一起上課還會記得互相喊著起床，晚了就彼此喊著一起吃飯、或者互相帶飯，彼此也都好相處。她對自己大學生活能過得安穩心存感激，幾個女孩子生日時都會記在心上，買點小禮物回來。

當時沒想太多，她也沒想到大家居然全記在心裡，等著她春天生日時給她一個驚喜……她後知後覺地反應，自己好像已經有很久沒有收過「朋友」的禮物了。

周曉彤反應了一下這件事，眼眶發紅，很不爭氣地一邊噙著眼淚接過繪圖版，笑起來和幾個女孩子道謝。

「……謝謝妳們。」

原來對人好會有回報，人與人之間的相處不會只有猜忌、忌妒、計較和犧牲。她在這段時間慢慢接受善意，慢慢打開自己，也學會慢慢去相信。

不過重拾畫筆還是有點困難，她實在太久沒有畫畫，電繪和手繪還是有差別，她練習好久才終於稍稍習慣電繪板的手感。但還沒想好應該畫點什麼，只是先畫了點人物Q版和簡單的風景臨摹來適應練習。

而繪圖版的主意當然還少不了范宇陽提供資訊，對方知道她開始畫畫後興奮得不行，在看了她發過來的圖片後還莫名其妙連著給她發了好幾張自拍，各種表情動作都有，她一張張滑下來看，只看他一張比一張還臭美欠揍。

「曉彤曉彤，畫我畫我！妳看，我這張豬的頭像都好久了欸，給我畫點帥的，我要換一個。」

周曉彤忍著把人封鎖的衝動抽了抽嘴角，嘴上還在嘆息吐槽，但其實早就忍不住笑了起來，「那你就換一個啊，幹嘛非要用我以前畫的豬頭啊？」

「妳給我畫一個嘛。」隔著文字也能感覺到對方此刻正在沒臉沒皮的賣乖，好像還能模仿出語氣來，范宇陽把裝可憐的貼圖和表情早運用到滾瓜爛熟，還學會了要戳著對方的弱點變著花樣地撩撥，「妳給我畫一個，我就可以炫耀這是我女朋友給我畫的欸。」

「……」

太過分了，賣萌可恥，但有效。

於是沒隔多久，范宇陽的頭像就終於從那個萬年豬頭，換成了一張簡單上了色塊的Q版娃娃大頭。大眼睛很傳神，閃亮亮的，還特地加了狗耳朵，完全復刻對方賣可憐時的表情。

范宇陽在吻了她那天後，其實本來還不敢直接認她當女朋友。女孩子哭得太兇，他載著她回去時已經很晚，因為周曉彤在後面被他半強迫地拉著手抱好後，沒多久就開始在後座打瞌睡，大概是因為已經哭得筋疲力盡。

新竹的山坡路多，他知道她睡著，就更不敢騎快，十五分鐘的路程被硬生生騎了四十五分鐘，等回到宿舍時都已經是凌晨一點。

一整路心裡都忐忑得要命，莽了一把才後知後覺自己不知道會不會被當成流氓封鎖，他送她下車後，把瞌睡打得迷迷糊糊的她領著帶到女生宿舍門口，看她迷迷茫茫的樣子，在等電梯的期間有點無奈地伸手拍了拍她腦袋。

「妳宿舍在六樓，我不能進女生宿舍。妳能自己上去吧？欸，妳會不會睡在電梯裡啊？」

「不會。」被短時間內的情緒起伏太大給折騰得身心疲憊的周曉彤沒時間和他拌嘴，難得乖巧地任由了他摸自己的頭，看電梯下來後就轉身進去，在關門前對他聳了聳肩。「很晚了，你也快點回去休息吧。」

啊，就像是做了一場夢，醒了以後還是很感動。

范宇陽恍惚地送她上樓，恍惚地眨了眨眼，從頭到尾也不敢問一句確認關係的話，更不敢再多越矩。她反應太自然，好像剛剛那些全是他在夢裡做的……他呆站在關上的電梯口，伸手用力掐了把自己的臉。噢，好痛，不是作夢。

這種猶豫和尷尬就持續到隔天，他還是很殷勤地問她起床了沒？要不要一起吃飯？休息日睡到日上三竿的的周曉彤中午才醒，睡眼惺忪地回了他一句好，等我十五分鐘洗漱。

答應得好乾脆，讓他感覺受寵若驚，盯著手機糾結半天，十分鐘後才終於把訊息發出去。

「妳……還記不記得昨天的事情啊？」

「……廢話，我們又沒喝酒，我沒得失憶症。」

范宇陽就站在女生宿舍門口一邊等她下樓，一邊握著手機來回不安焦躁地走動，手心都冒汗。電梯的數字還沒開始跳動，她應該還沒下來……他深呼吸好幾口，又戰戰兢兢地再和她發出一條消息：

「那……妳現在是不是，可以算是我女朋友啦？」

「……」

周曉彤已讀得很快，回覆得也很快，沉默的六個點不知道是無奈還是害羞，又或者可能都有。他看見停在一樓的電梯被按動開始往上爬升，像在思考的片刻後，她終於也發來回覆：

「不然呢？你想不認帳不負責？」

……完蛋了，好可愛。

范宇陽捂住鼻子，有種被撒嬌爆擊的錯覺，連忙發了好幾個「沒有」過去，備註快速改成女朋友，截圖發送。周曉彤進了電梯，訊號不好，沒有即時看見，等電梯們一開，就看到笑得滿臉春心蕩漾的男孩子就在眼前等她——他笑得太開心了，她本來心情還算平穩，這麼看得她反而不好意思地一下子漲紅了臉。人還沒反應過來，她的手就被對方很主動地拉了過去牽好。

「絕對保證負責到家！嘿嘿，請多指教，女朋友。」

橫跨三年，好不容易走到這一步，他才不會輕易放手。就算她不認帳，他也會死皮賴臉地賴著到她，直到她接受自己為止。

後來這段故事被范宇陽拿出來跟江宏和羅玟炫耀秀恩愛，他們倆被狠狠吐槽，二十多歲的戀愛談得像十多歲。但周曉彤想了想，十多歲的時候也不會接吻吧？那不得直接一巴掌過去啊——但不得不承認，他們走得挺不容易，她很開心。

和他重逢，再到在一起，她慢慢一點一點地撿回勇氣。為了……能變成更好的人，和那麼好的他在一起，她才決定，再一次去找心理諮商和醫生調整治療她的心理狀態。

「我其實不喜歡吃藥和看病。」和他討論提起時，周曉彤抿著唇，不安地揪著大腿褲子布料。

墜樓以後，她被強制看了精神科，確診重度憂鬱，跟隨著雙腿復健吃了將近一年的藥。出院後，她努力在複診時保持正常，除了快速穩定情緒的鎮定劑和入睡用的安眠藥，其他的藥物都早早被她塵封……

被診斷，吃藥，看診。這些都讓她畏懼牴觸，她不想要自己是一個「有病」的人，更害怕被世人貼上這樣的標籤。

但如果去面對能讓她變好。

「那……不去看也沒關係！曉彤，妳不要勉強自己。」雖然也希望過回診應該會對她的狀態更有幫助，但衡量她的意願還是更重要，范宇陽有點擔心地握住她的手，皺皺眉，絞盡腦汁想不到安慰話語，乾脆又開始無厘頭發揮，「大不了我去學學心理學怎麼樣？欸我跟妳講，我之前通識修心理，別說真的，老師都說我超有天賦，說不定我一開始學的話我現在直接就是心理學大師……」

「大師你個頭喔，你以為出師當心理諮詢師這麼簡單啊？」無奈地瞟了人一眼，周曉彤扯扯嘴角笑了一下，深吸口氣後開口吐露心聲，「我不喜歡，是因為我不想要被當成神經病，怕身邊的人知道就會嫌棄離開我。但是……我也想變得更好，范宇陽。」

潛台詞好像已經夠清楚，范宇陽眨眨眼睛意會了一下，心裡有點高興，但很給面子地沒太外顯情緒，「拜託，現在人誰沒點精神病？誰敢把妳當成神經病，我看他自己才有病，我就先去揍他一頓！」

故意裝作凶神惡煞地擰起臉，裝模作樣揮揮拳，他先把憂慮糾結的女孩子逗笑，才恢復正經表情，勾勾嘴角瞅她，再輕握住她的手牽起。「想去的話就去好啦，妳放心，我跟岳母大人一起想辦法，給妳找到最適合的醫生。」他咧開嘴笑了一下，嘴上還在偷吃豆腐，岳母大人四個字喊得挺正經，在對方反駁回來前又堅定地看她出聲：

「相信我，總會有人一直留妳身邊的。」

「有人」指的是誰？好像也不單單指他。周曉彤知道，自己這些年一直把自己關在「失去」的牢籠裡，只記得看自己丟掉了什麼，可慢慢才明白，其實她擁有的一直很多，也慢慢在得到更多……

她有點感動，又有點氣急敗壞，沒好氣地用力拍了他的背瞪了一眼。「岳母大人你個鬼啊，喊太早了吧，我媽答應了沒啊？」

范宇陽被她打得唉唉叫，嘴上豆腐沒吃成功，只好一邊誇張喊疼一邊表明真心。「唉喲痛痛痛……沒事，我盡力努力用盡全力爭取伯母同意！」

周曉彤看他又開始戲精，好氣又好笑，但拿他沒辦法。

交往沒多久後，寒假的末端，黏人的男朋友將近一個月沒見她，非要來高雄和她見上面，順帶就順理成章見了她媽媽。男孩子緊張兮兮，全程正襟危坐，還問了還久該帶什麼禮物，最後被她無奈全部駁回，讓他人來就行。

她母親對她戀愛一向態度很自由，說的是只要她喜歡，對方正常健康就好，何況她母胎單身到現在，估計也不會有太大要求……

「我記得這個小孩，妳那時候在病房，他來過很多次，說想見妳，結果都被妳趕跑。」送走范宇陽後，母親感慨地對她笑了笑，「沒想到啊——看得出來，他應該真的有很在乎妳。很巧喔，你們竟然還可以又遇到，很有緣，我覺得很好。」

沒有想到媽媽會到現在都還對范宇陽留有印象，她愣了愣，有點恍惚，好像有一瞬間，又回到三年前的夏天。

那時候在病房外被她拒絕探視好多次，最後又被斷了聯繫的范宇陽是什麼心情呢？他一定很辛苦、很努力、很勇敢，才能到今天一步一步又堅定走回她身邊……

「因為……我身邊有很多很勇敢的人、很愛我的人。」

思緒被拉回現在，周曉彤在回憶裡停頓很久，整理語言和想法很長時間，半晌才垂頭深吸一口氣，再抬頭看像諮商老師，淺淺地扯了扯嘴角笑。

「有一個人告訴我，我可以一直勇往直前，因為我不管是什麼樣子、不管我是誰，他都會陪著我……都會愛我。」

她不太好意思地斂了下眼睛。這些話，她只有在諮商老師面前才說得出口，對其他人——尤其是本人，那就太肉麻了，她太彆扭，實在沒臉說，她想了想，對他，她還是用行動表明心意就好。

雖然……她的領悟好像，對一直很愛她的家人有點不公平，但……也不是那樣。她知道她的母親愛她，但是他讓她明白，原來愛好奇妙。愛可以沒有血緣關係、沒有身分和理由，只是因為愛，所以願意相信和陪伴……這些都給了她好多好多的勇氣。

「所以，我想慢慢找回很勇敢的那個自己，想變得更好。用更好的我，更好的愛，去愛我身邊……愛我的人。」

✿ ✿ ✿

「周曉彤周曉彤周曉彤——哈囉，我女朋友周曉彤去哪了？不會迷路了吧？不會被拐跑吧？哈囉，妳上車了嗎？」

「曉彤——聽到請回答——我在高鐵站了，妳到了嗎？」

「哇……該不會是剛剛我說甜肉粽比鹹肉粽好吃一百倍妳生氣了吧？還是上次我說路邊那隻貓長得很像妳妳不高興了？曉彤，妳先別不理我……」

高雄到新竹的高鐵大約要一小時，一個月回一次家再順帶回診，回程的路上，她因為太累而打了瞌睡忘了報備。周曉彤迷迷糊糊在播報「新竹站到了」的廣播聲中醒來，打開手機，才發現有好幾條未接來電，還有一整屏被范宇陽洗版的訊息，一下子有點無奈又好笑，在睡眼惺忪裡醒了個大半。

她和范宇陽也許某方面來說有點像，只是反應方面不同。范宇陽看起來開朗豁達，其實黏人又執著，大男孩很怕被拋下，所以更怕自己哪裡沒有做好。她想，大概是小時候被父母忽略的過往，讓他雖然被迫養成了八面玲瓏的社交習慣，但也讓他其實很渴望被關心和愛吧？但只對她露出這一面，好像也蠻可愛的。

也好，她缺乏安全感，不介意他多黏自己一點。

只是每次看見滿屏像棄犬一樣的訊息總讓她哭笑不得，而范宇陽本人自然也早早有所察覺，也懊惱地在冷靜後說過，大概是成長環境給他帶來的奇怪的不安全感……光這點，大概還需要她反過來慢慢安撫好幾次，要用讓他慢慢習慣——至少現在，自己絕對不會再把他丟下。

「我沒生氣——我剛剛太累，睡著了，真的，你不要想太多，我揍都揍過你了才不會放心上……好睏，我剛到站在下手扶梯，你在哪啊？」

「我在靠近全家這邊……這邊！我看見妳了、周曉彤，妳往下看！」

乾脆地直接撥通電話過去，周曉彤一邊揉眼睛，一邊哄人，很快聽見長長的手扶梯下，有人穿過電話在叫喚自己。

「我看到你了。」

心領神會地彎了彎嘴角把電話掛斷放下，有人等待的感覺微妙地讓人心安，像漆黑的房間從此都多了一盞燈，永遠有人等待自己回家。

她拿著車票過了剪票口，張開雙手，笑起來給他一個擁抱。

「我回來啦。你沒等很久吧？你們不是也在搞畢創？應該很忙吧，其實不用來接我也沒關係……對了，你的畢創怎麼樣了啊？」

「我們小組已經搞得差不多了啦，就等老師最後的意見修改啦，問題不大！」咧開嘴高高興興也張手擁抱人，范宇陽牽住她的手往停車場走，一邊又開始嘀咕碎唸。「幸好妳沒唸設計，設計真的很花錢，畢創還直接貴死人，比總評還恐怖，幸好我跟我爸聊聊以後，他有資助我搞畢創……結果聽說我妹也想讀設計，之後肯定把他們讀垮……」

第二學期開學前不久，范宇陽帶她上台北逛逛，遇到親爸打電話給他問候，就順便帶她和小媽還有爸爸一起吃了個飯。她知道他親媽幾乎不和他聯絡，爸爸也不怎麼關心他，比起他，自己和他家人見面就沒太大壓力。

但和想像中不同……其實她想，或許爸爸總是這種想關心、卻又不擅長關心孩子的角色吧。大學三年來，其實爸爸一直都默默用物質的方式偷偷支持。

范宇陽大概也知道，所以才更著急想經濟獨立。

「宇陽很少和我們聯絡，今天還是第一次帶人來和我們一起吃飯。」

飯桌上總是沉默安靜的是爸爸，在夫婦兩人支走范宇陽去拿飲料後，氣質挺親和的女人坐在她對面，像是欣慰地探過來握她的手笑笑，又回頭看了看彆扭安靜的男人，「我知道，我們以前對他都有虧欠……曉彤，阿姨看得出來，妳是個好女孩，以後，就麻煩妳多照顧他了。」

她有點愣，又有點失笑，想想他們兩個人之間更多照顧的應該是范宇陽照顧她才對。但是明明關心他，為什麼卻不說呢？

她想了想，就在回以一笑後聳聳肩，「我盡力。但是阿姨、叔叔，其實范宇陽他，應該更希望你們可以多在意他、更關心他一點的。」

被迫變得早熟懂事的孩子雖然已經長大，但心裡總會有遺憾吧？她後來也開始試探過他幾次，大概因為已經成熟，范宇陽對爸爸的反抗心理已經很少，小媽雖然更關心親女兒，但倒也有彌補的意思。在他開始工作後，她聽父子兩人偶爾在電話裡也能稍微聊上兩句，不過要兩個人好好解開心結，大概還有一段路要走。

既然很關心，為什麼那段時間要把他丟在奶奶家呢？明明知道奶奶對他不好……

「那時候我妹還小，他們那時候也沒什麼錢，大概是想讓奶奶專心照顧我吧。」范宇陽聽了她的疑問也只是聳聳肩，像無所謂地笑了一下，「沒關係啦，都過去了，也是我以前有點幼稚，非要跟我奶奶對著幹——我爸他們，頂多是比起我更愛我妹吧？」

她一邊看他笑得雲淡風輕的樣子，不擅長說情話，聽得有點心疼，只好抿著唇，主動去碰他的手輕握。男孩子一下子意會她的意思，眨巴眼睛，立刻黏糊糊地蹭過去摟住她，下巴就磕在她肩上蹭來蹭去，「我知道，現在有妳在，我們曉彤最愛我——」

「……肉不肉麻啊你！很熱不要蹭！」

時間會治療所有過往——他們都長大了。雖然過程有點痛苦，也曾經很孤獨，但好在遇到了彼此、好在，他們都還是長成了溫暖真誠的人。

「曉彤，我們畢創展覽的時候，我可能沒空陪妳，但妳一定要來看。」

思緒被對方的話拉回來，范宇陽牽著她絮絮叨叨地到機車旁停下，一面把安全帽遞給她，一面鄭重其事地面向她，表情挺嚴肅，「一定要來喔！」

「知道啦，還有那麼久，這麼早跟我說幹嘛？」被他突然認真起來的態度弄得又想笑又不敢笑，周曉彤挑挑眉，突然起了逗他的心思：「萬一我們兩個沒到年底就……」

范宇陽眼睛一瞪，立刻上前摀住她嘴巴。「就什麼？我不允許！呸呸呸，周曉彤妳烏鴉嘴欸，不准妳說下去了！」

她被摀著嘴巴，笑聲從他掌心洩漏出來，一邊拍他肩膀要他放手，求饒地從他指縫模糊地解釋說只是開玩笑，才讓他鬆口氣放開人。他鬆手的時候還警告地瞟她好幾眼才上車，其實是……跨年的禮物因為意外就一直沒送出去，情人節又送了別的，就一直送不出手。

因為是親手做的禮物，就等畢創的時候一起給她好了──那也蠻有紀念意義的吧！他逕自笑著想。雖然設計和繪畫不是他擅長的東西，但在因為她而選了以後，一開始雖然挺痛苦，好在也慢慢在裡面找到了一些自己能負擔而且喜歡的東西，有了未來的方向……

那時候想代替她接下為了夢想勇往直前的勇氣，這些，也都是她帶給自己的影響。

專屬她的外套就放在他的車廂里，周曉彤坐上機車後座，雙手自然地從他腰後繞過去環抱好。春天雖然在台灣幾乎等於不存在，但強風盛行的城市夜晚也會稍微有點寒涼，她躲在他身後，好像狂風驟雨都被抵擋，讓人溫暖又安心。

「對了，鄭燦安前兩天找到我的臉書加了我好友欸。」在等紅燈的間隙探過腦袋到他耳邊，因為全罩式安全帽把人遮得太嚴實，她想和他說話，要讓他聽得更清楚，就只能靠離他更近一點，「我不知道她要幹嘛，不過還是通過了。」
范宇陽一聽，馬上不高興地皺起了眉頭，「蛤？她又來幹嘛啊？妳快點把她刪了，萬一她又搞妳怎麼辦？」
「我們現在又不同校，她能怎麼搞我啊？」周曉彤哭笑不得地趴在她肩上笑，但還是不解地嘆口氣，微蹙起眉頭湊在他耳邊說話，「我也很奇怪她會跑來。她上來就敘舊問我過得怎麼樣，我說還好，結果她就突然跟我推銷，問我要不要保險，我才知道她現在在做保險欸……太尷尬了，我說我不需要，然後就沒理她了。」
她對鄭燦安當然還抱有一點下意識的恐懼，但她當時換掉所有能換的社交帳號，名字也改成英文，後來唯一加上的高中同學就是范宇陽……鄭燦安估計是靠著這個才找到她。
其實她很意外，原以為對方來者不善，可能是來數落，或者至少會有所隔閡、沒想到就是為了工作，讓她多少有點哭笑不得，又有點錯愕不解。
雖然多少有點不舒服，畢竟對方對自己造成的傷害巨大，她不但沒有道歉，還能這樣若無其事……但這樣主動來找她的目的竟然是這個，還是讓她有點啼笑皆非。
「缺錢缺到找妳推銷喔？」聽完後很沒道德地直接嘲笑出聲，范宇陽的笑聲迎著風、隔著安全帽也爽朗得格外清晰，「我聽說他們過得都還好……喔對，之前那個跟那些女的一起欺負妳的那個舍監啊，她後來去別的地方工作也被排擠欸，還經常在臉書抱怨被我看到，差點沒忍住說她活該！」

「是嗎？」聽他笑，周曉彤忍不住就跟他笑起來，好像心情也跟著變得更暢快，探出頭，迎風在夜晚熱鬧的城市車流裡喊：「所以說——這就現世報、天道好輪迴！」

范宇陽就跟著她大笑接話：「蒼天饒過誰——也不會饒過他們那群人！」

「對——他們都會有報應——！」

雖然她現在面對他們、面對那段過往，還是會有一點點困難。但如果現在都已經能開懷大笑，她想，一切一定都會慢慢變好的吧。

✿　✿　✿

夏季正中的天氣又熱又潮濕，熱帶季風島嶼的溫度年年上漲，長髮都要變得讓人鬱悶煩躁。

乾脆俐落地剪掉了長髮．周曉彤在上台北前還給自己剪了點層次造型，中短髮就在耳下，紮成馬尾正好可以紮成一個小啾啾。范宇陽為了趕畢業作品，他們已經快一周沒能見到面，換個造型應該還能給他點驚喜……

她難得換上輕便牛仔短裙，化了點淡妝，但在到達展場前，卻先到達附近的星巴克——然後在那個她曾十分熟悉的、現在表情正忐忑不安的女孩子面前站定。

過了這麼久了，該怎麼稱呼她好呢？

她想了想，還是用最熟悉的小名叫她，在深吸口氣後，帶著微笑落座。

「……小瑜。」

一聽見她睽違地用親暱的稱呼叫自己，蘇慧瑜當即一愣，有點鼻酸，「曉彤……」

「其實我很謝謝妳。」看著面前的女孩子，周曉彤閉了閉眼，率先打斷。

即使現在看見她，即使決定面對她，她還是會想起被撕毀的畫，想起她因為害怕而遠離自己時、被完全孤立的那段時光……但她都知道的，蘇慧瑜即使有錯，他們當時年紀都輕，也都太膽小，這麼長久以來的愧疚折磨，早就已經夠了。

怕積攢的勇氣用光，所以她決定在還說得出口的時候，把想說的話一口氣說完，「我……雖然埋怨過妳，恨過妳，但是……那段時間，其實很謝謝妳，明明很害怕，還是一直陪伴我。如果沒有妳，我可能會更早更快就崩潰吧……」

眼眸稍斂，她想起來，她記憶裡的蘇慧瑜總是溫柔文靜，默默陪伴。蘇慧瑜那麼膽小的人，有家裡的期望負擔，還有學校的事情……她都知道的。雖然她最後那麼做了，但她其實為了她已經勇敢很多……不管怎麼樣，都已經該算相抵了。

「所以……我已經原諒妳了。」

抿了抿唇，她指節輕攢，再望向她，終於把話都說出口。

蘇慧瑜聽得一愣一愣，雙眼怔然地眨。

本來周曉彤前陣子主動和范宇陽和她要了聯絡方式，和她加上好友，她已經夠忐忑……而她加上她後好長一段時間都沒說話，前兩天就突然問她今天有沒有空，要約她出來見面。她很高興，又很不安，不知道她會說什麼，她做好了心理準備，但唯獨沒想到她會這麼直接地就說原諒。

她知道，自己做了不可原諒的事情，他們逼自己說出曉彤準備參加全國美展的畫在哪裡的時候，她一直在裝死說不知道，但是沒有用。他們說要是不知道，就直接去告訴老師，還截圖給她看要和老師告狀的對話框……她那時候太害怕了，學校禁止戀愛，家裡更不可能答應，她最後還是為了自己，出賣了她。

「我……真的很對不起，曉彤，真的很對不起……」

一眨眼睛，眼淚就湧出來，她一邊哭，啜泣著低下頭。她掉下去的那一幕，她每晚都會夢見，愧疚和負罪感把她包圍了這麼多年，她在墜樓那一刻望向自己的那雙怨恨不解的雙眼，她總會時常想到……

可她這麼直接地原諒，她卻更加歉疚，同時又感覺自己像終於鬆了一口氣，複雜的心情讓她忍不住哭泣。

「妳不要哭了，小瑜，我真的……真的已經不怪妳了。」看她哭得這樣，周曉彤反而手足無措起來，趕忙去抽衛生紙，手忙腳亂地要遞給她，「妳因為我難過這麼久，其實妳早就不欠我什麼了……真的。」

可雖然慌亂，但她看著她哭，恍惚卻覺得……好像剛剛進來見到她時的那些痛苦的記憶，也被眼淚一點一點洗刷掉了。

「欸，妳別哭了，妳今天妝畫得那麼好看，現在都要花啦，小瑜。」無奈地笑了一笑，她試圖開口安慰，故作輕鬆地勾勾唇，想找回以前和她說話時的放鬆。

其實她想，也許她想要的從來不是報仇，只是希望終有一天，能得到他們的愧疚和道歉……但那也沒關係了，他們的生活已經與自己無關了。

她現在要做的，應該是讓愛著自己的人都能解脫，應該是要……好好珍藏這些得來不易的愛。

想到這裡，她舒了口氣，從側背包裡拿出那個被她收起來很久的熊貓玩偶放到桌面上，朝人笑了一笑。

「還有這個，謝謝妳，它陪我在醫院……走過很長一段時間。」

蘇慧瑜接過她遞來的衛生紙，長久以往的緊繃情緒在這一刻釋放，眼淚就變得不容易停住。但聽她說自己妝都要花了，女孩子愛美的心還是有點緊張，她一抽一抽地顫動肩膀，連忙努力要忍住眼淚，但在看她把熊貓玩偶拿出來後，連著她的話，倒是讓她真的在模糊的視線裡怔住了。

「這個……不是我送妳的呀。」眨眨眼睛，她眼淚還掛在眼角，她愣地失笑，表情一下子又哭又笑的，倒真有了哭笑不得的意思，「是鄭燦安跟妳說的嗎？這個是范宇陽買的，我還以為妳一直都知道。」

「范宇陽？」這下輪到周曉彤愣住了。怎麼會是范宇陽？她瞪大雙眼。「鄭燦安那時說，看過妳在紀念品店買這個……」

「是他找我一起逛紀念品店，問我這個妳會不會喜歡，還說覺得很像妳。」蘇慧瑜笑起來，一邊小心翼翼用衛生紙把眼淚輕輕壓掉，一邊解釋。而看她表情愣忡又困惑，她只得莞爾偏了偏頭，「我還以為妳知道，就沒有說。我都送過妳那麼多娃娃了，幹嘛在紀念品店特地再給妳買一個呀？」

周曉彤一面聽著她的話，一面愣愣地看著桌上的熊貓玩偶。

那個玩偶被她洗得很乾淨，承載著畢業旅行帶給她唯一算得上比較完整而美好的記憶，蘇慧瑜其他送給她的東西大多被她收進箱子裡封存，唯獨這個，住院的時候，她經常抱著複雜的心情抱在懷裡，陪她度過很多惡夢時刻。後來出院後，玩偶被她洗乾淨，才又跟著那些過往被她一起封存起來。

難怪她問鄭燦安的時候……那個時候，對方的表情是不是有點微妙的奇怪？記憶太久遠，她已經記不太清，但想來自己也好好笑，怎麼能連這種事情都不問清楚就搞錯。

原來，一直是他送的啊。

「你們兩個都是笨蛋啦。」看她表情呆愣震驚，蘇慧瑜只得再無奈地扯了扯唇角，嘆著氣地再笑了笑，「他一直那麼關心妳，明明就是一直喜歡妳，結果太後知後覺，才拖到現在……但是你們現在在一起了就好，總算呀，沒有錯過。」

——總算呀，沒有錯過。

這句話像把她點醒，她恍然勾起嘴角，連忙把娃娃收回包裡，跟著有點慌張地起身。

「是啊，我們都是笨蛋……那，小瑜，我先走了，下次再跟妳連絡！」

蘇慧瑜看她著急就立刻猜到了她要去哪裡，搖搖頭，笑著和她招手，「好，一定要再找我哦。」

他們都是笨蛋。因為彼此的遲鈍和誤會，一直互相錯過，甚至差點無法挽回——但好在還能相遇，沒有真的永遠錯過……周曉彤往外小跑，心裡呢喃。糟糕，好像更想立刻見到他了。

娃娃和他一直被自己冷落這麼久，好像有點委屈。

以前難過的，都得全部補回來才行。

「——范宇陽！」

✿　✿　✿

她奔到場館裡後，費了一番力氣才找到學校展覽的位置，找到正在展覽區域裡，和人介紹作品的他。

「曉彤？妳來啦？」一看見她，范宇陽眼睛都亮起來，正好和上一波人講解完作品理念，轉頭和同班兄弟打了聲招呼就趕忙小跑過去找她。

一看見她頭髮突然變短了一倍，他下意識就驚愣喊出聲：「啊！妳怎麼剪頭髮了？」

周曉彤站在原地看他，還有點小喘，迫不及待的心情在看見他後好像稍稍收斂了一點……她就故作矜持地抬了抬下巴，摸摸髮尾。「幹嘛，不好看啊？這樣比較清爽。」

范宇陽連忙擺擺手，一邊澄清自白，一邊又莫名擔心地垂了垂眉梢，「沒有沒有，都好看，很好看，超級好看——就是妳突然剪頭髮，人家會不會以為妳失戀啊？」

「白痴喔，失戀個鬼。」她對著他異常憂慮的表情無奈翻了個白眼，盤著手呼口氣，再開口轉移話題：「你說讓我一定要來，是想讓我看什麼東西啊？」

「喔！」沒料到她這麼直接，忙了一整天的范宇陽有點呆愣，一聽她說起，忙去摸索口袋裡的東西。但臨要拿出來，又不太好意思地卡在兜邊頓了頓……他撓撓頭傻笑。「這是我自己做的，可能有點不是很好看……妳不要嫌棄啊。」

她搖搖頭，只是帶著笑容地看他。「我才不會嫌棄，但你不要再賣我關子了！」

看起來就是裝著飾品的小木盒從外套口袋裡掏出來，范宇陽拿在手裡，猶豫了一下應該直接打開，還是交給她……總覺得有點害羞，於是禮物盒最後還是被難得有點赧然的大男孩先塞到她手中。

木盒很樸素，實在很符合送禮人的直男風範。

她打開盒子，拋過光的銀戒上有太陽的紋樣，還有一點一點的星星，雕工還算挺精緻，但摸得出手作的手感，看得出費了不少心思……她拿起來在燈光下轉了轉，看見銀戒的內圈還刻了一個「彤」。

「這是……本來跨年那天要送妳的，後來就……」講話還有點吞吐，他一邊急忙解釋。他當時本來也沒想太多，但送戒指這種事在那種氛圍下太曖昧了，他就變得一直沒好意思拿出來……「後來妳答應我了，我就想再細化一下，弄得更好一點，結果又沒趕上妳生日。正好今天開展，戒指也打磨好了，就……一起送給妳，當作我職業生涯的第一個作品，怎麼樣？」

「我覺得……很棒啊。」

指腹細細摩娑過每一個紋樣，好像有他仔細打磨過的溫度和痕跡，好像光是撫摸，就讓人感覺到溫暖。星星和太陽一起出現，有點不現實又夢幻，但她好像能領悟他的意思。

心領神會地彎彎嘴角，她再看向他，對著滿臉「求誇獎」的男朋友笑，「但你做都做了，幹嘛不乾脆做一對啊？很笨欸。」

「啊？」范宇陽被她說得一愣。那是對戒的意思嗎？好像有點道理，畢竟他們現在都是情侶了……他又摸摸脖子，笑得傻兮兮的，「我知道了，我下次立馬做一個一對的，跟妳一起戴！那……妳現在，要不要先戴上看看？」

她莞爾點點頭，他就趕忙接過小木盒，接過戒指，小心翼翼地牽著她的手戴上無名指，再執著她的手左右看來看去，覺得合適她，還有忍不住點沾沾自喜地樂了起來，「嘿嘿，曉彤，這個先戴著，以後要求婚，我一定做個有鑽的！」

周曉彤被他說得紅了臉，連忙把手抽回來。「……誰要嫁給你啊！少作夢你。」

剛剛臨走前沒把背包關好，范宇陽本來還想說什麼，餘光就瞅見了她側背包裡的娃娃。愣了一愣，他低下頭去細看，很快就認了出來，一下子有點驚喜地睜大了眼睛看她。「曉彤，這個是……」

「這個啊。」看他表情變化，她忍不住也跟著笑起來，娃娃就拿到手裡抱好，擺到自己的臉旁邊，促狹地對他眨了眨眼睛。

「怎麼樣？現在還像嗎？」

那是十七歲的他送給她的，二十一歲的她終於接收到的禮物。

終章、立春

他們說，噩夢不會再回來了。
春日終臨，花季終至，她一直深信。

「老師，這個地方……妳覺得這樣改，會不會比較好。」

帶著畫架和畫布再一次走入睽違多年的校園，周曉彤一開始花了很大的勇氣，但沒有告訴范宇陽。

在看見過往她墜樓的地方還是會顫抖，光走入校門口就得深吸好幾口氣。也許有他一起來，她就會更不害怕了吧？但是這次，她有想獨自面對的東西，有想獨自給他的東西。

美術老師看見她時很意外，一見到她，又懷念又驚喜地睜大了眼睛，握著她的手，問了她好多事情。老師問她過得好不好？還有沒有繼續畫畫？身體還好嗎？她沒有說太多，只是說很久沒畫，想再回來找老師討教一幅畫，會用課餘時間，不會占用太多。

誠明的假期輔導沒有科外課程，美術老師的事情在假期期間並不多，也就答應了下來。於是她就在誠明的暑期輔導期間，定期來到美術教室報備。

范宇陽剛要升上大四，四處在面試和準備職涯規劃，聽說除了幾門課要重修外，已經和朋友們準備好要共創一間金工工作室，想定在中部，畢業後就過去闖一闖。她則在假期回到南部，就在台南找了工讀，然後借住在蘇慧瑜家。

林昱婷的老家也在台南，一聽說周曉彤在，立刻連忙把她約出去，逛了一整天的市集。

「妳在台南怎麼不告訴我呀？」不知道她和台南的淵源深厚，林昱婷只是高興地拉著她的手，「我打工時間沒有很忙，妳有空就找我呀，我們一起到處去逛逛。我上次還聽說南區有個市集開張，裡面很多很可愛的小東西，妳說不定會很喜歡……」

周曉彤愣了愣，然後笑笑說好。一聽說她來到這裡，對方立刻把假都排了出來見她，她很感動，也……覺得很溫暖。

蘇慧瑜也鄰近大四，四年都在北部讀書，戀家的她還是想回家鄉當老師教書，因此實習工作也回了台南，正好才讓她下來一起借住。

「妳回台南幹什麼，妳不告訴他呀？」

周曉彤搖搖頭，「我想給他一個驚喜。」

那幅畫被她放在心底閒置多年，她當年以為會永遠變成難以縫合的碎片，變成痛苦的遺憾。但如今碎片已經不存在了，她充滿陰霾的過往被陽光撥開，也已經充滿雨後的陽光……雖然一開始握住畫筆還會有點手抖，畢竟那和電繪不一樣，是太熟悉的觸感和記憶。

痛苦時，她就想起諮商老師教過她：要感受自己的心，擁抱自己的害怕。於是她會握住她微微顫抖的手，閉上眼睛，安靜沉澱——讓十七歲的她知道，二十一歲的她已經長大了，而且會永遠陪伴她面對一切。

「老師，這個人是誰呀？」

偶爾她在美術教室畫畫，也會有人疑惑地探進門詢問。她的畫布上因此有很多擦除更改的痕跡——有時候看見穿著制服的人進門，會讓她下意識地恍惚感覺好像又回到那時候……

「妳這麼會畫畫，啊重新畫就好了嘛，來啦我幫妳丟掉哈——」

「這個啊，是你們很會畫畫的學姐，還拿過很多次獎哦。」

美術老師的聲音及時地把回憶覆蓋，她停下的手一頓，回過頭，看老師對不認識的學弟妹笑得親和，「學姐最近在這裡畫畫，你們進來安靜一點，不要吵到她。」

她在這時候聽見下課後的窗外傳來籃球碰撞的聲音、學生們奔跑的聲音，想起那時候在這裡看見被迫訓練的范宇陽和她用誇張的唇語對話、想起社團教室裡的吉他聲……她回過頭，對著門口表情困惑的學弟妹笑了笑，就當作打了招呼。

「哈囉。我是……你們的學姐，你們好啊。」

以前被太多東西蒙蔽，她忘記看見很多愛她的人，忘記看見好多始終支持自己的人。至少在這裡，她永遠還有美術教室可以回來，像永遠屬於她的秘密基地，安心而溫暖。

畫作花了不少時間完成，這一次，沒有人打擾，沒有人會來破壞。

「我覺得很好了。」

她忐忑地把最後細化的過程結束後，吁了口氣，轉頭詢問。美術老師的表情很欣慰，微微偏頭，給了她一個鼓勵的肯定笑容。

「曉彤，這麼久沒見，真的進步了很多喔。」

沒有退化就好了，她想，然後感激地點點頭。

不過好在范宇陽沒有見過原始版，沒有機會對比她以前和現在、什麼時候畫得更好一點。

范宇陽在南下準備去找女朋友時，突然接到她的訊息，要他有空到學校美術教室一趟，當下又驚愣又錯愕，一路連忙趕去。他實在很擔心，她在那裡不知道情況怎麼樣，會不會又被過去的創傷困擾害怕？

他到的時候，學校已經臨近放學時刻，台南剛剛下過一場雨，土地泥濘潮濕，空氣裡有青草的香味。誠明兩年前曾經有過大改建，唯獨美術教室的那棟樓沒有被改動，他循著記憶找到那裡，打開門，看見女孩子就坐在窗邊，目光遙放在窗外，聽見聲音，才把臉轉過來瞅向他。

「……曉彤。」

妳還好嗎？這樣的問話被她平靜的笑容給堵了回去，范宇陽稍稍鬆了口氣，才注意到她面前還放了一個畫架。

周曉彤就看著他笑，抿了下嘴唇，表情一下子多了點忐忑和期待。

「這是……我給你的驚喜。」

他走上前，水彩給白色的畫布染上顏色。雨後的陽光從散開的烏雲透出光芒，穿著乾淨制服的少年迎著光，臉上帶著笑臉，低頭凝望抱著雙腿坐在花田裡的女孩，兩個人的髮梢上都有一點未乾的雨珠。

陽光明媚，天色淨藍。

畫上光影明靚，顏彩也變成了暖色調，和當年的灰藍色不再相同。

那是她曾經烏雲密布的雨季，是他把陽光帶來、把屬於她十七歲遲來的花季帶來，終於讓貧瘠荒蕪的地方開出花。

她把畫捧起來交給他，他雙手細捧接過，翻轉就看見在畫的背後，有她小心翼翼寫上的一行字：

「范宇陽，我也想成為你的太陽。」

他想，這絕對是比「我喜歡你」更好的告白了。

全文完

番外

「江宏，江湖救急，我有戀情危機！」

鄰近畢業，因為確定要一起合作做工作室，大四的江宏逐漸把重心從新竹轉移到中部，沒課的時候就大多在中部的住處休息。工作室負責金工設計的是他直屬學長，有一個還在校讀應用英文、小他一屆，但和學長同年的女朋友，經常會來工作室。

到底是哪個女生能把他們寡了三年、雖然長得帥但性格搞怪又三八的學長收入麾下？他一開始超級好奇，但後來發現，能見到他們倆的時候，好像多數總是學長很狗腿地巴著嫂子不放。而且每次講電話的時候也都像孔雀開屏，笑得噁心巴拉的，倒是人家女孩子看起來很正常的樣子……

好吧，他想，這大概就是「愛到卡慘死」。

但反正他們感情挺好，雖然一動一靜，看起來倒也還算如膠似漆。

結果就在元旦當天的大早上，他很突然地就被學長一通電話喊醒。

雖然內容很詭異，讓還在睡夢中休假的他很想打人，但對面聲音聽起來很著急，還很可憐的樣子——好吧，兄弟的事就是他的事，何況學長幫過他很多忙，他應該義不容辭。

於是他立刻爬下了床，很有義氣地趕到對方住處，連酒都買好，準備好要跟對方大醉一場，從早喝到晚！

「怎麼了？嫂子不要你了啊？」

「哪有，你不要亂說話！」范宇陽義正嚴詞地搖頭，橫眉豎目的否定，但話一說完，人立刻又蔫了下來，「但是，今天是我們一周年，她居然從早上到現在也沒接電話。完蛋了，她是不是不愛我了……」

「……」江宏對眼前蔫巴巴的男人很無言，形象實在差距太大，他甚至很想打他兩拳，但還是忍了下來。「沒有吧，嫂子說不定有事情？」

「可是她昨天也沒有來陪我跨年。」范宇陽目光都沒有焦距，話頓了頓，又突然認真看向他，「而且這一年來，她居然都沒有主動親過我欸。」

「呃……可能是嫂子比較害羞吧。」江宏有點尷尬，「哥，你要不要等嫂子回電話，好好跟她問問看啊？」

一周年搞失蹤，又不主動，又忽略他……江宏摸摸下巴，正色思考。該不會他們真的要吹了？因為學長太黏人了？還是嫂子綠了他？不過該安慰還是要安慰，他已經做好了陪兄弟一起罵渣女的準備。

但當他正開了一瓶啤酒坐下，門就突然被推開——他轉過頭，看氣喘吁吁的女孩子跑進來，手上大包小包的，喘得臉都是紅的。

「對不起、我搭上高鐵才發現手機沒電了，剛剛又先去買了點東西，怕你還沒吃飯……欸？學弟？你來陪他嗎？」

能在大冬天跑得汗流浹背也不簡單，周曉彤在門口一邊大口大口地喘，一邊著急解釋，轉頭才突然發現屋裡有人。而那邊剛剛還頹喪得要命的范宇陽一愣，立刻把酒跟學弟都拋下，馬上朝人就奔了過去。

「嗚嗚，周曉彤，我還以為妳要拋棄我……」

「……幹嘛啊，不是跟你說我論文還沒寫完在趕功課喔？喂，你學弟還在，不要黏在我身上，而且我現在還滿身都是汗……」

「不行，妳要補償我，妳……親我一下！」

「我才不要……喂，范宇陽你喝酒喔？走開走開，你臭死了，不要在人家面前丟人現眼！」

江宏呆滯地轉過去，又轉回來，看著自己帶來的啤酒，突然很想自己全部喝掉。自己在這裡好多餘，他怎麼就沒聞到學長身上的酒味呢？深吸一口氣，他打算提著酒原地返回，再轉過頭，就看到讓人很想自戳雙眼的一幕——

被人黏糊糊地抱得很緊，又被盧得實在不好意思，周曉彤左看右看，最後只好漫著臉，勉為其難地抬頭，稍稍踮腳在他唇上啄了一口，又迅速離開。

「……好了！你不要鬧了，快點放開我！」

江宏捏緊了拳頭，有種自己被打了電話喊來，特地吃了一口狗糧的憤怒。

哈哈，工作室下個月的報表，他決定全部丟給學長做，絕對一點都不要幫他了。要是再有下次接到這種電話，他再巴巴地跑來——他就是狗！

後話：青春裡，那段潮濕的雨季

給《花季來臨前》畫下這個句點，我心裡百感交集，有點欣慰，又有點捨不得。

其實我是個很少對自己的故事捨不得的人（？），但這次少有地感到很不捨，不過，我還是很高興可以把他完整地畫上句號。

從二〇一七年開寫、封筆，再到二〇二〇年重啟、二〇二一年完結，這個故事其實被我改版了很多次，因為有我從早前就很想寫的議題：校園霸凌，憂鬱症。

但這兩個話題太沉重，我很想書寫，又總不知道該從哪裡寫起好？

寫曉彤，其實帶入了蠻多我自己。

「真人真事改編」都是有所依據，不過為了劇情的戲劇化，這些不全是我自己的故事，還有些別人的故事，加總匯聚成了這樣的周曉彤。曉彤是個有才華，但被忌妒，有點懦弱，不敢對抗，希望被拯救，還有點偏執的女孩。

其實我想，校園霸凌出現在世界各地、各個角落。有人問過我，曉彤為什麼被霸凌？老實說……我也蠻想知道的（？），畢竟當年的我不知道，也許很多經歷過這些事情的也不知道。有些年少時的惡意總是來的莫名，因為年紀輕、因為不清楚這些會造成多大的傷害，好像總會有這些事情發生。

可能因為妒忌，可能因為看不慣，可能單純地不合眼緣，原因大多數很可笑，但卻給當時的我們造成了很大的傷害。

但我們可能永遠也沒辦法杜絕這些事情。

也許每個人都希望，那個時候，自己的身邊能出現一個范宇陽陪伴自己，不畏風雨地替自己抵擋所有……但很少能遇到，對吧？我相信有很多人在那時候，可能都想過像曉彤那樣不顧一切地跳下去。但在跳下去以後呢？

這是我想寫的，接下來的故事。因為跳下去以後，不會有人為此愧疚，只會有深愛曉彤的人為她悲傷，痛苦。

所以呀，我們只好睜開眼睛，去忽略那些傷害我們的人，多看一看愛我們的人。因為他們才是真正會為我們哭、為我們笑、為我們好的人。

接下來也聊聊宇陽。

宇陽是一個從小被父母忽略，被迫在幼時就飛速成長，變得早熟又「社會化」的男孩。

跟隔壁因為在愛裡長大而溫暖的承熙不同，宇陽的陽光外向其實更多是一種自我保護的外殼，是為了應對適應外界、為了不孤單而去社交，但其實他很害怕孤單，也一直覺得自己很孤單。

內心孤單的宇陽，和外在孤單的曉彤相遇了。在雨中，他最初看到的，在雨裡哭泣的曉彤讓他覺得很像自己。對宇陽而言，一開始是出於同情和好奇，後來也逐漸付出感情，這份得來不易而付出的真心讓他很害怕曉彤離開——這個執念，也讓他從曉彤身上找到缺失的自己，有了前進的意念。

宇陽和曉彤其實都是蠻執著的人，我覺得是這份執著讓他們很相似吧？

比較遺憾的是，著墨宇陽的部分比較少，不曉得會不會有人覺得治癒宇陽的部分不太夠QQ，但還是很希望能完成一個雙向治癒、互相擁抱的故事。

在寫的過程中，其實也為了他們改動不少劇情XD本來結局沒有預定是這麼溫暖美好的，想寫的是重逢後，宇陽為了贖罪而陪在曉彤身邊，後來覺得自己任務達成就離開（？）……不過後來重寫改動後，覺得這樣的走向會更好，更適合他們。

其實真的還有好多想寫的東西沒寫到！本來也想寫一點副線ＣＰ，還想寫大學彈吉他的宇陽，還有好多……結果就爆字惹，真的寫不下惹，流淚千里（？）

然後就是，我終於在現代文裡又寫了一次吻戲！

本來預定這部可能也沒吻戲了，後來改動這個走向後還是讓我很想寫一下，又覺得煙火下治癒的吻應該蠻浪漫的……希望你們喜歡，我蠻喜歡的（？？？）

也是因為心理層面著墨比較多，所以《花季》的分類在成長療癒。這是兩個人互相成長，互相療癒對方的過程，比起愛情，我覺得他們之間的羈絆更多大於愛情——也很希望大家能感受到我想傳達的，在我這些年所感受到的道理：愛真的是很溫暖，是可以給人勇氣前進的、很美好的東西！

所以我們永遠都要相信愛！（突然雞湯 x）

這是我很喜歡很喜歡的故事，希望你們也喜歡。

那——我們下部作品再見！

自初二〇二一、九、二，於上海浦東

釀愛情17　PG2764

花季來臨前

作　　者	自　初
責任編輯	楊岱晴
圖文排版	陳彥妏
封面設計	劉肇昇

出版策劃	釀出版
製作發行	秀威資訊科技股份有限公司 114 台北市內湖區瑞光路76巷65號1樓 電話：+886-2-2796-3638　傳真：+886-2-2796-1377 服務信箱：service@showwe.com.tw http://www.showwe.com.tw
郵政劃撥	19563868　戶名：秀威資訊科技股份有限公司
展售門市	國家書店【松江門市】 104 台北市中山區松江路209號1樓 電話：+886-2-2518-0207　傳真：+886-2-2518-0778
網路訂購	秀威網路書店：https://store.showwe.tw 國家網路書店：https://www.govbooks.com.tw
法律顧問	毛國樑　律師
總 經 銷	聯合發行股份有限公司 231新北市新店區寶橋路235巷6弄6號4F 電話：+886-2-2917-8022　傳真：+886-2-2915-6275

出版日期	2022年11月　BOD一版
定　　價	420元

讀者回函卡

Printed in Taiwan

國家圖書館出版品預行編目

花季來臨前 / 自初著. -- 一版. -- 臺北市 : 釀
出版, 2022.11
面 ;　公分
BOD版
ISBN 978-986-445-670-3 (平裝)

863.57　　111007359